中国历史名著文库

史记故事

壹

原撰◉司马迁

编写／臧瀚之等

京华出版社

图书在版编目(CIP)数据

《史记》故事／司马迁原撰；臧瀚之等编写．－北京：京华出版社，2002

ISBN 7-80600-711-3

Ⅰ．史…　Ⅱ．①司…　②臧…　Ⅲ．历史故事－中国－当代

Ⅳ．I247.8

中国版本图书馆 CIP 数据核字(2002)第 079588 号

《史记》故事

原　　撰：司马迁
编　　写：臧瀚之等
策　　划：王金文　任　超　华　飞
责任编辑：延　武
责任校对：杨长丽
责任印制：臧威威
正文插图：范振涯
装帧设计：恳垦工作室
出版发行：京华出版社
责任发行：臧威威
印　　刷：北京科文天和印刷有限公司
开　　本：880 × 1230mm
字　　数：1111 千字
印　　张：40　　　　插　页：4
版　　次：2009年2月第2版
ISBN 7-80600-711-3/G · 410
定　　价：78.80 元（全四册）

前 言

中国文化史中的某些史学著作是后人难以超越的，司马迁的《史记》就是这样一座后人难以企及的高峰。《史记》是中国纪传体通史的开山之作，鲁迅先生对《史记》感叹不止，誉之为“史家之绝唱，无韵之《离骚》”，对它的史学价值和文学价值推崇备至。

这样优秀的史学著作、文学作品，其孕育和创作过程，也非同一般。司马迁从小聪颖过人，“年十岁则诵古文”。父亲是汉武帝的史官，因此，司马迁很早就受到了扎实的史学训练。长大之后，遵从父亲遗志，读万卷书，行万里路，走遍了大江南北，获益良多。

38岁的时候，司马迁成了汉武帝的史官。官阶虽低，但司马迁感到非常荣幸，于是谢绝了宾朋交往，抛开了自己的家业，全身心地扑在史学撰著上，以求建功立业，为君主和国家造福。

几年后，发生了一件大事，深深影响了司马迁。当时，匈奴经常侵略汉朝，汉朝大将李陵进军匈奴，寡不敌众，而且没有后援，兵尽粮绝，投降了匈奴。武帝大怒，想重罚李陵族人，群臣争相附和，大说李陵的罪过。只有司马迁为李陵辩护，说李陵为人正直，其叛逃事出有因，希望皇上能宽赦。最后，司马迁为此受到牵连，被处以“腐刑”。受过“腐刑”的人，下身会腐臭，故名。

司马迁悲愤之极，想自杀雪耻。但经过激烈的思想斗争之后，他还是决定坚强地生活下去，决心要“弃小义，雪大耻，名垂于后世”。于是，他开始“网罗天下佚闻旧事，考之行事，稽其成败兴坏之理”，完成了《史记》一书，希望能“究天人之际，通古今之变，成一家之言。”

《史记》是司马迁一生的结晶。集中著述，花了15年左右，如果把资料的准备工作算在内，那要超过20年。《史记》记录的历史，是从传说中的黄帝开始，到汉武帝太初年间为止，大约三千年。其体例为纪传体，多以人物或者家族为单位展开，故事性很强，文笔出众，是后代传记文学的先驱和样板，影响至深。在思想上，司马迁因为自身的经历，对“人”的思考要超出当时那个年代，真正做到了“以人为本”，这是很罕见的。

总之，《史记》在各个方面都是难得的经典。为了使这部经典普及到大众中去，让大家都能轻松愉快地了解历史，品味其中的兴亡成败、悲欢离合，了解历史和人生的规律，我们推出了《史记故事》。

《史记故事》是为当代大众读者准备的。编撰的原则，是“雅俗共赏”、“深入浅出”，无论是教授学者，还是中小学生，都能爱不释手；编撰的目的，是让人在休闲的阅读中，潜移默化地提高文化修养。

为了忠实于原文，我们尽可能地遵循了原作的体例以及顺序。章的排列，与原作基本相同。因为每章内容往往太长，或有些复杂，不利于阅读，所以章下分节，把大故事分割成小故事，小故事之间上下衔接，相对独立。

《史记》原著中的8书、10表，由于缺乏故事性，本书已经基本删除；其他一些故事性不够强的篇章，也被删除掉。这样下来，《史记故事》全部文字做到了故事性强，生动有趣，而且蕴藏着深厚的文化内涵。

目　录

目　录

目 录

目　录

第十六章　管蔡世家

第十七章　陈杞世家

第十八章　卫康叔世家

第十九章　宋微子世家

第二十章　晋世家

第一章

五帝本纪

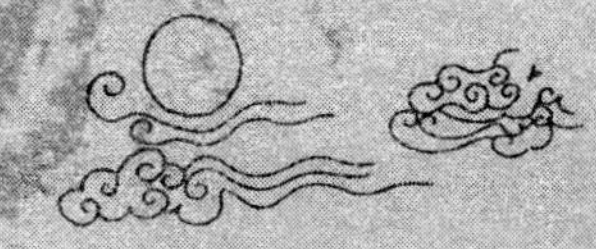

中国历史名著文库

传说中的黄帝

黄帝，本姓公孙，名叫轩辕。他从小就不同凡响，生下来不到七十天就会说话。小时候的轩辕就心智周密，而且思维敏捷，口才出众。长大以后，性格敦厚，做事机敏，二十岁成年的时候，就已经见多识广，能明辨是非了。

在轩辕生活的时代，神农氏的后代子孙道德衰微，各地诸侯之间经常互相征战侵略，残害百姓，但是神农氏没有能力征服他们。在这种情况下，轩辕就不得不动用军事力量，去征讨诸侯中不来进贡的人，而且每战必胜，四方诸侯因此都来称臣归服。但是蚩尤最残暴，一时之间还没有谁能去征服他。

当时，炎帝想凌驾于诸侯之上，于是四方诸侯都来归附轩辕。轩辕就实行以德治国的政策，整顿军事，还顺应天时与地利，种植各种农作物，抚慰千千万万的民众，使他们安居乐业。另外，还教导尚武的氏族习武，来和炎帝作战，经过几番战斗之后，黄帝打败了炎帝。

蚩尤不服从轩辕的命令，发动叛乱。于是轩辕就向四方诸侯征集军队，与蚩尤决战，擒获并杀死了蚩尤。这样，天下平定，四方诸侯都尊崇轩辕做天子，代替神农氏，这就是黄帝。只要天下有不顺从的势力，黄帝就马上去征讨他们。这样，黄帝总是在讨伐中披荆斩棘，从来都没有安居消停过。

征战中，黄帝到过很多地方。往东到达了海滨，去过泰山。往西到达了崆峒，登上了鸡头山。往南到达了长江流域，往北驱逐过少数民族，到过釜山。他常年迁徙往来，没有固定的住处，住地总是在军队旁边建立营房，以便自卫。官职方面，置立左右大监，监察万国。由于万国归一，所以每当到了祭祀鬼神或封官进爵，需要仪式的时候，规模就很宏大，自古以来的帝王中，黄帝

时候的规模是最大的。

黄帝让人推算历数，可以预知未来的气候和节令，顺应大自然的规律，预测各种变化，以便播种百谷草木，驯化各种鸟兽昆虫。黄帝的德政广泛传布，也感动了上天，使得在他统治的很多年中，历来都是风调雨顺，天下太平。黄帝鼓励民众勤苦耕作，教导民众爱惜江湖山林和土地，收割与狩猎都要按照时令进行，不许过度开采利用，让民众在利用大自然的时候要有所节制。

黄帝逝世后，安葬在桥山。他的孙子高阳即位，这就是颛顼。颛顼逝世后，由重孙高辛即位，这就是帝喾。帝喾有两个儿子，一个是放勋，一个是挚。帝喾逝世后，由挚接续帝位。帝挚即位后，发现自己管理国家的能力不如弟弟，就把帝位让给了弟弟放勋，这就是帝尧。

三皇之首——帝尧

帝尧天赋非常。他富有仁爱之心，像上天一样涵养万物。人们依附他，就像向日葵总是面向太阳一样。帝尧非常富有，但是并不骄奢淫逸，非常高贵却不怠慢别人。由于他的德行让人不得不钦佩，因而能团结天下人心。

他任命羲氏、和氏，推算日月星辰的运行来制订历法，然后很慎重地将每年的节令告诉民众。

他先是任命羲仲，住在东方，在那里恭敬地迎接日出，管理监督春耕事务。在春分日，昼夜长短相等，黄昏时朱雀七星出现在正南方。这个时候，就该开始春耕了，民众中的老人和壮年人就要分工劳作。

再任命羲叔，居住在南方，在那里管理夏季农耕。在夏至日，白昼最长，心宿星在黄昏的时候出现在正南方，这个时候就是仲夏。这时候民众尽力耕作，鸟兽也都换上了稀疏的羽毛。

再任命和仲，住在西方，恭敬地送太阳落山，管理监督秋收事务。在秋分日，昼夜长短相等，虚宍星黄昏时出现在正南方，这个时候就是仲秋了。这时候民众喜悦和乐，鸟兽的羽毛更生。

再任命和叔，居住在北方，管理收藏物畜。在冬至日，白昼最短，虚宍星黄昏时出现在正南方，这个时候就是仲冬了。这时候民众都躲到屋子里居住，鸟兽都生出了细毛来御寒。

这样，一年四季都清清楚楚了。当时的一年是三百六十六天，还置设闰月来正定各年的四时。由于切实地整饬百官，所以各种事业都兴办起来了。

尧的时代，天下发洪水，于是尧问各位诸侯："现在浩浩荡荡的洪水浊浪接天，包围了山岗，淹上了丘陵，下方的民众都非常忧愁，有谁能治理洪水？"

大家都说鲧可以。尧说："鲧的性格暴戾，不相信天神天道，摧残好人，不能用。"

诸侯们说："鲧不是这样的人，要么让他试一试，不可以用就算了。"尧于是采纳了诸侯们的意见，任用鲧治水。九年过去了，治水没有成功。

尧在位七十年后，让位给舜。舜的父亲道德败坏，是个盲人。他的母亲不讲忠信，弟弟狂傲无理，但舜都能亲和他们，使他们慢慢地朝好的方向走，不至于奸恶。当时的舜还没有成家，但是名气已经很大了，于是尧把自己的两个女儿嫁给舜做妻子，通过这两个女儿来观察他的德行。

舜让尧的两个女儿在家里行使妇人之礼。尧认为舜做得很好，就让舜担任司徒的职务，来协调父子、君臣、夫妇、兄弟、朋友间的关系，使人们都能遵从这五常之教。又让舜经常参与百官事务，舜把百官事务处理得很有秩序。又让舜迎接来朝的宾客，舜不但把接待工作做的很好，而且表现得很有威严，诸侯和远方宾客对他都很恭敬。尧还派舜到深山和大河里去，遇到暴风雨，舜也从不迷路误事。尧认为舜有非凡的智慧，于是就让舜来继位。

舜利用各种工具来观测天象、定准日月五星的实际位置，了解它们的运行规律。然后，再按照天历来安排事务，规定音律和度量衡，修正各种礼仪。舜还将全国划分成十二个州，疏浚各地的江河。把常用的刑律刻画在器物上，用流放的方法处置一些罪犯，对有的触犯法律的人运用鞭刑，在学校有犯法的学生就用木棍打，另外，用金钱可以赎减刑罚。因为过失造成祸害的可以赦免，有所凭恃终不悔改的就严施刑罚。

比如说，灌兜向尧推荐共工，尧不同意，但灌兜仍然试着让共工去做事，共工果然人心不正，把事办坏了。四方诸侯推举鲧治理洪水，尧认为不能胜任，可是四方诸侯仍然勉强请求尧试用，试用的结果就是没有功效。当时，三苗氏族在江淮、荆州等地多次作乱。

舜注意到了这些情况，深思熟虑之后，向尧进言，请求流放共工到幽陵去，来改变北狄的习俗；流放灌兜到崇山去，来改变南蛮的习俗；把三苗迁到三危去，来改变西戎的习俗；把鲧流放到羽山去，来改变东夷的习俗。结果，四个人都受到了最恰当的处罚，还为国家带来好处。舜的这种处理国家事务的方法，使天下人都心悦诚服。

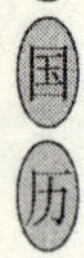

舜帝即位之后，过了二十八年，尧去世了。百姓非常悲哀，就好像死的是自己的父母一样。三年时间内，全国各地都没有演奏音乐，用这样的方式表示对尧的思念。

尧在生前就知道，自己的儿子丹朱无德无能，不能把管理天下的权力交给他，于是就把帝位交给舜。因为交给舜，那么天下人都可以得到好处，只有丹朱会受到损害；可是如果交给丹朱，那么天下人就会受到损害，只有丹朱能得到了好处。尧不愿损害天下人，来使自己的儿子得利，所以把管理天下的大权交给了舜。

尧逝世之后，舜守丧三年，然后把位置让给丹朱，躲起来了。可是，朝拜的诸侯不到丹朱的住地，反而来找舜；要打官司的人们也不去找丹朱，反而要去找舜；歌颂政绩的人们也不歌颂丹朱，反而来歌颂舜。舜说："这是上天的旨意啊！"于是，回到京都登上了天子之位，这就是帝舜。

孝顺宽厚的舜帝

舜的出身卑微，七代以来，都是地位低微的普通百姓。

舜的父亲瞽叟，是个盲人。舜的生母早已去世，瞽叟再娶，又生下了一个儿子叫象，象很讲究享受，待人很傲慢。瞽叟偏爱后妻所生的儿子，总是想杀掉舜，但舜都躲过了；可是，只要舜有小的过错，就要受到重罚。但是，舜仍然孝顺地事养父亲、后母和弟弟，而且越来越恭敬，一点都不敢懈怠。

舜做过很多活儿，在历山耕过地，在雷泽捕过鱼，在黄河边上做过瓦器，在寿丘制作过各种家用器具，在负夏乘时还做过生意。舜的父亲瞽叟品质败坏，母亲不讲忠信，弟弟象狂傲歹毒，都想杀掉舜。可是舜却孝顺适从，一点儿也不违背道义，他们多次想杀掉他，都找不到机会。

舜在二十岁的时候，因为孝顺父母而出了名。三十岁时，尧帝询问有没有可以做天子的人，四方诸侯都推荐舜，说只有他堪当此任。于是尧就把两个女儿嫁给舜，来观察他内在的德行；还派九个男人和他相处，来观察他的外部表现。

舜的修养很深，处世严谨而且有威严，尧的两个女儿从来不敢以公主自居，不敢拿傲慢的态度来对待舜的父母弟妹，特别讲究妇人之道。那九个男人侍奉舜，也都忠实恭敬。舜在历山耕种，历山的农人都互让田地；在雷泽捕鱼，雷泽上的渔人都互让居处；在黄河边作瓦器，黄河边出产的瓦器都不粗制滥造。短短一年时间内，舜所居处的地方就发展成了村落，两年之后，成了小镇，三年后就成了都会。

尧于是赐给舜细布衣服和琴，替舜建造粮仓，还赐给了他一些牛羊。

舜的父亲瞽叟看舜富起来了，又想杀害舜。他先是让舜爬到粮仓上去修仓顶，然后在下面放火焚烧粮仓。舜用两顶斗笠护住身体，跳下粮仓，逃离火海，得以不死。后来瞽叟又让舜去挖井，舜在挖井时偷偷挖了一个暗道，可以从旁边的井口出去。舜把井挖得很深之后，瞽叟和象就一起往井下填土，想把舜埋在里面，可是舜从暗道中逃出来，脱离了险境。瞽叟和象以为舜死在井里了，非常高兴。

象和父母分割舜的家室财物，象说："最先出这个主意的是我。所以舜的妻子，也就是尧的两个女儿，还有一把琴，都是我象的；牛、羊、粮仓分给父母。"分完之后，象就住在舜原来的屋子里，弹奏那把分来的琴。可是舜活着回来了，让象很吃惊，也很不高兴，就假意说："我思念哥哥，正在伤心呢！"舜没有戳穿他们，而是更为恭敬地侍奉瞽叟，爱护弟弟。于是，尧就用推行五种伦理和担任各种官职来测试舜，舜把各方面都治理得很好。

在过去，社会上有十六贤明的人才，他们的后代都很有美德。可是帝尧没有能够让他们担任要职。而舜给了他们职位，让他们发挥了自己的特长，所有的事务都完成得很有条理，而且，成功地教化了民众，使中原的各个部族都很太平，边远地区的部族一心向往中原的教化。

在过去，有一些缺乏道德，祸害民众的家族。而尧没有除去他们的患害。舜掌权之后，就把这些家族流放到四方边远地带，并用他们来抗御更加邪恶的人。这样做了以后，全国人心善良，可以说完全没有凶恶的人了。

舜进入深山老林，即使遇到狂风暴雨也不迷路误事，尧就知道舜有能力掌管整个天下。舜受到任用有二十年，然后尧才让他代行政事，代行政事八年之后，尧就去世了。三年丧礼结束，让位给丹朱，但是天下的人都归服于舜，于是舜就不得不登上帝位。

从尧帝的时代开始，禹、皋陶、契、后稷、伯夷、夔、龙、益、彭祖等人，就为天下效力，可是尧去世了，却没有给他们分配职务。于是，舜召集四方诸侯，商量怎么样任用这些人。

舜问四方诸侯："有谁能统领百官，辅佐我把尧帝的事业发扬光大呢？"大家都说禹合适。于是舜让禹去平定水土。后来，舜

为所有有才能的人都分配了合适的职务：让契去做司徒，教导人民遵守伦理道德；让皋陶去做狱官之长，执行各种刑罚；让垂做共工，统领工匠事务；让益去掌管山泽，管理山林百兽；让伯夷协助自己掌管天、地、人三事的礼仪；任命夔做典乐官，用歌诗舞蹈教导人民，以便通过音乐，使神与人之间达到和协……最后，二十二个人都找到了最适合自己的位置。之后，每过三年考察一次政绩，三次考察就可以决定官员的升降。

这些被任命的二十二人都很有成绩。皋陶做管刑狱的大理，持法公平，民众顺从；伯夷主管礼仪，上上下下都表现谦让；垂主掌百工，各种手工艺都很出色；益主掌山泽，山林水泽都开发得很好；弃主掌农官，各种谷物都顺应天时，收成很好；……禹的功劳最大，开通了九座大山，疏通了九处湖泊，引导了九条河流，划定了九州方界，使九州的君长各自按照相应的职分来贡奉物产。全国国土广大，纵横五千里，一直到达遥远的荒凉地带。四海之内，万国来朝，都顺从帝舜的领导。

在这样的背景下，禹创作了歌颂帝尧的名叫《九招》的乐曲，招来了各方的奇珍异物，凤凰也飞来翔舞。

普天之下清明的德政，都是从舜帝时代开始的。舜在二十岁的时候，因为孝顺闻名；三十岁的时候，尧任用他；五十岁的时候，开始代行天子的政事；五十八岁的时候，尧去世；六十一岁的时候，接替尧登上帝位。登上帝位三十九年，到南方去巡回视察的时候，在苍梧的郊野去世。安葬在了长江南部的九嶷山，就是零陵。舜的儿子商均无德无能，所以，舜在生前就安排禹来接班。舜逝世之后，禹也守孝三年，然后让位给舜的儿子。可是和当初舜让位给尧的儿子一样，诸侯们都来归附禹，所以禹才登上了天子之位。

第二章
夏本纪

中国历史名著文库

大禹治水

夏禹的父亲叫鲧，鲧的父亲叫帝颛顼，颛顼的父亲叫昌意，昌意的父亲叫黄帝。禹，是黄帝的玄孙，也是颛顼帝的孙子。禹的曾祖父昌意和父亲鲧都没有做过皇帝，只是普通平民。

尧的时候，天下发大水，浊浪滔天，漫无边际，淹没了山岗和丘陵，天下民众无可奈何，非常忧虑。尧听从大臣和诸侯们的建议，任用鲧治理洪水。但是，九年过去了，洪水还是没有平息，仍然肆虐全国。这个时候，尧帝得到了舜。舜受到任用，代行天子政事，到全国各地去视察。在视察途中，他看到鲧治理洪水没有收到成效，就把鲧流放到羽山，后来鲧就死在了那里。舜又任用鲧的儿子禹，来让他继续鲧的治水大业。

禹遵从舜帝的旨意，命令诸侯和百姓都行动起来，共同治水。他翻山越岭，经过之处都作出标记，以便确定治理高山大川的规划。禹不知疲倦地劳作，居住在外面十三年，经过家门也不敢进去休息。在生活上，他不讲究自己的起居饮食，而是把所有财力和物力都用来治水。在陆地上行进的时候，他坐着车；在水路行进的时候，他驾着船；在泥滩上行进的时候，他乘着橇；在山地里行进的时候，他就穿上带铁齿的鞋。为了测量地形，有时候运用准绳，有时候运用规矩，依靠仪器，充分利用春夏秋冬的时机，来开发九州土地，疏通九条河道，深挖九处湖泊，测量九大山系。又命令益把稻种分发给民众，让他们可以在低地耕种。命令后稷给民众分发食品，哪里不够吃，就从其他地方调一些来。

禹的巡行治水从冀州开始，然后是兖州、青州、徐州、扬州、荆州、豫州、梁州、雍州等等，所有这些地区的山川湖泊都治理得很成功。于是，九州之内，政令教化就统一了，四方边远地区已经可以安居，九条山脉都开出了道路，九条河流的水源也都疏

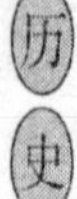

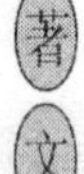

通了，九片大湖泊也都筑起了堤防。四海之内进贡的道路都通畅无阻了，各个区域的土地都要按照规定认真交纳赋税；而且，按照上、中、下一共九等划分的土地级别，确定好了赋税的标准。

按照规定，天子直接统辖的国都以外，五百里范围内叫做甸服。一百里范围内的地区，田赋中要交纳马饲料；一百里以外二百里以内地区，要交纳谷穗；二百里以外，三百里以内地区，要交纳带稃的谷子；三百里以外四百里以内地区，交粗米；四百里以外五百里以内地区，交精米。甸服往外的五百里区域叫做侯服：一百里地区用作卿大夫的封地，往外二百里以内地区交给服侍天子的小国，再往外二百里地区分封给可以抵御外侮的诸侯国。侯服往外的区域情况各不相同，但都要服从中央。

就这样，天子的声威教化传播到了全国，直到四方荒远的边陲。于是舜帝赏赐给禹一块黑色宝玉，借以布告天下，让大家知

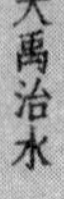

道，治水已经成功，天下已经安定。

建立夏朝

舜帝上朝，禹和皋陶在舜帝面前讨论问题。

皋陶主张，只要能按照道德行事，加强自身的修养，就能使全国人民顺从，使中央的政令贯彻下去，就能使全国都兴盛发达。

可是禹不同意皋陶的观点，禹说："如果只要有道德，只要体察民情，就能够治理好国家，那还担心什么瓘兜之类的恶人，还迁徙什么少数民族，还害怕什么花言巧语善于察颜观色和谄媚的坏人呢？"

皋陶说："你说的有道理。不过，行事要以品德为引导，言论也要以品德作为依据。考验一个人的品德，要看他怎么样做事。性格宽宏大量又能严肃起来，柔和又能独立行事，厚道而且待人恭敬，办事有条理而且认真，性情柔顺却又刚毅，正直而且温和，简约却不草率，坚强果决而且作风踏实，做事勇敢而且合乎义理，如果能经常修炼这九种品德，那么就非常好。如果大夫们能每天修炼其中的三方面品德，那么就肯定会保住自己的领地。如果诸侯们能每天修炼其中的六方面品德，那么就会保住自己的封国。如果天子可以修炼九方面的品德，而且都付诸行动，那么天下就会治理得很好。你们说，我的看法能得到实施吗？"

禹这回表示同意："你的看法，只要能够施行，就能够取得成绩。"

皋陶自谦说："我没有什么才智，只是想帮助治理天下。"

舜帝对禹说："你也发表一下看法吧！"

禹拜谢说："我没有什么可说的。我只想整天努力不懈地办事。"

皋陶问禹说："怎么才叫努力不懈？"

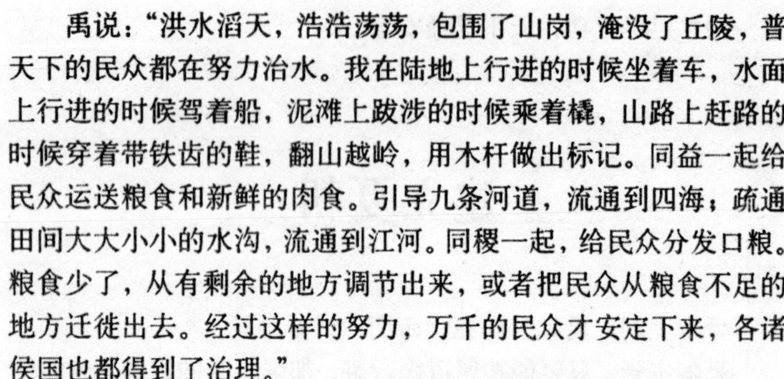

禹说：“洪水滔天，浩浩荡荡，包围了山岗，淹没了丘陵，普天下的民众都在努力治水。我在陆地上行进的时候坐着车，水面上行进的时候驾着船，泥滩上跋涉的时候乘着橇，山路上赶路的时候穿着带铁齿的鞋，翻山越岭，用木杆做出标记。同益一起给民众运送粮食和新鲜的肉食。引导九条河道，流通到四海；疏通田间大大小小的水沟，流通到江河。同稷一起，给民众分发口粮。粮食少了，从有剩余的地方调节出来，或者把民众从粮食不足的地方迁徙出去。经过这样的努力，万千的民众才安定下来，各诸侯国也都得到了治理。”

舜帝感慨说：“是啊！千万不要像我的儿子丹朱那样好吃懒做。他那个样子，就像是在没有水的陆地上划船，是无法前进的。因此，不能让他通过父子相继来登帝位。”

禹说：“是啊，不勤劳刻苦是做不了事的。当初，我一结婚就离家去治水，生下儿子启，我却没有时间抚养他，所以能够完成平治水灾的事业。后来，辅佐您建立行政制度，国土宽广，达到了五千里，一直开辟到了四方最为荒远的地方。不过，三苗部族性格凶顽，无利于国家，这恐怕值得舜帝您放在心上！”

皋陶敬重禹的功德，下令让民众都效法禹。不按照命令中的话来做，就用刑加以处罚。舜帝的德教因此而大加发扬。

于是夔奏起乐曲，祖先的神灵因此降临，乐曲演奏九遍之后，凤凰被召来了，百兽也都跳起舞来，诸侯互相礼让，百官也都和谐相处。场面非常热烈。

后来，舜帝向上天举荐禹，做天子的继承人。十七年后，舜帝逝世。三年的丧礼结束，禹把天子的位置让位给舜的儿子商均，自己住到了阳城。天下的诸侯都不理睬商均，而去朝见禹。禹于是就登上天子之位，坐北向南接受诸侯的朝拜，国号叫做夏后，姓姒。

禹帝登上天子位之后，就提拔皋陶，并推荐他做继承人。可惜，皋陶没等到继位就去世了。

十年之后，禹帝到东部地区去巡察，死在了会稽。天下传给了益。三年的丧礼结束，益让位给禹帝的儿子启，住到了别处。禹

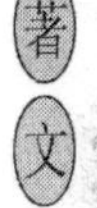

的儿子启德才兼备，天下归心于他。所以诸侯都去朝拜启，于是启就登上了天子之位，这就是夏后国的启帝。

启帝逝世后，儿子太康帝即位。太康帝因为沉溺在游乐和田

猎当中不理国政，后来被羿驱逐，失去国位。之后，成为天子的分别是仲康帝、相帝、少康帝、予帝、槐帝、芒帝等等。

到了孔甲帝时代，夏后氏的道德和威望已经衰落了，诸侯都背叛它。再后来，到了桀帝的时候，自从孔甲在位以来的诸侯大多数都已经背叛夏朝。可是桀不去致力建立德政，却用暴力伤害百官贵族，贵族们已经忍无可忍了。

桀召来自己的手下汤，把他囚禁在监狱中，可是不久又释放了汤。汤修治自己的德政，诸侯都归附到汤的名下，于是汤就领兵来讨伐桀。桀失败逃跑，不久死去。桀在临死之前曾对人说："真后悔当初没有杀掉汤，以致落到这种地步！"

汤赶走桀之后，就登临天子之位，接受天下的朝拜。于是殷商时代开始了。

第三章
殷本纪

中国历史名著文库

从兴起到没落

殷家的始祖名叫契，契的母亲名叫简狄，是有娀氏部落的女子，当了喾帝的第二个妃子。有一次，简狄和别人到河里中去洗浴，看见天上的燕子掉下来一个蛋，简狄拣起来吃了，结果就这样怀了孕，生下了契。

契长大以后，跟着夏禹治水，立下了功劳。舜帝命令契说："现在的百官贵族不和睦，父子、君臣、夫妇、长幼、朋友之间的关系不好，你去做司徒的官，要恭敬地传布伦理道德，要宣传宽厚待人。"然后，舜帝把商这个地方封给契。在尧、舜、禹当政期间，契带领家族，兴盛起来了。

契去世，儿子昭明即位。过了十四代之后，天乙即位，这就是成汤。汤定居在了南亳。

当时有个贤能的人叫做伊尹。伊尹想求见汤，却没有合适的途径，就去做另外一个部落女子的陪嫁男仆，背着炊事用具来见汤，让汤致力于实施王道政治。汤听说伊尹是个隐士，就派人去请他出山，经过五个来回以后，伊尹才肯出世任职，负责管理国家政务。

汤是个仁慈的人。有一次，汤出门，看见野外捕猎的人张开四面大网，还祈祷说："从天上地下四面八方来的，都进入我的网中吧！"汤说："这样不行，会捕尽了呀！"就让去掉捕网的三面，并让捕猎人祈祷说："想从左面逃走的，就从左边逃走吧！想从右面逃走的，就从右边逃走吧！如果不愿意逃走，那就进入我的网中吧！"四方诸侯们听到这件事，都感动地说："汤的仁德真是达到了极点，对禽兽都这么仁慈，真是难得啊！"

就在这个时候，夏桀施行暴政，荒淫无道。汤率领四方诸侯前去讨伐桀。汤说："不是我愿意叛乱，实在是因为夏桀罪大恶极！我知道，你们中的很多人都不愿意出兵，有怨言，但是，夏桀有罪啊！夏桀罪大恶极，上天命令我去惩罚他。我畏惧上天，不敢不去征伐。夏王耗尽了民脂民膏，掠夺光了夏国的资财，民众甚至宁愿跟他一起灭亡！夏桀的德行已经堕落成这个样子，现在我一定要前去讨伐。你们如果和我一起去执行上天的惩罚，我将大力赏赐你们。你们如果不依从誓言，我就要惩罚你们，决不赦免。”

桀兵败逃跑，然后汤就去攻打忠于桀的诸侯国三义，缴获了这个国家的镇国之宝。伊尹向诸侯通报了政治军事情况，于是四方诸侯全都归服，汤便登上天子之位，平定天下。汤改变了历法，更换了服饰等器物的颜色，崇尚白色，还规定在白天举行朝会。

汤逝世，又过了几个朝代，太甲帝即位。太甲帝时代，政治混乱、暴虐，不遵守汤的成法，无德无义，于是伊尹把他流放到

汤的葬地桐宫。三年时间内，伊尹代理行使政治权力，主持国家事务。太甲帝在桐宫流放三年，悔悟罪过，自我谴责，得了善道，于是伊尹就迎回太甲帝，重新把政权交还给他。太甲帝以德政服人，四方诸侯又都归顺于殷，国泰民安。

又过了几个朝代，殷朝日见衰微。太戊帝的时候，在朝廷的院子里种了一棵显示吉凶征兆的树，一天时间里，从早上到晚上就长到了碗口粗细。太戊帝很害怕，就问大臣伊陟。伊陟说："臣听说，如果有德行，那么妖魔鬼怪就无从施展。您的政治肯定有缺失，赶快修明德政吧。"太戊听从伊陟的话，那棵树就枯死了，怪异也就消失。于是殷家重新兴盛，四方诸侯又来归顺。

在以后的几个朝代里，殷家经历了几次兴衰起伏。

从汤开始，到盘庚帝的时候，国都总是不固定，迁移了五次。殷家的百姓都有怨言，不想再迁徙了。盘庚因此回到成汤时代的都城亳都，施行成汤时代的政治规范。这样，百官贵族就安心了，殷家的政治威德重新兴盛，四方诸侯也都来朝拜。

武丁帝时代，想着要再次振兴殷家，但是没有得到恰当的辅佐人物。在三年时间里，武丁从不发表意见，一切政治大事都由大臣来决定，以便从旁观察国家的政治风尚。有一天夜里，武丁梦见得到一位圣贤的人，名字叫"说"。醒来之后，按照梦中所见到的相貌，来查看群臣百官中是不是有这个人，结果没有。于是就派百官到民间去寻找，在傅险地方找到了说。当时，说是一个犯法服役的人，在傅险筑路养路。官员让说和武丁相见，武丁说正是这个人。通过交谈，发现说果然是个圣贤的人，就任命他做朝廷的辅相，殷家的国政得到了特别好的治理。所以就拿傅险这个地名作他的姓，称做傅说。

在傅说的辅佐下，武丁修明政治，励行德义，天下都欢欣鼓舞，殷家的政治威德重新兴盛。

到了昏庸无道的武乙帝时代。武乙帝爱玩，做了一个木偶人，还给它取名叫做天神。和木偶人打架，还让人做裁判。木偶人没有取胜，就砍杀它，站在旁边羞辱它。还用皮革做了一个囊，里面盛上血，仰头用箭射皮囊，取个名称叫做"射天"。

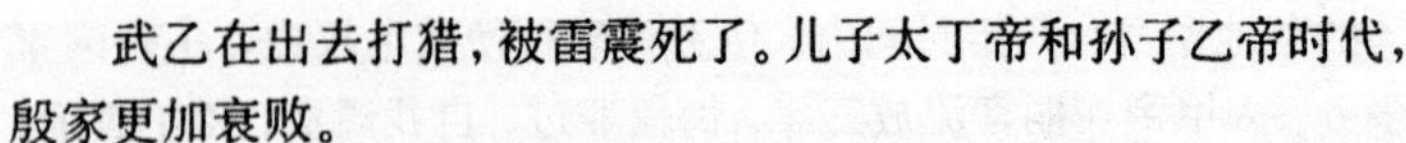

武乙在出去打猎，被雷震死了。儿子太丁帝和孙子乙帝时代，殷家更加衰败。

残暴的纣王

后来，轮到了纣做天子。纣帝资质聪颖，善于言谈，博闻强记，而且身材力量超过常人，空手能够与猛兽格斗。可惜，纣帝把自己的智慧当作了刚愎自用的资本，把口才当作了粉饰过错的工具；在臣子面前炫耀才能，在整个天下吹嘘声名，认为所有人的本领都在自己之下。

纣帝整天饮酒作乐，尤其喜欢与美女们淫乱。他最喜爱妲己，只要是妲己的话就百依百顺。为了作乐，为了讨妲己的欢心，就加重赋税，大量搜集奇兽异物，充满了整个宫廷。又大肆扩建别墅，扩建养禽种花的游乐场所。生活上非常放荡，经常让男男女女都裸体在酒池肉林中嬉戏追逐，通宵宴饮作乐。

百官贵族对此很不满，四方诸侯中已经有背叛的国家的了。于是，纣就加重刑罚，把诸侯百官抓起来受刑。最残酷的刑罚是，用炭火焚烤铜柱，让人在铜柱上行走，然后掉入火中烧死。

纣任用西伯昌、九侯、鄂侯辅助自己。九侯有个美丽的女儿，把她进送给了纣。九侯的女儿不喜欢淫乱，纣发怒，把她杀了，还把九侯剁成肉酱。鄂侯对这件事不满，态度明确而又坚决，所以纣就把鄂侯也杀掉了，还把他熏成了干肉。西伯昌听说了，暗中悲叹。有人把这件事报告给纣，纣就把西伯囚禁在羑里。好在西伯的手下等人，送了美女、奇珍还有良马来献给纣，于是纣就赦免了西伯。

西伯从狱中放出来以后，马上就献出了洛水西岸的大片土地，请求纣王废除酷刑。纣答应了他，还赐给他弓箭斧钺，让他征伐其他诸侯，于是西伯就成了西部诸侯的首领。

纣任用费中主持政事。费中善于阿谀逢迎，贪图私利，所以殷地的人们都讨厌他。纣又任用恶来，恶来善于制造谣言毁坏别人声誉，四方诸侯因此就更是和殷家疏远了。

西伯暗中修养德行，遍做好事，于是四方诸侯大多都背叛纣而去归顺西伯。西伯势力发展很快，纣因此逐渐失掉了威严和权势。王子比干向纣王进谏，但纣不听从。纣王淫乱暴虐，百姓们都希望国家能尽快灭亡。有贤臣规劝纣王改邪归正，否则国运垂危，可是纣王说："我身为天子，上天可以保护我！"贤臣们都对纣王毫无办法。

西伯去世之后，周武王向东部进行讨伐，四方诸侯背叛殷家，与周武王会合的有八百多个。四方诸侯都说："可以讨伐了。"可是武王借口还不知晓上天的旨意，没有马上进攻。

纣更加荒淫暴虐，不思改悔。大臣微子多次进谏还是不听，于

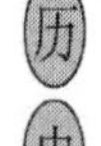

是和其他几位大臣一起离去了。比干说："做一个国王的臣子，不能不用死来谏争。"就极力去向纣进谏。纣发怒说："我听说圣贤的人心脏有七个孔窍。不知道你是不是这样？"于是就剖开比干的胸部，挖出心脏来观看。另外一个大臣箕子很害怕，就假装癫狂去做奴仆，可是纣抓住了他，把他囚禁起来。殷家的其他大臣看到国王已经无可救药，就都投奔到了周。

在这种情势下，周武王便率领四方诸侯讨伐纣王。纣发动军队抵抗，残败。纣逃回王宫，穿上用宝玉装饰缝制的衣服，跳到火中自焚而死。周武王斩下纣王的头，把它悬挂在大白旗杆上。然后，杀死妲已，把箕子从囚牢中释放出来，聚土重筑比干的坟墓。殷地的百姓非常喜悦。于是周武王就做了天子。因为后世贬低帝的称号，所以改变称号叫做王。封殷的后代为诸侯国，隶属于周。

第四章
周本纪

中国历史名著文库

周朝的兴起

周的始祖后稷，名字叫做弃。他的母亲叫做姜原，是喾帝的元配夫人。有一天，姜原出门到野外，看见一只巨人的足迹，心里很吃惊，也很兴奋，就把脚踩到那个巨大的足迹里，一踩进去，突然感到身子一震，好像怀孕了一样。

果然，经过怀孕期，生下了一个儿子。姜原觉得这个孩子不吉利，就把他抛弃在小巷里，可是所有路过的马和牛都避开不践踏他；又把他放到树林中，正好碰上树林里有很多人，就只好走开；再把他弃置在结冰的水渠里，可是飞来一群鸟，用它们的羽翼来为他覆盖和铺垫。姜原认为他很神异，就收回来抚养他直到长大。因为最初想抛弃他，因此名字叫做弃。

弃还是个儿童的时候，就有像大人物一样的志向。他玩游戏，喜欢种植苎麻、豆类，而且苎麻、豆类长得都很好。等到成年，他就喜好耕种各种农作物，观察土地干什么最适宜，宜于种植五谷的，就种五谷，百姓都向他学习。尧帝听说了，就任用弃来负责农业生产，整个天下都获益非浅。因为有功，所以舜帝把邰这个地方封给弃，称号叫做后稷。

后稷的子孙都很有德行，所以家族兴盛。可是，由于天下时常战争，所以也流离失所。到了古公的时候，他想重新修治家族的事业，就积聚德政，推行仁义，国内的人民都拥护他。这个时候，北方的戎狄部族来进攻，想得到财产物品，于是古公送一些财物给他们。过了不久，又来进攻，想得到土地和民众。民众都很愤怒，想和他们开战。

古公说："民众拥护君主，是因为这样对他们有利。现在戎狄部族之所以来进攻，是因为想得到我们的土地和民众。民众在我这里，和在他们那里，难道真的有什么不同吗？民众想因为我的

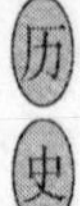

缘故而开战，对我来说，那就等于杀死人家的父亲和儿子而来做君主，我不忍心做这样的事。”于是，古公带着家人离开自己的国家，翻山越岭，到岐下定居。

国内的人民有感于古公的仁爱，全部都扶老携幼，跟到岐下来归服古公。以至于其他国家的人民听说古公仁爱，也来归服于他。于是古公就废除野蛮的习俗，营建城郭、宫室和民房，组成村落，安排居住。还建立了五种官府机构，来处理事务。民众都作歌制乐，颂扬他的德行。

古公的长子名叫太伯，次子名叫虞仲，三子名叫季历。季历的儿子昌，一生下来就有圣贤的祥瑞。古公非常喜欢昌，认为昌可以使家族兴旺发达。长子太伯、次子虞仲知道古公想让季历即位，以便传给昌，于是二人就逃到了当时称作荆蛮的吴越地区，像当地的蛮族一样打扮，用这种方法把王位让给季历。

古公去世，季历即位。季历去世，儿子昌即位，这就是西伯。

西伯就是后来的文王。他遵循前代贤人的事业，忠厚重仁义，尊老爱幼，工作勤勉，礼贤下士，因此，很多士人都来归顺他。伯夷、叔齐隐居在孤竹，听说西伯尊重老人，就结伴而行，一齐来归服他。

崇侯虎跑到殷纣面前，谗毁西伯说："西伯积善行德，各地诸侯都向往他，这对您可是非常不利啊！"纣听信谗言，于是把西伯囚禁起来。西伯的朋友搜求到了美女，还有骏马和其他稀奇古怪的物品，通过殷家的宠臣献给纣。纣非常高兴，说："一个美女就足以释放西伯啦，何况还有更多的好东西呢！"于是赦免西伯，并且赐给他弓箭斧钺，允许西伯能够有权征伐他人。不但如此，还供出了谗害西伯的人："谗毁西伯的，是崇侯虎。"

西伯出狱后，暗中推行善德，深得民心，哪里出现了有争执的事，当地诸侯就会来请教西伯，请他作出公平裁断。当时，曾有虞、芮两地的人发生争讼，于是来到周地找西伯裁决。进入周的地界之后，两人看见农人们在田里互让田地，民间习俗都礼让长者。于是，虞、芮两地的人还没有见到西伯，就都感到了惭愧，彼此跟对方说："我们所争执的，正是周家人所感到羞耻的，哪里有脸面去找西伯啊，那只会自取耻辱呀！"两人说着，就都退让而离去了。四方诸侯听说这件事，都说："看来西伯会成为天命君主。"

西伯征战南北东西，所向无敌。去世之后，太子发即位，这就是武王。

西伯在王位上大约有五十年。据说，他被囚禁的时候，把《易经》的八卦推演成了六十四卦。他改变了殷的法令制度，制定了周家的历法。

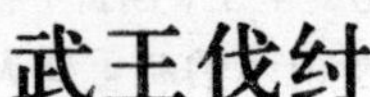

武王伐纣

武王即位之后，任命姜太公做太师，周公旦做宰辅，还有一班人佐助左右。

十一年后，纣的昏乱暴虐更加无法无天，杀死了王子比干，还囚禁了箕子。太师和少师抱着他们的乐器逃亡到了周。在这种情况下，武王号令四方诸侯说：“殷家罪恶深重，不能不去讨伐他了。”于是准备率领军队东征讨伐。

一天清晨，武王在商都郊外的牧野，进行誓师。武王宣告众人：“古人有过这样的说法：‘母鸡不应该啼鸣报晓。如果母鸡啼鸣报晓，那么这一家就要彻底灭亡。’现在殷纣王只采用妇人的意见，废弃了对先祖的祭祀，毁弃了国家的大政，遗弃是他的亲族不加任用，反而只是听信那些因为犯罪而从别处逃亡到商地来的人，让他们胡作非为。现在我只有恭敬地执行上天的惩罚！”宣誓完毕，四方诸侯军队会集的战车有四千多辆，军队在牧野摆开了阵势。

纣帝听说武王来了，发兵七十万人抗拒武王。武王派少数勇士先冲入敌阵挑战，再用大部队向前攻击纣帝的军队。纣的军队人数虽然众多，但是都不愿打仗，甚至还希望武王赶快打进来。所以，纣的军队都叛变了，倒转兵器，来为武王开路。纣逃跑，回城来登上王位，穿上用珍贵的美玉所镶制的衣服，跳到火中自焚而死。

武王手持大白旗来指挥四方诸侯，诸侯都拜贺武王。武王来到商的国都，商国都的百官贵族都迎接等待在郊外。武王进入都城，来到纣死亡的地方。武王用箭射他，射了三发箭以后下车，再拿宝剑击打纣的尸体，然后斩下纣的头颅，悬挂在大白旗的旗杆上。接着，来到纣宠幸的两个嬖妾的住所，两个嬖妾都已经上吊

自杀。武王又对她们射了三发箭，用剑击打她们的尸体，再斩下她们的头，将它们悬挂在小白旗的旗杆上。

周武王统领天下之后，追思先代的圣王，封神农的后代在焦

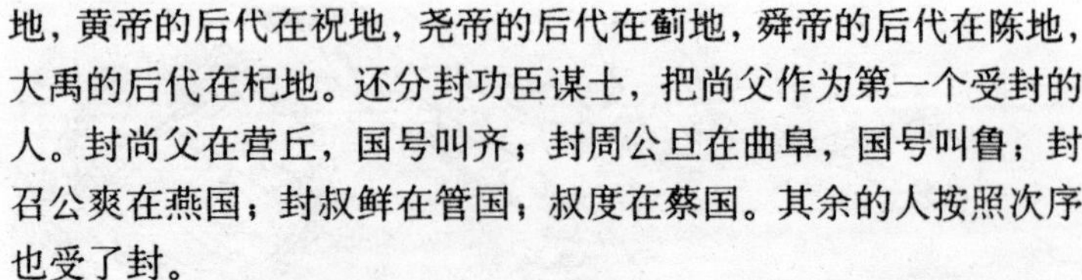

地，黄帝的后代在祝地，尧帝的后代在蓟地，舜帝的后代在陈地，大禹的后代在杞地。还分封功臣谋士，把尚父作为第一个受封的人。封尚父在营丘，国号叫齐；封周公旦在曲阜，国号叫鲁；封召公爽在燕国；封叔鲜在管国；叔度在蔡国。其余的人按照次序也受了封。

武王征召负责管理九州的各州君长，心情急切，晚上睡不着觉。周公旦来到武王的处所，问："为什么睡不着觉？"武王说："因为上天不肯享用殷家的祭祀。从我出生到现在这六十年里，贤明的大臣被疏远，卑鄙小人在朝廷里胡作非为，天灾人祸，民不聊生。由于上天不保佑殷家，所以我们周家现在才能成就王业。上天保佑殷家的时候，他们任用贤臣三百六十人，致使殷家的事业虽不是非常了不起，但也没有一下子就灭亡。现在，我们周家还不知道能不能获得上天的保佑，哪里还有闲工夫睡觉！"

武王日日夜夜辛苦操劳，招徕贤人，以便安定各地，直到使德教施于四方。还在洛邑营建了周家的陪都。在华山的南面放牧马匹，在桃林的旧墟一带放牧牛羊。让军队放下兵器，经过整顿后解散，向天下人显示不再用武了。

王道的衰败

武王生了病。辅佐的大臣们恭敬虔诚地进行占卜，为武王祈祷。周公斋戒沐浴，举行消灾除邪的仪式，愿意以自身抵押给上天，去代替武王生病。后来武王还是逝世了，太子诵继承了王位，这就是成王。管叔、蔡叔等人怀疑周公有野心，就和武庚一起叛乱，背叛周朝。周公奉成王的命令，进行讨伐，历经三年终于平定叛乱，诛杀了武庚、管叔，流放了蔡叔。

周公因为有功，所以代替年幼的成王行使政治权力，七年后，成王长大了，周公便把行政权力交回给成王，站回了群臣的位置上。

成王，以及后来的康王的时代，天下非常安宁，整整四十多年都没有使用刑罚。

康王去世之后，儿子昭王即位。昭王的时候，文王、武王以来形成的治理国家的优良政治方略也就是所谓王道，已经衰微残缺了。昭王到南方去视察，一去不回，死在了那里。

昭王的儿子即位，就是穆王。穆王登上王位的时候，年龄已经五十岁了。当时的王道衰败微弱，穆王有感于文王、武王的治国方略已经残缺不全，于是命令伯同担任管理周王生活和传达命令的太仆正，告诫他要管理好国家的政事。由于管理得当，国家重新获得了安宁。

穆王想要征伐犬戎。大臣祭公谋父进谏说：

不要去打仗。先王们只显示德行，避免炫耀武力。凡是兵器，平常应该收藏起来，只有适宜的时候才能动用，这样，一动用就会显示威严；可是如果有意地加以显示，随便地动用武力，就无法使人感到惧怕。所以，歌颂周公旦的诗说：‘收好你的干戈，藏起你的弓箭，我所求的是美德，推广它到全中国，定用王道保天下。’先王对于民众，总是努力端正他们的品德，修养他们的性情，增加他们的财产，让他们明白利害，让他们心怀德政而畏惧惩罚，因为这样，先王才能发展壮大。商纣王鱼肉百姓，普通百姓忍无可忍，所以都拥护武王，最后在商郊牧野打败了纣王。可是武王伐纣，并不是想要打仗，而是怜恤百姓，为他们除去祸害。先王让各地诸侯按照等级来供奉财物，如果有不服从的，首先要责问自己，到底自己在哪里做得不够好，然后就要修正自身，修治仁义礼乐制度等文德，如果该修正的都修正了，还有不来供奉的，就要惩罚他们，甚至出兵征讨。这样做事，近地的诸侯没有不听从的，远方的民族没有不臣服的。现在，犬戎的君主并没有不履行该尽的责任，可是您却要去征讨他，要向他炫耀武力，这岂不是破坏先王的遗训吗？我听说，犬戎民族已经树立了敦厚的风尚，遵循祖先遗留下来的传统道德，他们已经有基础和条件来抗御我们了。

可是穆王不听劝告，还是出兵去征伐了。经过一番战争，抢到了四只白狼、四只白鹿回来了，而这些东西，犬戎本来就是愿意供奉的。从这以后，荒远地区的民族再也不来臣服了。

穆王在位五十五年，逝世后，儿子共王即位。

有一次，共王在泾水上游玩，密国诸侯康公陪着他。当时，有三个美女投奔到密康公这里，密康公的母亲就出主意说："应该把她们送给共王。三只兽就成群，三个人就成众，三个美女就成气候。国王打猎无法获取过多的野兽，国王娶嫔妃不娶同一家的三名女子。三人都是美丽的女子。把美丽的女子送给你，你有什么样的德行能够承受？国王都不能承受，更何况你这样的小人物呢！小人物拥有这些宝物，国家最终一定会灭亡。"可是康公舍不得把三名美女献给共王。过了一年，共王灭掉了密国。

共王逝世，儿子懿王即位。懿王的时候，周家王室就开始衰败。再后来，厉王即位，国家越来越腐败。

防民之口甚于防川

厉王在位三十年，非常贪好财利，还亲近品德败坏的荣公。大夫芮良夫向厉王进谏说："那个荣公只好独占财利，却不能为国家排忧解难。天地间有各种各样的财物，人人都有资格得到它，怎么可以独占呢？独占的结果，只能招来更多的怨怒，带来大难。他用这种独占天下财利的思想误导您，您怎么可能长治久安呢？当天下人的国王，就要能够把财物均匀地分配给全国上下所有的人才行。《诗经·大雅》上说：'普遍赐福成就周家。'所以先王才能够创建周家的天下，一直到现在。如今国王您却独占财利，怎么行呢？普通民众独占财利，还把他叫做强盗；如果国王您也照着去做，来归服您的人就会越来越少。假如您任用荣公，那么周家一定会衰亡。"

可是厉王不听从芮良夫的劝谏，还是任命荣公，让他掌权。

厉王行为暴虐，国内百姓到处议论厉王。召公进谏说："老百姓受不了您的残暴政令啦！"厉王恼怒，就从卫国找来一名巫士，让他去监视民众，只要发现谁胆敢议论朝政，就来报告，然后杀掉他们。这样一来，议论的人是少了，但四方诸侯也就不来朝拜了。

厉王越来越严苛，全国的百姓，谁都不敢发表意见，路上遇见，也只用目光示意。

厉王很高兴，告诉召公说："我能禁止议论了，谁也不敢说三道四了。"

召公说："这不过是堵塞了言路而已，并不是什么成就。堵塞百姓的言论，其危害要超过堵塞水流。堵塞水流，如果一旦崩溃，那么伤害的人一定会更多，百姓也是这样。所以，治理水害的人采取的措施是疏导，治理百姓的人应采取的办法是让他们宣泄，

以便使言路畅通。所以，天子处理朝政，应该鼓励所有官员都献上诗篇讽刺政治，让史官献上史书，让乐师进献箴言，让百官进谏，让低贱的民众能向上传达他们的意见。百姓有口能说话，就好比大地有山有河，所有财物都从这里产生出来；又好比大地有高原、低地、平原，食物从这里生长出来。口能够畅通地发表意见，那么好的主张就能从这里生发出来。百姓的话，是考虑成熟了以后才流露出来的。堵住他们的嘴，那么谁还敢拥护您？”

厉王不听进谏。于是国内谁也不敢发表评论。三年后，臣子们联手发动叛乱，袭击厉王。厉王逃亡到彘地。

厉王的太子匿藏在召公的家中，百姓们听说了，就包围了召公。召公说：“过去我曾经多次劝谏国王，国王不听，以至于有了这次灾难。现在杀了国王的太子，国王将会误以为我发泄自己的仇恨。一个侍奉君主的人，不该这样做！”于是他就用自己的儿

子来顶替国王的太子，让太子逃出了包围。

召公、周公两位辅相负责天下政事，史称“共和”。十四年后，厉王死在了彘地。太子在召公的家中成长起来，两位辅相于是扶立他做国王，这就是宣王。宣王登临王位，两人又帮他治理天下，效法文王、武王、成王、康王留下来的优秀传统，四方诸侯于是又开始重新宗奉周家王室。

宣王不重视农业，不到千亩地区去耕田，虢国的文公进谏，可是宣王不听。后来，在千亩地区交战，宣王的军队被姜氏的一支戎族打败了。

宣王被打败，全军覆没，于是准备征兵。大臣进谏，宣王还是不听。

一笑倾国

宣王逝世后，儿子幽王即位。

幽王即位之后第二年，都城附近的渭水、泾水、洛水三条河流的区域内都发生了地震。大夫伯阳甫说：“看来周家是快要灭亡了！天地的自然之气，不会自动地失去秩序；假若失去了运行的秩序，那肯定是有人扰乱了它。现在三条河流区域内发生了地震，这是因为阳气失掉了它在上的位置，而被阴气所压倒。河流源泉的堵塞，肯定会影响到国家的气运，必定会使国家灭亡。从前，伊水、洛水枯竭，夏代就灭亡；黄河枯竭，商代就灭亡。现在周家的国运，多像夏、商二代的末年哪！一个国家的气运，必须要依靠山川河流，如果山崩河枯，那就是亡国的征兆。上天要抛弃哪个国家，它的灭亡就不会超过十年。”

就在这一年，渭水、泾水、洛水三条河流枯竭，岐山崩塌。

一年后，幽王宠爱褒姒。褒姒生了儿子伯服，幽王就想废掉太子宜臼，还想废掉太子的母亲申后，然后再立褒姒做王后，让伯服做太子。

周朝的太史伯阳甫读了有关的史书以后说："唉！周家要亡国了。"原来，据史书记载，从前在夏后氏衰败的时候，有两条神龙降落在夏帝宫廷内，自称是褒国以前的两位天子。夏帝占卜得知，无论是杀掉它们，还是赶走它们，还是把它们留在宫廷内，三种情况都不吉利。再占卜得知，只要将它们的唾液留下收藏起来，就吉利了。于是陈列祭品并宣读策文告诉神龙，神龙于是留下唾液飞走了。人们马上用匣子把唾液收藏起来。

夏代灭亡后，藏着唾液的匣子传给了殷家。殷代灭亡，又把这只匣子传给了周家。经过连续三代，谁也不敢打开这只匣子。到了厉王的末年，打开匣子来观看当中藏的唾液。唾液流了出来，都沾在了宫廷的地面上，怎么也除不掉。厉王让妇人们光着身子大声吵嚷，流在地上的唾液就变化成了一只黑色的类似蜥蜴的动物，这个动物爬进了厉王的后宫。后宫一个七岁的童妾遇上了这只动物，结果这个小女婢成年以后，没有丈夫就生下了一个小孩，她很害怕，就把小孩抛弃了。

宣王时期，民间歌谣说："山桑做的箭弓，箕木做的箭袋，它们会亡掉周家。"宣王听说，有一对夫妇正好在出卖这种箭弓和箭袋，就派人要把他们抓起来杀掉。这对夫妇得到消息，马上逃命，在路上正好遇见了那个小女婢所抛弃的妖孽孩子，听到这个孩子夜晚啼哭，很可怜，就把她收养下来。后来，他们顺利地逃到了褒国。褒国人有罪，于是把这个被收养的女子献给周王以赎免罪过。这个女子就是褒姒。

幽王三年，幽王在后宫看见了褒姒，很喜欢她。褒姒为他生下了儿子伯服。后来，幽王终于废除了申后和太子，立褒姒为皇后，伯服为太子。太史伯阳甫感叹说："唉，祸患已成！国家没有希望啦！"

褒姒不喜欢笑，幽王想尽了千方百计让她笑，可是不管怎么做她就是不笑。幽王在边境上建筑了高大的烽火台和鼓风箱，如有敌人来犯，就点燃烽火。有一次，四方诸侯们见到烽火燃起来了，都带兵来到边境。等他们满头大汗赶到一看，并没有敌寇，大家都很狼狈，褒姒于是大笑。幽王看到这个做法能让褒姒大笑，非常高兴，所以就多次点燃烽火。这样，幽王很快失掉了诸侯对他的信任，四方诸侯再也不带兵来了。

幽王任命小人掌权，国内的百姓怨声载道。他还废掉了申后，除去了太子。申侯非常愤怒，联合外族来进攻幽王。幽王点燃烽火向诸侯请求救兵，可是诸侯救兵一个都没来到。幽王被杀死在骊山脚下，褒姒被俘虏。四方诸侯听从申侯的旨意，共同扶立幽王原来的太子宜臼，这就是平王。

平王即位，把京城往东迁徙到洛邑，以免受到西方外族的侵害。

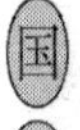
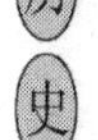

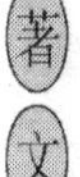

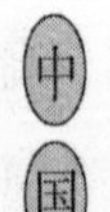

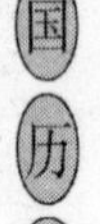

诸侯争霸王室衰微

平王时期，周朝王室衰微，诸侯之间弱肉强食，齐国、楚国、秦国、晋国开始强大，天下大势由四方诸侯中的首领所左右。

很多年过去了，诸侯争霸，连年征战，民不聊生。

有一年，秦国进攻韩国，韩国就拉楚国来帮助抵抗。楚国看到周也出兵，怀疑周是要帮助秦国，所以准备进攻周。周派出著名策士苏代去游说楚王：“周帮助秦国有什么不好呢？帮助之后，秦国和周就容易结为一体，这样秦国就容易取得周，那他们就会慢慢发生冲突，就会闹矛盾。为楚国考虑，如果周要帮助秦国，那么您要善待他，不帮助秦国，您也要善待他，这样来让他和秦国疏远。周和秦国断绝交往，就一定会纳入楚国了。”

秦国想借用西周与东周之间的道路，要去攻打韩国。周感到很难办。借给秦国，怕得罪韩国；不借，又害怕冒犯秦国。有谋士出主意给周天子：“可以派人去说服韩国，让韩国先送给周一些土地，再派出重要人物到楚国去拉关系，这样一来，秦国一定觉得周和楚国都与韩国关系很好，这样就不会去攻打韩国了。然后，我们还可以对秦国说：‘韩国给周一些土地，是为了让秦国来怀疑周，并不是周的本意。’秦国也一定没有什么借口让周不接受韩国的土地，这样，就既可以从韩国接受土地，又不得罪秦国。”

秦国邀请西周君，西周君害怕，不敢去，派人对韩王说：“秦国邀请西周君，是想要让西周君派兵攻打您的南阳，您为何不出兵到南阳呢？这样，周君就可以用您的出兵作为托辞，对付秦国。周君不去秦国，秦国也一定不敢越过黄河来攻打南阳。”

楚国包围韩国的雍氏地区，韩国向东周求救，东周君很忧虑，不知道如何是好。苏代说：“这种小事有什么可怕的！臣下我能够让韩国不来麻烦周，还能替您得到韩国的高都。”周君说：“您如果真的能做到，我可以让整个国家都随您安排。”

于是，苏代去见韩国的相国说：“楚国包围雍氏，预期三个月攻下来，现在都已经五个月了，还攻不下来，这说明楚国已经疲软了。现在相国如果还去东周求救，就相当于告诉楚国，韩国支持不下去。”

韩相国说：“你说的对。但是派往东周的使者已经出发了。”

苏代说：“为什么不把高都送给周？”

韩相国非常愤怒：“我们不去麻烦东周已经不错了，凭什么还要把高都送给周？”

苏代说：“把高都给周，其实就相当于周投靠到韩国来了，秦国听说了一定会对周特别忿怒，就不会和周通使往来。这样，损失了高都，却得到了一个周国，为什么不给？”

相国说：“有道理。”果真把高都给了周。

有一年，秦国违背了与魏国订立的条约，在华阳袭击了魏国大将芒卯。周的谋士马犯对周君说：“我可以让梁国派人来为我们的国都筑城。”然后，马犯跑到梁王那里说：“周王害怕秦国进攻，身染重病，如果他死去，我马犯作为周王的臣子也没好日子过。我可以把周的九鼎宝器给您弄到手，只要您能保证我的安全。”

梁王信以为真，就给了马犯一些士兵，说是去戍守西周都城。马犯又跑去对秦王说：“梁国并不是要戍守西周都城，而是要攻打周室，夺取九鼎宝器。您如果不信，可以带兵到边境来看。”秦国果然出兵。马犯又去对梁王说：“周王病得更严重了，我请求等以后方便的时候再把九鼎宝器交给您。现在您让士卒到了周国，诸侯各国都生了疑心，对您以后不利。不如让这些士卒替周筑城，来隐瞒您的本意。”梁王同意了，就让这些梁国士兵为周的国都筑城。

当时，韩国、赵国、魏国都想抗拒秦国。周让它的相国到秦国去，因为秦国没把周的相国当回事，所以他在半路上就返回了。有客人对相国说：“秦国是轻视还是重视您，相国您现在还不能断定。秦国很想了解韩、赵、魏三国的情势，您不妨去把三国的情势讲给秦王听，那么秦王就一定会重视您。重视您，就是秦国重

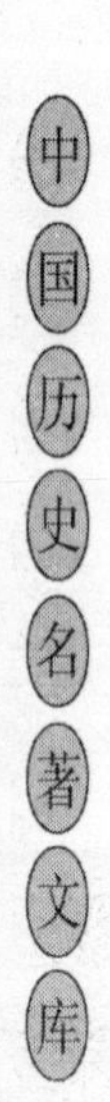

视周。这样就可以与强国加强交往。”秦国相信周，发兵进攻韩国、赵国、魏国。

后来，秦国攻取韩国，西周担心自己的将来，就和东方诸侯国相约合纵，率领天下的精锐部队攻打秦国。秦王愤怒，派军攻打西周。西周君奔走到秦国，叩头接受罪罚，献出土地三十六邑，人口三万。秦国接受了献地和人口，让周君回国。

周君去世后，周家百姓就向东逃亡。秦国得到了九鼎宝器。七年以后，秦国的庄襄王灭掉了东、西周，把东、西周的土地并入秦国，周朝的国运已尽，再也无人主持祭祀了。

第五章

秦本纪

中国历史名著文库

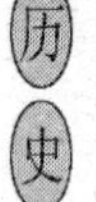

秦国的兴起

秦国的祖先，是颛顼帝的孙女，名叫女修。女修在纺织的时候，有一只燕子从头顶飞过，遗落下一颗蛋。女修把这颗蛋拣起来吃了，不久就生下了儿子大业。大业娶了女华，女华生下大费，大费曾经与大禹一起治水。治水成功之后，舜帝赐给大禹玄圭，作为奖赏；大禹在接受玄圭的时候谦虚地说：“光靠我一个人的力量，根本不可能完成治水大业；之所以成功了，是因为有大费做助手。”舜帝于是赏赐给大费一面旌旗，还把一个姚姓的美女嫁给他做妻子。大费行礼接受，辅佐舜帝驯服鸟兽，也很成功。舜帝高兴，赐他姓嬴。

大费有两个儿子：一个名叫大廉，就是鸟俗氏；另一个叫若木，就是费氏。他的玄孙叫做费昌。有些子孙居住在中原，也有些住到了夷狄地区。

费昌生活在夏桀的时代，后来投奔了商，替商汤驾车，帮助商汤在鸣条打败了夏桀。大廉的玄孙名叫孟戏、中衍，中衍身形像鸟，却能说人话。太戊帝听说后，叫人来占卜，看用他来驾车是否吉祥，结果是吉，就让他驾车，还给他娶妻，帮他成家。自从太戊以后，中衍的后代子孙，每世都有人辅佐殷国，并且立下大功。因此，在整个商朝，嬴姓都很显贵，并且发展成为诸侯。中衍的玄孙名叫中谲，在西戎保卫边疆，他生了儿子蜚廉。

蜚廉的儿子名叫恶来。恶来气力大，蜚廉善奔跑，父子两人都凭力气侍奉殷纣王。周武王伐纣的时候，杀了恶来。当时，蜚廉正在北方替纣王制作石棺，他回来以后，商纣王已经死了，没办法向纣王汇报工作，就只好在霍太山筑坛祭奠纣王，并向他报告工作。筑坛的时候，挖出了一具石棺，上面刻的文字说：“上帝命令蜚廉，不要参与殷人的叛乱，赐给你石棺，来光耀你的家族。”

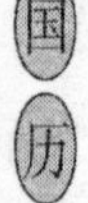

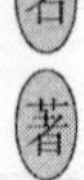

蜚廉死后，就葬在了霍太山。

蜚廉还有一个儿子，名叫季胜。季胜有个后代叫做造父，因为善于驾车，而得到了周穆王的宠幸。徐偃王作乱的时候，造父替穆王驾车，从很远的地方急驰回国，及时地阻止了叛乱。穆王感激，把赵城封给造父，造父一族从此就姓赵。蛮廉还有一个后代，叫做非子。非子因为造父而受到周朝的宠信，都蒙恩居住在赵城，姓赵。

非子居住在犬丘，喜欢马匹等牲畜，而且善于畜养。犬丘人把这件事告知周孝王，孝王召他负责养马，马匹得到了最周到的照顾，大量繁殖。孝王赏识非子，就在秦地建立城邑，使非子接续嬴家的庙祀，称号叫秦嬴。

秦嬴的玄孙秦仲，在位二十三年，被西戎杀害。他有五个儿子，他们中最年长的一个名叫庄公。周宣王召来庄公和他的兄弟

五人，给他们七千士兵，让他们去讨伐西戎，打败了西戎。于是周宣王再次赏赐秦仲的后代，并任命他们做西垂大夫。

庄公生了三个儿子，长子名叫世父，世父说："西戎杀害了我的祖父，我要是不杀死戎王就决不回来。"于是带领士兵去攻打西戎，把嗣立之位让给弟弟襄公，于是襄公成了太子。

庄公在位四十四年，去世，太子襄公继位。

周幽王的时候，多次欺辱诸侯，诸侯反叛，于是西戎部族的犬戎和申侯联合攻打周室，在郦山脚下杀死了周幽王。而秦襄公率军援救周室，作战勇猛，立有战功。周室为了避开犬戎的骚扰，向东迁都到洛邑，襄公派兵护送周王迁都。周平王感激，于是封襄公做诸侯，把岐山以西的土地都赏赐给他，还对襄公说："西戎无道，夺我岐山、丰水的土地，秦国如果能把戎人赶走，就可以拥有这片土地。"并与襄公盟誓，赐他封地和爵位。襄公因此开始使秦国成为了诸侯国，和其他诸侯国平起平坐。

到了宣公的时候，卫国、燕国攻伐周王室，迫使周惠王出逃。当时诸侯纷争，斗争激烈，秦国起伏不定。

秦穆公称霸

晋献公灭亡了虞国，俘虏了虞国国君和大夫百里奚。百里奚被俘之后，作为陪嫁的仆人来到秦国。来到秦国之后不久，百里奚找了个机会出逃，跑到了宛，可是在楚国边境被捉到了。

秦穆公听说百里奚有德有才，想要拿重金赎回他。担心楚国人反而不答应，就派人对楚国说："我国的陪嫁奴仆百里奚现在到了楚国，我们请求用五张黑色公羊皮赎回他。"楚国人答应了，把百里奚交回了秦国。

当时，百里奚已经有七十多岁了。穆公亲自从牢房中把他释放出来，和他讨论国家大事。

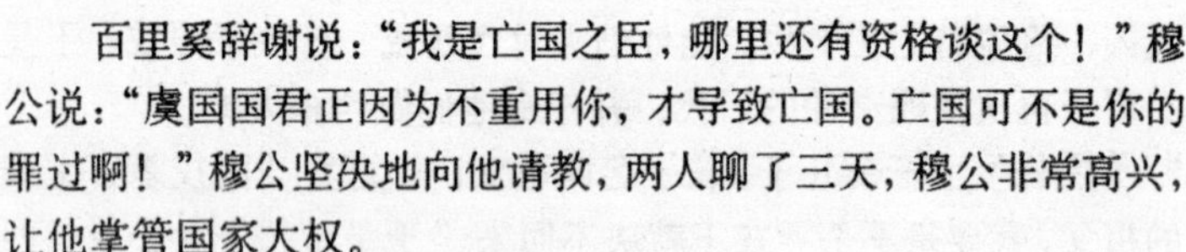

百里奚辞谢说：“我是亡国之臣，哪里还有资格谈这个！”穆公说：“虞国国君正因为不重用你，才导致亡国。亡国可不是你的罪过啊！”穆公坚决地向他请教，两人聊了三天，穆公非常高兴，让他掌管国家大权。

百里奚又推辞说：“我的才能不及我的朋友蹇叔，蹇叔德才兼备，却不被世人所知。我在游历齐国的时候，曾经穷困得沿街乞讨，是蹇叔收留了我。当时我想在齐国追随齐君，是蹇叔制止了我，因此我才得以避免卷入齐国的内乱，去了周朝。周天子想要重用我，是蹇叔劝阻了我，使我离去，才免于被杀。我侍奉虞君，蹇叔又劝止我，我虽然知道虞君不会重用我，但为了钱财和爵禄，还是留了下来。我两次采纳他的意见，都逃脱了灾难，一次没有听从他，就遭遇了亡国的大难。这些事，足以说明蹇叔的贤能。”穆公听了，马上派人送厚礼去迎请蹇叔，任他为上大夫。

秋天，穆公亲自率军攻打晋国，在河曲大战。当时，晋国骊姬正在内乱，太子申生死在了新城，公子重耳、夷吾从晋国逃亡，跑到了国外。

过了几年，齐桓公在葵丘会集诸侯，成了盟主。

晋献公去世前，立骊姬的儿子奚齐为国君，可是奚齐被大臣里克所杀。大臣荀息于是另立卓子为国君，里克就又杀死了卓子和荀息。这时候，夷吾派人到秦国求援，请求秦国帮他回国。穆公答应了他的请求，派百里奚带兵护送夷吾回晋国。夷吾感激，向秦国人许诺说：“如果我能成为晋国国君，就割八座城邑奉献给秦国。”可是，等他回到晋国，被拥立为国君之后，却派丕郑到秦国去推脱，想违背前约，不给秦国城邑。

丕郑觉得不妥当，就给秦穆公出主意说：“晋国人不欢迎夷吾做国君，而是希望重耳能回国做国君。现在呢，夷吾违背了与秦国订立的盟约，都是两位大臣的计策。希望您用重利把那两位大臣迅速召来，他们来到秦国后，就马上扣留他们，这样，再护送重耳回晋国就方便了。”穆公答应了他的请求，派人和丕郑回到晋国，召唤那两人。可是那两人敏感到丕郑的阴谋，就让夷吾杀了丕郑。

丕郑的儿子丕豹逃到了秦国，劝穆公说："晋国国君无道，百姓叛离，可以借这个机会去攻打他。"穆公说："假如晋国百姓真的反叛晋君，那么他怎么可能诛杀他的大臣呢？能够诛杀他的大臣，说明他还是能够顺应民心。"秦穆公表面上不听从他的建议，而暗地里却重用丕豹。

晋国遭遇旱灾，到秦国借粮。丕豹对穆公说，不要借粮食给晋国，应该趁着它发生饥荒去攻伐它。穆公犹豫，就向大夫公孙支咨询，公孙支说："灾年和丰年变换无常，谁都可能遭到旱灾，应该借给它。"又问百里奚，百里奚说："夷吾是得罪了您，可是晋国的百姓没有得罪您啊！"于是，穆公采用百里奚和公孙支的建议，还是把粮食借给了晋国。用船载漕运和车载陆运，运粮的车船络绎不绝。

后来，秦国发生饥荒，去晋国借粮。晋国国君招来群臣，一起商量这件事。虢射说："趁着他们闹饥荒，尽快去攻打它，肯定可以获胜！"晋君表示同意，马上发动军队，准备攻打秦国。秦穆公也准备迎战。任命丕豹为将军，亲自统兵，反击晋军。九月，和晋惠公夷吾展开大会战。晋君脱离主力部队，和秦军争夺战利品，在回归途中，马陷到了泥沼里。秦穆公率军追晋惠公，不但没有捉住他，反而被晋军围困，受了伤。就在这个危急时刻，曾经偷吃过秦穆公良马的三百名岐下人冒死冲入晋军，解救了穆公，还活捉了晋君。

当初，穆公的良马走失，被住在岐下的三百名野人抓到，并把它杀掉吃了。官吏抓到了这些野人，要依法惩治。穆公说："君子是不会为了牲畜而伤人的。我听说，吃了好马的肉而不饮酒，会伤身体。"于是赐酒给野人们喝，并赦免了他们的罪过。这三百人听说秦军反击晋军，都要求从军，在战斗中看见穆公危急，都不避刀枪，冒死争战，来报答当初的恩德。

穆公抓住了晋君，回到了秦国，然后发布命令："请大家斋戒独宿，我准备用晋君祭祀上天。"周天子听说了，就借口"晋侯与我同姓"，来替晋君求情。夷吾的姐姐，也就是穆公的夫人，身穿丧服、光着脚，悲悲戚戚地对穆公说："如果我不能拯救自己的兄

弟，而且身着丧服，违背了你的命令，那可怎么办好呀！”

穆公无可奈何，感叹说：“唉，真是不好办。我捉到了晋君，本来以为是一件大功，可是现在呢，天子为他求情，夫人也为这件事伤心。唉！”没办法，就和晋君订立盟约，答应放还晋君，又把晋君安排到上等住处，并馈赠他牛、羊、猪各七头作为食品。十一月，晋君夷吾被释放回国，把晋国河西的土地献给了秦国，并且把太子圉送到秦国去做人质。秦把皇族女子嫁给了太子圉。

当时，秦国已经非常强大，国土向东发展到了黄河。过了几年，秦国又吞并了梁国和芮国。

后来，晋国太子圉听说晋君生病，心里暗想：“梁国是我母亲的家乡，现在已经被秦国消灭了。我的兄弟很多，如果国君去世，那么秦国必然要留住我，那么晋国就会不把我当回事，也就会另立太子。”于是逃回晋国。一年后，晋惠公去世，圉被立为国君。

秦国怨恨太子圉从秦国逃跑，就去楚国请来晋国的公子重耳，还把过去圉的妻子嫁给重耳。起初，重耳推辞，后来就接受了。

秦国派人去通知晋国，说秦国想要让重耳回到晋国。晋国答应了，于是秦国派人送重耳回国。不久，重耳被立为晋国国君，这就是晋文公。文公一登基，马上就派人杀死了圉。

同年秋天，周襄王的弟弟带依靠翟国的来攻打周王。周王被逃到了郑国，然后派人到晋国和秦国，请求帮忙。秦穆公率领军队，协助晋文公护送襄王回国，杀掉了周王的弟弟带。后来，晋文公在城濮打败了楚军。两年后，穆公协助晋文公围困郑国。郑国派人去离间穆公说："灭亡郑国，会加强晋国，这样对晋国有好处，可是秦国得不到什么利益。晋国的强盛，就是秦国的忧患啊！"穆公听了有理，就撤军回国了。晋国失去支持，只好罢兵。

郑国有人跑到秦国，出卖郑国说："我把守着郑国的城门，你们秦国可以来袭击郑国，我会配合你们。"穆公把这件事告诉了蹇叔和百里奚，问他们怎么办。他们回答说："途经好几个国家，行程上千里，去偷袭别人，怎么可能成功呢？既然有人出卖郑国，就可能有人出卖我们秦国，你们怎么知道郑国不知道我们的计划呢？这件事做不得。"穆公说："你们不懂，这件事我已经决定了。"于是发兵，派百里奚的儿子和蹇叔的儿子率领秦军。

起程这天，百里奚和蹇叔二人来到即将出发的军队面前，痛哭流涕。穆公很生气："我发兵，你们却来哭丧，是不是不想活了？"两人回答说："臣子不敢打击士气。军队出发，臣子的儿子要跟着一起去；臣子年老，恐怕他们回来迟了，再也见不到我们了，所以才哭。"两位老人退下后，偷偷对他们的儿子说："如果你们的军队失败，肯定是在险要的崤山地区。"

秦国军队向东行进，穿过晋国领土，经过周室北门。周室的王孙满说："秦军的行动违背礼法，怎么可能不失败？"军队行进到滑地，郑国商人弦高正好带着十二头牛，准备到周室去出卖，正好碰见了秦国军队，恐怕自己的牛会被抓去杀掉，所以干脆就把牛主动献给了秦军。他说："听说你们准备攻打郑国，郑国国君很重视，正在认认真真地准备防御呢，还派我送十二头牛来慰劳秦

国官兵。”秦国的三位将军听了，就聚在一起商量说：“我们准备偷袭郑国，可是已经被郑国知晓了，等到我们赶到郑国以后，肯定不可能取胜。干脆不要去了，随便打一个地方得了。”于是，秦军就灭掉了滑城。滑城，是晋国边疆的城邑。

当时，晋文公刚刚去世，还没有安葬。太子襄公气急败坏地说：“秦国没把我看在眼里，趁我办丧事的时候来进攻我！这个仇一定要报！”于是他身披黑色孝服，亲自率军在崤山埋伏，截住秦军，秦军大败，全军覆没。晋军还俘虏了秦国的三位将军。晋文公的夫人，是秦穆公的女儿，所以为被俘虏的三位秦国将军讲情：“这三个人，穆公对他们恨之入骨，你应该让他们三人回国，穆公肯定会烹杀他们，用不着你动手。”

晋国国君答应了，放回了秦国的三位将军。三位将军回国，秦穆公身着素服，亲自到郊外去迎接他们，对着三位将军哭着说：“我没有听从百里奚和蹇叔，使三位将军受到了侮辱。都是我的错，你们三位哪会有什么罪呢？你们一定要用心准备雪耻，不可懈怠。”随后，马上恢复了三人以前的官职俸禄，而且更加厚待。

戎王听说秦穆公有贤德，所以派遣由余作为使者前往秦国观察。秦穆公向由余展示了宫室的豪华与物资的富足。由余看后说：“这些东西，豪华是豪华，但是，如果让鬼神去做，那么实在是太劳神了，如果用人力去做，那就太辛苦民众了。”

穆公听了，觉得他的说法很奇怪，就问道：“中原各国有诗书礼乐和法度，以此作为行政的原则，即使这样，有时还出现变乱；可是戎国没有中原国家的诗书礼乐法度，那用什么来治理国家呢？是不是更困难呢？”

由余笑着说：“其实，诗书礼乐法度正是使中原国家发生变乱的原因。上古时代，圣人黄帝制作了礼乐法度，并且能以身作则，但只能达到小治。等到后世君王，越来越骄奢淫逸，却建立苛刻的法度，来监督臣民，臣民受不了，就会怨恨上层人物，说他们不行仁义，结果，上下相争，积怨越来越深，肯定会导致相互杀戮，最后两败俱伤。而戎国不是这样。在上位的人对待在下者讲究仁慈，在下位者也就心怀忠信，治理一国的政事，就像治理自己一个人似的，他们不知道治理国家还要有那么多复杂的条款，这才是真正的圣人之道啊！”

穆公听了，偷偷问内史廖：“邻国的圣人，就是我国的忧患。如今由余是一位贤才，是寡人的祸害，怎么对待他好呢？”内史廖说：“戎王居处的地方，偏僻而且闭塞，还没有听到过我们的声乐之美。您不妨送给他美女和乐队，来改变他的心志；假借由余之名去向戎王请求延期返戎，这样就可以疏远他们之间的关系；然后，可以扣留由余，不让他回国，以此来耽误他的归期。戎王对他感到难以琢磨，肯定就会怀疑由余。君臣之间有嫌隙，就可以把由余降伏。”穆公很赞成，就请由余吃饭，询问他戎国的地形和兵力，了解戎国所有的情况，而后，命令内史廖把由十六名女子组成的乐队送给戎王。戎王非常喜欢她们，过了整整一年，还不愿意送还。这个时候，秦国才放回了由余。由余屡次劝谏戎王，戎王不听，穆公于是多次派人暗中去招降由余，由余于是就逃出了戎国，投降了秦国。穆公以礼相待，向他咨询，问他用什么方式攻伐戎国最合适。

穆公又派军攻打晋国，渡过黄河以后，就把船烧掉了，破釜沉舟，结果打得晋军大败，攻取了王官城和鄗地，用来报复崤山之役的耻辱。晋国人困守城中，不敢出战。在这种情况下，穆公渡过黄河，为在崤山战役中牺牲的官兵修坟，为他们发丧，并且致哀三日。还对军队发表誓戒说：“古时候，人们有事要向白发老人请教，这样才不会有什么过失。当初，我不听取蹇叔和百里奚的意见，结果坏了大事，现在我追悔莫及，所以才特地作出誓言，为的是让后世记住我的过错。”君子们听说了这件事，都为此垂泪，他们说：“秦穆公的为人，真是非常周全，所以，他才获得了这么多贤士。”

秦穆公还采用由余的谋略，去攻打戎王，增加了十二个属国，拓展了千里疆土，终于在西戎称霸。周天子派人带着金鼓去向秦穆公祝贺。

穆公去世，葬在雍地。陪葬的有一百七十七人，其中有秦国的良臣子舆氏三人。秦国人为三人感到悲哀，为他们作了一首名

叫《黄鸟》的诗歌。君子们评论这件事说："秦穆公扩展疆土，使国家强盛起来，往东征服了强大的晋国，往西称霸于戎夷地区，成就非凡。可是他死后弃民于不顾，要把他的良臣带走，为他殉葬。怎么能夺去善人、良臣，夺去百姓所敬爱的人的性命去殉葬呢？由这件事可以知道，秦国不可能再所向披靡了。"

征战诸侯得天下

在以后的日子里，秦国，楚国，晋国，齐国等等，都很强大，彼此之间勾心斗角，此消彼长。

楚国的公子弑杀了灵王，自立为王，这就是楚平王。有一年，楚平王请求秦国，要娶宗室女子做太子建的妻子。秦女来到楚国，平王见秦女长得漂亮，就自己娶了她。后来，楚平王想要杀掉太子建，太子建逃亡到了国外。过了几年，吴王阖闾和伍子胥攻伐楚国，楚王逃跑，吴国的军队于是进入了郢都。楚国大夫申包胥来到秦国告急求援，整整七天没有吃饭，日夜哭泣，打动了秦国，秦国发动大队人马去解救楚国，打败了吴国的军队。吴国的军队撤回后，楚王才得以重回郢都。

秦悼公二年，齐国的大臣田乞杀害了国君的小儿子，扶立阳生作为齐君，这就是齐悼公。后来，吴国的军队打败了齐国军队。齐国人杀死了齐悼公，立他的儿子简公为国君。几年后，晋定公和吴王夫差会盟，吴王作了盟主。吴国强盛，开始欺凌中原各国。

秦国由于多次更换国君，君臣秩序混乱，因此使晋国得以重新强盛，夺取了秦国的河西地区。

献公元年，废除了殉葬制度。周朝太史拜见献公说："周以前和秦国是合在一起的，分别了五百年后，又要重新合并，合并后会有霸王出世。"以后几年，果然有异兆出现，桃树冬季开花，天上降下金雨。秦国的军队和晋国在石门山地区交战，斩杀了晋军首级六万，周天子赠送了绣有花纹的礼服来表示祝贺。秦国的军队还与魏国和晋国在少梁交战，俘虏了敌将公孙痤。

孝公元年，在黄河和崤山以东，一共有六个强国。秦孝公和齐威王、楚宣王、魏惠王、燕悼侯、韩哀侯、赵成侯平起平坐，在淮水和泗水一带，拥有十多个小国。楚国、魏国和秦国土地相连。魏国修筑了长城，从郑县沿洛水向北，拥有上郡等地区。楚国从汉中往南，拥有巴、黔中等广大地区。周室势力微弱，诸侯凭借实力互相征战兼并。

秦国位于偏僻的雍州地区，没有资格参与中原各诸侯国的会盟，诸侯们也都把秦国当夷翟看待。在这种形势下，孝公广泛地施行恩惠，救助孤寡老人，招纳安慰官兵，确定各种奖赏。他宣告全国："以前，我的祖先穆公，以德治国，并且振兴武力，往东平定了晋国内乱，使国土扩展到黄河，往西，曾经称霸于戎翟地

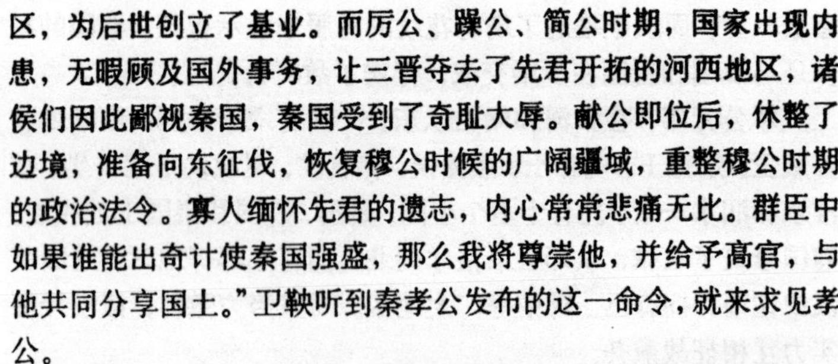
区，为后世创立了基业。而厉公、躁公、简公时期，国家出现内患，无暇顾及国外事务，让三晋夺去了先君开拓的河西地区，诸侯们因此鄙视秦国，秦国受到了奇耻大辱。献公即位后，休整了边境，准备向东征伐，恢复穆公时候的广阔疆域，重整穆公时期的政治法令。寡人缅怀先君的遗志，内心常常悲痛无比。群臣中如果谁能出奇计使秦国强盛，那么我将尊崇他，并给予高官，与他共同分享国土。”卫鞅听到秦孝公发布的这一命令，就来求见孝公。

卫鞅劝说孝公变更法制、整顿刑法，在内政上重视农耕，明确规定在对外征战中的赏罚制度，鼓励为国捐躯，孝公很欣赏他的建议，采用了卫鞅的新法，刚开始，百姓不喜欢新法，过了三年，百姓感受到了新法的便利。

惠文君十年，张仪被任命为秦相。魏国把上郡的十五县送给了秦国。几年后，张仪和齐楚两国大臣在啮桑地区会盟。后来，张仪又担任魏国国相，乐池担任秦国国相。韩国、赵国、魏国、燕国、齐国与匈奴的军队联合，共同来攻打秦国。秦国打败了联军，斩杀了敌军首级八万二千。不久，张仪再度担任秦国国相。

武王时代，韩国、魏国、齐国、楚国、越国都服从秦国。武王力气很大，喜欢勇猛的人，所以力士任鄙、乌获、孟说都得到了重用，做了高官。有一次，武王与孟说举鼎较力，结果摔断了膝盖骨，不久，武王去世。因为武王的死与跟孟说较力有关，所以孟说的全族都被杀尽了。武王去世后，因为没有儿子，所以扶立武王的弟弟作为秦王，这就是昭襄王。

昭襄王时代，军功卓著。攻克了赵国、楚国、魏国、燕国、韩国，一路顺风，韩国的上党郡甚至放弃抵抗。只有赵国很难攻克，双方相持不下。秦国派武安君白起攻击赵军，在长平彻底打败了赵国的军队，四十多万赵军全部被杀死。

周朝灭亡之后，西周的宝器九鼎归属给秦国。天下诸侯都来归服秦国。魏国来得最晚，秦王就派军占领了魏国的吴城，魏国于是把所有国政都委属给秦国，并完全听从秦国的命令。

庄襄王元年，大赦犯人，广施恩德，来安抚天下百姓。东周君和诸侯一起，商量要攻打秦国，秦国知道了，派相国吕不韦诛杀了东周君，把东周土地全都纳入秦国版图。魏国将军无忌率领五国联军攻打秦国，战败之后，五国联军解散而去。

庄襄王去世，儿子政继位，这就是秦始皇帝。秦王政在位二十六年，第一次统一了天下，把天下分为三十六个郡，号称始皇帝。始皇帝五十一岁逝世，儿子胡亥继立，就是秦二世皇帝。二世皇帝三年，诸侯一起反叛，赵高杀害了二世皇帝，立子婴为秦王。子婴即位只有一个多月，就被诸侯杀掉，于是，秦朝灭亡。

第六章

秦始皇本纪

中国历史名著文库

俯视九州

秦始皇，是秦国庄襄王的儿子。当初，庄襄王在赵国做人质的时候，曾见到了吕不韦的姬妾，非常喜欢，后来娶了她，生下了始皇帝。始皇帝降生的时候，被取名叫做政，姓赵。

政十三岁时，庄襄王去世，政接位为秦王。当时，秦国疆域很大，已经兼并了巴、蜀、汉中，并且越过宛而占有郢地，在那里设置了南郡；在北方，占有了河东、太原和上党；东面，占有荥阳，灭亡了东西二周，在那设置了三川郡。吕不韦担任丞相，封邑十万户，封号文信侯。吕不韦野心很大，招揽各地游士，想靠他们的力量来吞并天下。李斯担任舍人。蒙骜等人担任将军。秦王年幼，而且刚刚即位，所以，国家大事都委托给大臣处理。

晋阳县发生反叛，将军蒙骜进攻叛军，平定了叛乱。第二年，秦国攻打魏国，斩杀敌军首级三万。第三年，进攻韩国，攻取了十三座城邑。第五年，将军蒙骜进攻魏国，共取得二十座城邑，秦国初次设置东郡。第六年，韩、魏、赵、卫、楚五国联合攻击秦国，秦国反击，大胜，五国联军解散。秦军攻克卫国，逼进东郡，卫国国君率领宗族迁居野王，凭借山势险峻而坚守在河内地区。第八年，秦王的弟弟长安君谋反叛秦，被处死。黄河泛滥，连河里的鱼都流上了岸，致使许多人赶着车马向东逃荒，另寻生计。

第九年，有彗星出现，光芒横贯长空。秦王举行成年加冠典礼，这时候，长信侯阴谋叛乱，被发觉，他假造秦王御玺和太后玺印，调动县里的军队和其他人，发动叛乱。秦王命令相国、昌平君、昌文君调集军队，在咸阳开战，斩杀叛军首级好几百。平叛的功臣都升了爵位，连参战的宦者，也升一级官爵。长信侯战败逃走。于是在全国下令通缉：生擒长信侯，赏钱一百万；杀死长信侯，赏钱五十万。结果，长信侯以及手下全部被抓获。手下二十人全被悬首、车裂，在街上示众。他们的家族也被杀光。他们的那些门客，罪轻的罚劳役三年。至于那些被剥夺爵位而被流放的，达到了四千多家，都被安置在房陵居住。相国吕不韦因受长信侯案件的牵连，被免除了相职。

为了国家安全，还在全国进行彻底的搜查，赶走从各国来任职的宾客。李斯上书，痛陈利弊，才废止了逐客令。李斯进而游说秦王，主张马上攻打韩国，以此来震慑其它诸侯国，秦王觉得有道理，就派李斯去攻打韩国。韩王非常忧虑，与韩非商量，想办法削弱秦国。

大梁人尉缭来到秦国，给秦王提建议说："秦国强盛，相比之下，其它诸侯就像郡县的首长一般。可是，怕的就是诸侯们联合起来，出其不意地一起来进攻。希望大王不要吝惜财物，拿去贿赂各国有权有势的大臣，以此打乱他们的计划，这样，只要投入区区的三十万金，就可吞并诸侯各国。"秦王听从了他的计策，用平等的礼节召见他，连自己的衣服和饮食也与尉缭同等，以示尊重。

尉缭见了秦王之后，暗想："秦王的相貌，鼻子高，眼睛细长，胸脯像鸷鸟一样，声音像豺狼一样，这样的人，心地不仁慈，有虎狼心肠，不得志的时候，他很容易对人表示谦卑，一旦得志，就会很轻易地吞食别人。我只是个平民百姓，可是他见到我时，总是表现得谦躬而卑下。如果我真的使他得到天下，那么全天下人都会成为他的俘虏。这种人是不能和他长期相处的。"于是他准备逃走。秦王发觉了，执意挽留，任命他为秦国尉，并且听从他的治国之道。

始皇十二年，文信侯吕不韦去世，他的门客偷偷摸摸地把他埋了。门客中那些来哭丧的，如果是三晋地区的人，就被驱逐出境；如果是秦国人而且俸禄在六百石以上，就剥夺他的官爵并被迫迁徙；俸禄在五百石以下而没有哭丧的，也要迁徙，但不剥夺官爵。从那往后，执掌国家大政而不走正道，像长信侯和吕不韦那样的人，就要取消他全家人的户籍而充作奴隶。

始皇十三年，攻打赵国，杀死赵国将军，斩杀敌军首级十万。

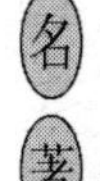

韩非出使秦国，秦国采用李斯的意见，扣留了韩非，最后韩非死在了秦国。韩王屈服，请求成为秦国的藩臣。

十五年，魏国迫于秦国军队的威力，向秦国奉献土地。十七

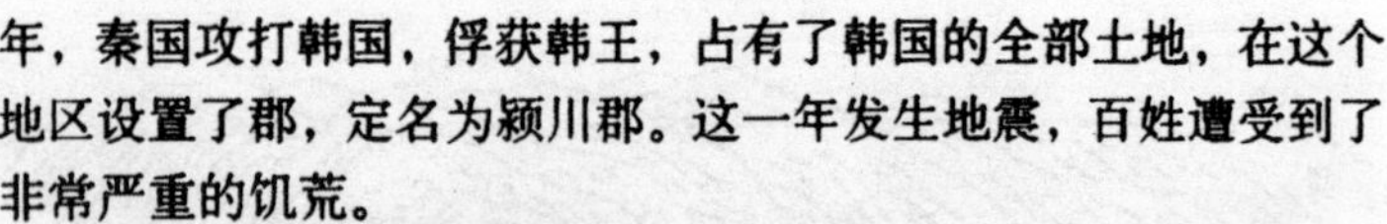

年，秦国攻打韩国，俘获韩王，占有了韩国的全部土地，在这个地区设置了郡，定名为颍川郡。这一年发生地震，百姓遭受到了非常严重的饥荒。

十八年，大举进攻赵国，一年后夺取赵国的土地，到达了平阳，俘虏了赵王。又率兵准备攻打燕国，在中山地区屯驻。秦王来到邯郸，活埋了那些与秦王的母家有仇怨的人。赵国的公子率领着他的宗族几百人逃到代地，自立为代王，和东方的燕国会合兵力，驻扎在上谷郡。

二十年，燕国的太子丹担心秦国大军压境，非常害怕，就派荆轲去行刺秦王。秦王发觉了，肢解了荆轲的身体示众，然后发兵进攻燕国。燕国、代国出兵迎击，秦军在易水的西边打败了燕军。一年后，秦国增调了更多的士卒，打垮了燕国太子的军队，攻克了燕都蓟城，杀掉了燕国太子丹。燕王向东跑到辽东地区，在那里称王。

二十二年，攻打魏国，挖沟引来黄河水，淹没了魏国首都大梁城，大梁城的墙被水冲坏，魏王请求投降，秦国于是占领了魏国土地。

二十三年，秦王派人带兵进攻楚国，俘获了楚王。楚国的将军项燕扶立昌平君作为楚王，在淮南地区起兵反秦。一年后，昌平君战死，项燕自杀。

二十五年，秦国大规模地发动军队，在辽东地区攻打燕国，俘获了燕王。回军攻打代国，又俘获了代王。还平定了楚国的江南地区，降服了越君，设置了会稽郡。

二十六年，齐王和他的丞相发动军队，防卫齐国的西界，不与秦国交往。秦国派军攻打齐国，俘获了齐王。

万世基业始皇帝

统一了天下，秦王就对丞相和御史下诏令说：

前段时间，韩王交出土地，进献国玺，请求作我国的藩臣，可是不久就违背了盟约，与赵国、魏国联合，一起来反叛秦国。所以，我们才兴兵攻打韩国，俘获了它的国王。寡人认为这样做很圆满了，大概可以不再打仗了。赵王派他的丞相李牧来订立盟约，所以我们归还了他们的人质。可是不久，他们背弃了盟约，在太原反叛我国，所以，我们才兴兵讨伐，抓了他们的国王。赵国公子又自立为代王，所以又消灭了他。魏王起初订立盟约，表示臣服秦国，可是不久，又与韩国、赵国合谋，袭击秦国，秦军官兵善战，打垮了他们。楚王奉献青阳以西的土地，可是不久，就违背盟约，攻打我国的南部，因此，我国发兵，抓了它的国王，平定了楚地。燕王昏庸，他的太子丹暗地里命令荆轲到秦国来刺杀我，秦国官兵出兵讨伐，灭了燕国。齐王断绝了和秦国的往来，想要作乱，我们前去诛伐，俘获了齐王，平定了齐地。寡人以渺小的身躯，兴兵征战天下，六国全都称臣认罪，天下完全得到安定。如今如果不更改名号，就很难称扬我所的伟大功业，使它流传给后世。你们讨论一下帝王的称号吧。

承相王绾、御史大夫冯劫、廷尉李斯等人认真商量之后，回答说：

以前，五帝的疆土纵横千里，在这以外的诸侯们，有的来朝贡天子，有的不来朝贡，天子无法完全加以控制。如今陛下率领正义之师，消灭叛贼，平定了天下，海内设立郡县，法令从此统一，这是有史以来，从未有过的功业，连五帝也无法达到。臣等谨慎地与博士们讨论，结论是：'古代有天皇，有地皇，有泰皇，泰皇最为尊贵。'臣等呈上尊号，认为您应称为'泰皇'。天子之命称为‘制’，天子之令称为‘诏’，天子自称‘朕’。”

秦王说：“这样吧，不要‘泰’字，只用‘皇’字，再采用上古‘帝’位的称号，尊号叫做‘皇帝’。其它就照你们的建议办。”

于是追加尊号，称庄襄王为太上皇。又下达制书说：“朕听说，上古的时候，有号而没有谥，中古时有号，死后又按照他的行为，给他立谥。这样一来，就是儿子评论父亲、臣子评论君主了，这样做很不合适，朕不同意这种做法。从今以后，废除谥号。朕称始皇帝，后世按数字排列，从二世、三世直到万世，让它传递无尽。”

始皇帝根据金、木、水、火、土五德相生相克的原理，认为周朝得到火德，秦代替周的火德，就应该推从水德。所以，现在应该是从水德开始，应该更改每年的起始月，朝臣们元旦入朝庆贺都从十月初一日开始。衣服、旌旗的色彩都崇尚黑色。数目以

六为基数，法冠都是六寸，马车的宽度为六尺，每乘车的马定为六匹。因为开始运行水德，所以要把黄河改名叫德水。另外，主张以苛刻的手段治国，凡事都依法办理，不讲求仁慈、恩惠和道义，以为只有这样做了以后，才符合五德运行的原则。于是，全国上下都施行残酷的刑法，犯人很难得到赦免。

丞相王绾等人上奏说："诸侯刚刚被平定，燕、齐、楚等地偏远，如果不在那里设置王国，就很难守住这些地区。请您封立各位皇子为王。"始皇帝把这个提议下发给群臣们讨论，群臣们大都同意，认为这样做更便于治理。

可是廷尉李斯建议说："周朝的时候，文王、武王分封了非常多的子弟以及同姓诸侯，但是后来呢，宗属关系越来越疏远，他们之间相互攻击，就像仇敌一样，接连不断地相互征战。如今不同了，仰仗陛下的神灵，天下已经完全统一，各地都设立了郡县，可以用国家的赋税收入重赏各家子弟和功臣，这样就很容易控制他们。使天下没有二心，这才是安邦定国的关键啊！所以说，设置诸侯不利于国家的长治久安。"

始皇帝说："是啊！多少年来，天下人饱受战争的苦难，就是因为有诸侯王的存在。现在，天下刚刚平定，却又要重新设置王国，这是在种下战争的祸根啊！我同意廷尉的意见。"

于是，把全国分成三十六郡，郡中设置郡守、郡尉、监御史等官职。把民众改称为"黔首"。赏赐天下的人共同宴饮，庆贺统一。收集天下兵器，聚集到咸阳，熔化以后铸成大钟，并且铸造了十二个铜人，都重达千石，放在宫廷里。统一法律和度量衡，统一车辆的规格，统一文字。秦朝的版图，东边到了大海和朝鲜地区，西边到达临洮、羌中，南边到达北向户，北方据守黄河，作为关塞，并与阴山相连，直到辽东。把天下十二万户豪富迁徙到咸阳。各代祖先的陵庙以及章台宫，还有上林苑，都设置在渭水南岸地区。秦每次灭亡一个诸侯国，都要画出他们宫室的图形，然后在咸阳仿建，并把从诸侯国所得到的美人、钟鼓，都安置在里面。

二十八年，始皇帝向东巡视，登上了邹地的峄山，在那里树立了石碑，并与鲁地儒生商讨碑文，准备刻石铭文，歌颂秦朝的功德，还讨论了封禅等事宜。随后，又登上泰山，树立石碑，祭祀天神。下山时，突然有狂风暴雨袭来，始皇帝于是在树下避雨休息，因此封这颗大树为五大夫。

之后，沿着渤海向东行进，登上之罘山，也树立石碑歌颂秦的功德，然后离去。

再向南登临琅邪山，在这里逗留了三个月，整天吃喝玩乐。同时，把三万户百姓迁到了琅邪山下，免去了他们十二年的赋税徭役。随后，又建造琅邪台，立碑纪念，颂扬秦朝的功德，表明始皇帝的万丈雄心。

这些事完成以后，齐地人徐福等呈上奏书，说海中有三座神山，分别叫做蓬莱、方丈、瀛州，有神仙居住在那里。希望能够率领童男童女前往，寻仙觅道。始皇帝同意，因此派遣徐福率领几十名童男童女，入海寻仙。

始皇帝从东方返回的时候，路过彭城，亲自斋戒祭祀，想要把当年掉落在泗水中的周鼎打捞上来。派了一千人潜入水中去找，没有找到。随后，向西南渡过淮水，前往衡山、南郡。在坐船渡过湘江的时候，遭遇大风，几乎不能渡江。始皇帝问博士："湘江的水神是谁？"博士回答说："根据传说，是尧的女儿，也就是舜的妻子，葬在河里。"始皇帝听了，大怒，派三千名罪犯把湘山的树木全部都砍掉，整座山都露出了红土，成了光秃秃的土山。

二十九年，始皇帝到东方游览，被刺客惊扰。刺客没有抓到，于是在全国进行了十天的大搜捕。后来，始皇帝身着便装，暗中在咸阳巡视，带了四名武士，夜里出来，在兰池宫又遇到行刺，非常危险，武士杀掉了刺客，然后在关中地区进行了二十天的大搜捕。

后来，始皇帝派人去觅求仙人不死的奇药。派到海中寻求仙人的燕人卢生返回之后，向始皇帝呈奏他所抄录的一本神书，书上说："灭亡秦的是胡。"始皇帝于是派出将军蒙恬，大举北进，攻打胡人，攻取了河南地区。

三十四年，贬谪那些不公正办理讼狱的人，去修筑长城或者戍守南越。

焚书坑儒

始皇帝在咸阳宫摆设酒宴，有七十位博士来祝酒。

仆射周青臣上前，颂扬始皇帝说："从前，秦国的土地不足千里，全是依仗陛下的圣明，才平定了海内，驱逐了蛮邦，使日月所能照到的地方，没有谁敢不称臣归顺。然后，陛下又把诸侯国改成了郡县，使所有人都能安居乐业，不再担心战争的祸患，这可是个伟大的功业啊！它一定会流传万世！自从上古以来，没有谁能赶得上陛下的功德。"始皇帝听了，非常高兴。

这个时候，有博士淳于越进言说："我听说，殷、周两朝，统治天下一千多年，分封子弟和功臣，来辅佐自己。如今陛下拥有海内的所有土地，而您的子弟却是匹夫平民，一旦突然出现了乱臣，没有势力强大的子弟，那怎么相互救助呢？不学习古制，却能长治久安的，臣从来没有听说过。如今周青臣只会阿谀奉承，而不指出陛下的过失，他不是忠臣。"

始皇帝让群臣讨论这件事。丞相李斯说：

"五帝的政治措施不互相重复，三代的国家制度不互相因袭，都是各自根据当时的需要来取舍，他们不是有意违背，而是因为时代变了，情况也有变化。如今陛下创建了伟业，建立了万世功勋，愚儒根本就不能理解。再说，淳于越所说的都是遥远的三代，那时候的经验有什么值得借鉴的？"

"从前，因为诸侯并立，互争长短，所以才用优厚待遇招揽游学之士。如今不同了，天下已经平定，法令出于一统，是百姓，就应该努力从事生产，是士人，就应该认真学习法令刑禁。可是如今那些儒生呢，不重视当今，偏偏要去学习古代，对现行制度指手画脚，扰乱百姓的头脑。所以，我李斯冒死进言：

"古时候，天下分散而且混乱，人们发议论，往往是称引古代

而贬低当今，用虚言来搅乱现实，大家都认为只有自己才是正确的，于是就指责皇上所建立的制度。如今皇帝拥有统一的天下，辨别了是非黑白，并规定了一切。而一些人一听到政令发布，就用不同于当今的观念来表示高明，率领着一群追逐者对政府造谣诽谤。这样的情况不加以禁止，就可以使在上的威势下降，在下的臣子结成朋党。我认为应该禁止这种趋势。

“我请求命令史官把除《秦记》以外的史书全都烧掉。如果有人胆敢隐藏《诗》、《书》、百家典籍，都应该将这些典籍交到地方官府烧掉。如果有人胆敢聚众论说《诗》、《书》，就要当众处死。用古事来非议当今的人，必须诛灭他的全族。官吏中如果有知情不报的，与他们同罪。命令下达后三十天内，仍不愿烧书的人，要在脸上刻字，然后发配到边疆去修筑长城。不烧的书，是有关医药、占卜和种植的书籍。如果人们想要学习法令，就应该拜官吏为师。”

秦始皇很赞同李斯的看法，于是下达制书说：“同意。”

卢生劝导始皇帝说：“我们这些臣子去寻求灵芝奇药和神仙，不知道为什么，总是找不到，好像是有什么东西伤害了他们，他们于是躲开了。要想和神仙见面，陛下就应该隐瞒行踪，以此远离恶鬼，远离了恶鬼，神仙真人才能来临。作为真人，进入水中不会粘湿，闯到火里不会烧伤，而且凌驾在云气之上，与天地同寿。希望皇上要远离恶鬼，隐瞒自己的行踪，居处千万不要让别人知道，这样，才能求到不死之药。”

于是始皇帝就称自己叫“真人”，不再称作“朕”，还下令将咸阳周围二百里以内的二百七十座宫观，用空中的复道和有围墙的甬道连接起来，在里面安置帷帐、钟鼓和美女，并分别登记在案，谁也不许移动。如果有人透露出皇帝在什么地方，就要被判罪处死。

有一次，始皇帝从山上看到丞相的车骑卫队很庞大，很不高兴。宫中有人把这件事告诉了丞相，丞相马上就减少了随从车骑。始皇帝知道后，大怒道：“宫中一定有人把我的话泄露出去了。”立案审问，却没有人肯认供。始皇帝于是下诏，逮捕当时在他身旁侍从的所有人，全部处死。从此以后，再也没有人知道始皇帝在哪里。群臣们上奏国事，或者领受始皇帝的决策，都在咸阳宫中举行。

侯生和卢生商量说："始皇帝的性格，刚烈狠毒，而且自以为是。他从一个诸侯起家，兼并了天下，心志得到了满足，于是在行动上就为所欲为，觉得自古以来的帝王，谁也不如他自己。他专门任用和宠幸治狱的官吏，施行严刑峻法。博士虽然有七十人，但只是备员充数，并不能得到任用。丞相和各位大臣都只是领受皇帝的成命，一切政务都是皇上来决策。皇上喜欢使用刑法，以此来建立威权，天下人都害怕获罪，都只想保住自己，没有谁敢于尽忠。"

"皇上听不到自己的过失，越来越骄横放纵，臣下被皇上的威严所慑服，只好用说谎、欺瞒的方法来取悦皇上。占候星象云气

的虽多到三百人，却因为畏惧皇帝的忌讳而阿谀奉承，不敢指出他的过失。天下的事，无论大小，都由他一个人决定，以至于他每天批阅的文书，必须要用秤量，白天黑夜都有奏呈，不批阅完规定的数量，就不可能休息。贪恋权势到了这种地步，我们还替他寻什么仙药呢！”于是二人就逃跑了。

始皇帝听说他们逃走，非常愤怒：“前些时候，我收集了天下不合实用的书籍，全都销毁了。然后向全天下召求了许多文学、方术人士，希望通过他们来求得太平。现在，听说有人逃跑了，不再回来，徐福等人花费的钱要用万来计算，可是最终却一点仙药都没弄到，每天只是听到他们为奸谋利的消息。卢生等人，我那么尊重他们，还给了那么多赏赐，可是现在他们却诽谤我，夸大我的过失。所有在咸阳的方士和儒生，我都派人调查过了，有的人在制造妖言，惑乱民众。”

因此派御史全面审问那些方士儒生，那些方士儒生们相互告发，查出触犯禁令的达到四百六十多人，这四百六十多人全部被活埋在咸阳。天下人都知晓了这件事，借以警告后人。

始皇帝的长子扶苏劝谏说：“天下刚刚平定，远方臣民尚未归附。那些儒生诵读诗书，效法孔子，都是有道德的人，可是皇上用重刑制裁他们所有人，我实在担心这会影响天下的太平，希望皇上明察。”始皇听后大怒，马上派遣扶苏到北方边疆，去监督蒙恬的军队。

长生迷梦

三十六年，有一颗流星坠落在东郡，落到地面，成了一块陨石。有人在这块石上刻了几个字：“始皇帝死后，国土就要分裂”。始皇帝听说这件事，派遣御史到处查问，没有人认供，就把在这块陨石旁居住的民众全都抓来杀掉，接着，又把这块陨石焚烧销毁。

始皇帝闷闷不乐，命令博士写作《仙真人诗》，等他出游的时候，就令乐工演奏歌唱。

秋天，秦国使者晚上走路，有个人拦住使者，留下一块玉璧，还说："今年祖龙将会死去。"使者刚想询问其中缘由，那个人就忽然不见了。使者把这件事详细报告给了始皇帝。始皇帝听后，沉默了好久，说："山鬼，最多只能预测一年以内的事。"退朝以后又说："祖龙，是人类的祖先。"令人察检这块璧，原来是当初出外巡行渡过长江时所沉下的那块玉璧。始皇帝占卜这件事，卦辞显示，必须迁徙才会吉祥。于是，就迁了三万家民户，到北河定居，而且赏赐每户一级爵位。

始皇帝出游，左丞相李斯随行，右丞相冯去疾留守京都。幼子胡亥请求跟从，皇上就带了他一起走。

方士徐福等人入海寻求仙药，好几年什么都没得到，却花费了不少钱，害怕遭到谴责，于是就撒谎说："蓬莱仙药本来可以求到的，但是，在渡海的途中经常被大鱼袭击，所以总是到不了。希望皇上能派善射的人和我们一同去求药，如果见到大鱼，就射杀它。"始皇帝还梦见自己与海神交战，海神长得像人一样。让博士圆梦，博士说："水神总也看不见，是因为有大鱼蛟龙守候在它的周围。如今皇上祈祷祭祀都非常认真，但是还出现这类恶神，真不应该。应当把它除掉，这样善神就可以来了。"于是就命令入海求仙的人，必须随身携带捕捉大鱼的用具，始皇帝自己出海也带了弓箭，等见到大鱼出现的时候，就射杀它。从琅邪向北航行到荣成山，没有见到大鱼。再航行到之罘山，见到了巨大的鱼，射杀了一条。然后就沿着海岸向西走。

始皇帝染上了疾病，很重。他讨厌提到死，所以群臣没有谁敢说死。病情越来越严重，始皇帝才写了一封加盖御印的书信给公子扶苏，上写："到咸阳来参加治办我的丧事，把我安葬好。"书信封好，放在赵高那里加盖符玺，还没等到交给使者传送，始皇帝就去世了。

丞相李斯考虑皇上在都城外去世，恐怕各个公子及天下人会搞政变，所以隐瞒死讯，不发布丧事。始皇帝的尸体装进棺材，用既密闭又通风的车运载，由以前皇帝宠幸的宦官们陪乘驾车。所到之处，像以往一样进献食物，百官们也像以往一样奏事，宦官就在车中批准他们所奏的事务。

只有始皇帝的儿子胡亥、赵高及平时所宠信的宦官，总共五六个人，知道皇帝已经死去。赵高以前曾教授胡亥读书和学习刑法律令等事，胡亥私下很宠幸他。赵高就和公子胡亥、丞相李斯偷偷打开始皇帝给公子扶苏的书信，改写成李斯亲自接受始皇帝的遗诏，立儿子胡亥为太子；又另外写了一封给公子扶苏和蒙恬的书信，列举了他们的“罪状”，赐他们一死。他们起程回咸阳，途中恰逢暑热时期，载有皇上尸体的车散发出臭气，于是让随从官吏在车中载上一些鲍鱼，用这个办法遮掩尸体的臭气。

一行人从直道赶回咸阳，然后发布治丧的公告。

太子胡亥继位，成了二世皇帝。九月，始皇帝被葬在了郦山。

始皇帝刚即位的时候，就开凿郦山建造坟墓。等到统一了天下以后，又从全国各地送来七十多万工匠，开挖到三重泉水的深度，用铜水浇铸，把缝隙堵塞之后，再把外棺放进去，然后，把宫殿和所设的百官位次，还有奇珍异宝拿来，藏在里面。最后，命令工匠制作带有机关的弩箭，如果有人盗墓，就会被射杀。用水银模拟成江河大海，并且运用机关，使它互相灌输流动，墓室的顶壁上，是依据天文图案进行装饰，墓室的下部，是依据地理图形加以布置。还用娃娃鱼的脂肪做蜡烛，可以燃烧多年而不熄灭。

二世皇帝说："先帝后宫中，那些没有生子的妃嫔，不能出宫。"命令她们都去殉葬始皇帝，被赐死的人非常多。灵柩下葬以后，有人说，工匠们制造机关，对所藏宝物那么了解，以后肯定会把贵重的宝藏泄露出去。所以，安葬大事完结之后，珍贵宝物都已经埋藏好了，就封闭了墓道的中门，然后把墓道的外门放下来，把工匠和负责填放宝物的人全部封在了里边，没有一个活着出来。最后，在墓冢上种植了草木，使它看上去是一座普通的山。

赵高指鹿为马

二世皇帝元年，胡亥二十一岁。赵高担任郎中令，因为受到皇帝的信任而专权用事。秦二世和赵高商量说："朕年纪轻，又刚刚登位，民心尚未归附。想当初，先帝到各郡县去巡视，来显示自己的强大，以便威慑海内。我如今坐享其成，不去巡视，会被人看成懦弱无能，这样怎么可能统治天下？"

于是二世出游巡视，李斯随从。先是到了碣石山，然后又沿海南下，到了会稽，并且在始皇帝以前所竖立的刻石上重新刻上文字，彰扬先帝的功业和盛德。

二世皇帝还遵从赵高的建议，申明法令。他私下与赵高商议

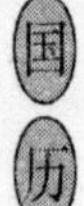

说："大臣们不顺服，官吏的势力还很大，另外，各位公子以后肯定也要和我争夺帝位，我该如何处理呢？"

赵高回答说："其实我早就想说，但是没敢。先帝的大臣，都是立下了累世功名的贵人。他们曾经为国家积累功业，劳苦了一辈子，后代也继承了他们的传统。而我赵高呢，本来是一位无功无勋的贱人，幸而得到陛下的抬举，让我官居高位，掌握宫禁中的事务。大臣们对这个安排都不高兴，虽然表面上顺从我，但心里面非常不服气。如今皇上出巡，应该借这个时机，查出那些有罪的官僚，杀掉他们，这样，可以除去那些您不喜欢的人。如今这个时代，不提倡效法文治，一切应该取决于武力，希望陛下抓住时机，当机立断，千万不要迟疑，要抓住群臣还来不及反叛的时机，尽快采取行动。圣明的君主，能够重用前朝遗留下来的普通人，对于地位卑贱的人，能使他变得高贵，对于贫困的人，能使他变得富足，对于被前朝疏远的人，能够给予宠信，这样，就能实现上下团结，使国家安定。"

二世皇帝说："恩，这个办法不错！"于是，就找借口杀掉大臣和各个公子，又制造罪名，抓了一些职位较低的官员，没有一个人能够幸免。并且还把始皇帝的六个皇子杀死在杜县。公子将闾等兄弟三人暂时被囚禁在内宫，等待议定他们的罪名，没有立即处决。

二世皇帝派使者传令将闾说："公子不臣服君主，论罪应死，就要执行了。"将闾说："宫廷的礼法，我从来不敢不顺；朝廷上的位次，我从来不敢错乱；回答皇帝的命令，我从来不敢失言。凭什么说我不臣服？我希望能够明白，我到底犯了什么罪，然后再接受死罪。"使者说："我没有资格参加讨论，只能奉诏书行事。"将闾无奈，仰天大呼三声，叫道："天啊！我没有罪！"于是兄弟三人都流着眼泪，拔剑自杀。宫廷中的人听说了，都很害怕。群臣当中只要有劝谏的，就被认定是诽谤朝政，大官吏们为保持他们的禄位，只好阿谀奉承。

二世皇帝说："先皇帝因为咸阳朝廷太狭小，所以才营造了阿房宫。还没有建成，正遇到皇上崩逝，就命令那些营造的人停止建筑，去修郦山陵。郦山的事已经做完，现在如果放下阿房宫的事不去完成，那就是有意显示先帝的过错啊。”

于是又重新修建阿房宫。同时，派兵安抚四夷，又搜罗了五万精兵，守卫咸阳，让他们学习射箭，学习饲养供宫中玩赏的狗马禽兽。咸阳地区于是人口膨胀，要消费很多粮食，所以就向下调集各郡县的粮食和草料，并且命令运送粮草的人都要自带干粮，在咸阳三百里以内的地区不允许取用这些粮食。

陈胜等人造反，国号“张楚”，陈胜自立为楚王，据守陈县，派出各路将领去攻占土地。崤山以东各地的青年人，因为都受到过秦朝官吏的迫害，所以都杀死地方官，起来造反，来响应陈涉。他们相互扶立，成为侯王，联合起来向西进军，打着讨伐秦朝的旗号，造反的人越来越多，数也数不清。有人出使东方归来，把各地造反的情况报告给了二世皇帝。二世皇帝听后大怒，把他关进了监狱。后来又有使者到来，皇上询问东方的形势，使者回答说：“没事的！只不过是一群土匪强盗，郡中的官员正在追捕他们，现在已经全部抓到了，不用担忧。”皇上听了，非常高兴。

当时，武臣立自己为赵王，魏咎自立为魏王，田儋自立为齐王。沛公在沛县起义。项梁在会稽郡起兵。反秦的势力越来越大。

第二年冬天，陈涉派周章率军攻到戏水，拥兵几十万。二世皇帝惊恐万状，向群臣求助说：“哎呀，这该怎么办？”少府章邯说：“盗贼兵临城下，人多势众。现在即使调发附近郡县的军队，也已经来不及了。郦山的工匠人数众多，请皇上赦免他们的罪过，发给他们武器来攻打盗贼。”于是，二世皇帝大赦囚犯和苦力，派章邯统率他们，打败了周章的军队，还杀死了周章。随后，二世皇帝又增派长史司马欣、董翳领兵协助章邯，在城父县杀死了陈胜，在定陶县打垮了项梁，在临济城消灭了魏咎。在有名的贼盗将领都被杀死以后，章邯向北渡过黄河，在巨鹿攻打赵王歇等人。

赵高劝谏二世皇帝说：“先皇帝君临天下，统治了很长时间，所以群臣们不敢为非作歹，不敢在朝廷上胡说八道。可是陛下呢，青春年少，而且刚刚即位，怎么可以在朝廷上与公卿们决策国事呢？如果决策一旦失误，就是把自己的短处暴露在群臣面前。天

子处在万人之上，本来就不该让他们直接听见陛下的声音。”从此，二世皇帝经常躲在宫禁中，与赵高决策政事，公卿大臣们很少能够见到皇帝。

反叛的人越来越多，只好不停地调派关中地区的军卒去征伐。右丞相冯去疾、左丞相李斯、将军冯劫进言劝谏说：“关东地区的盗贼群起，秦朝派军队去讨伐，杀了不少，但是仍然不能制止住他们。为什么这么难？都是因为戍守、漕陆运输和各种差役大多太苦，还有，赋税也太重。请求暂且停止修建阿房宫，减少四边的屯戍和物资转运。”

二世皇帝不用意说：“我听韩非子说过：‘尧、舜修建居室，采用原木作椽子，而不加刮削；用茅草盖铺屋顶，而不加剪裁；用陶器煮饭喝水。即便是今日看门士卒的待遇，也不会比他们更差。大禹治水，让河流导入大海，他亲自手持挖土的杵和铁锹，泥水泡得他连小腿上的汗毛都掉光了，即使是臣仆奴隶的劳苦，也不比他更剧烈。’”

“拥有天下而居于高位的人，应该是随心所欲、为所欲为。作为君主，只要威严，只要能明确地颁布法令，在下的臣民们就不敢胡作非为，这样就能驾御天下了。至于说尧舜禹，作为君主，贵为天子，还亲自辛苦劳作，为百姓作出牺牲，那样做怎么行呢，怎么能以他们为榜样呢？朕贵为万乘君王，却没有享受过万乘君王应该享受的。我想要建造千万辆的车驾，以此来充实我的名号。而且，先帝从诸侯起家，兼并了天下，天下安定之后，又对外抵御四方夷狄，边境也得到了安宁，于是才建筑宫室，来表达他的丰功伟绩。”

“如今，朕即位刚刚两年，盗贼群起作乱，你们不但无法禁止，还想要废止先帝所要做的大事业。你们这样做，既不能报答先帝，也不能为朕尽力。你们还有什么资格身处高位？”

于是把冯去疾、李斯和冯劫抓起来，投入监狱，立案审查他们的罪过。冯去疾和冯劫说：“将相不能受侮辱。”于是自杀。李斯没有自杀，遭受了五刑。

第三年，章邯等人率军包围了巨鹿，楚国上将军项羽率楚军

前往救援。冬天，赵高担任丞相，判决并处死了李斯。夏天，章邯等人作战屡次失利，二世皇帝派人责问章邯，章邯恐惧，就让长史司马欣到朝中求情。赵高不肯接见，又不信任他。司马欣担

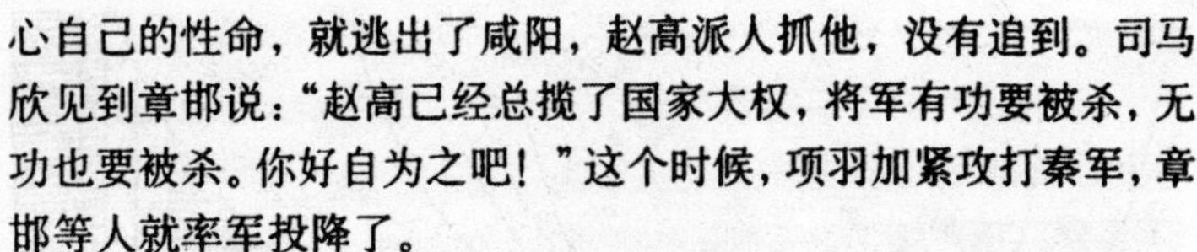

心自己的性命，就逃出了咸阳，赵高派人抓他，没有追到。司马欣见到章邯说：“赵高已经总揽了国家大权，将军有功要被杀，无功也要被杀。你好自为之吧！”这个时候，项羽加紧攻打秦军，章邯等人就率军投降了。

八月，赵高想要作乱，恐怕群臣不服，就预先进行测验。他牵来一匹鹿，献给二世皇帝，煞有介事地说：“这是一匹马。”二世皇帝笑着说：“丞相看错了吧？竟然把鹿看作马。”又询问左右大臣，左右大臣有的默不作声，有的说是马而阿谀赵高，也有人说是鹿。不久，赵高就在暗地里把说是鹿的人杀掉了。以后，群臣都很畏惧赵高。

赵高以前总是说：“关东地区的盗贼，不可能有什么作为的。”后来，项羽在巨鹿城下俘获了秦将王离等人，继续前进，章邯等人的军队屡次败退，而燕、赵、齐、楚、韩、魏都拥立了自己的君王，基本上都已经反叛了秦朝，都率领着各自的军队向西进攻。

当时，沛公率领几万人已经攻克了武关，然后派人暗地里和赵高联络。赵高恐怕二世皇帝发怒，诛杀他，就以生病为由，推辞不见。二世皇帝派人责问赵高关于关东盗贼的事。赵高恐惧，就和他的女婿阎乐和弟弟商议说：“皇上不听劝谏，弄成了这个样子，想把罪过都推给我们家族。我想另置皇帝，改立公子婴。子婴为人仁慈厚道，百姓们都拥护他。”

于是命人作内应，谎称有大盗，命令女婿阎乐召集官吏出动军队追击，率领官兵一千多人来到宫殿门口，把守卫绑起来，说：“盗贼从这里进去了，为什么不拦住他？”守卫说：“宫殿四周设有士卒守卫，滴水不漏，怎么可能有盗贼进入宫殿？”阎乐就斩杀了守卫，率兵直入宫殿，边走边射箭，宫中人等很害怕，有人逃跑有人反抗，反抗的人无一幸存，被杀的有好几十人。后来，阎乐进入宫殿，箭射到了皇上的帷幄上。二世皇帝愤怒，召令左右的侍者，左右侍臣都吓坏了，没有人敢挺身格斗。

当时，二世身旁有一个宦官，伺候二世而不敢离去，二世问他：“你为什么不早点把国家形势告诉我？以至于落到这个地步！”宦官说：“我不敢说，所以才能活到现在。如果我早就说了，

那早就已经被杀掉了，怎么还能活到今日？”

正在这个时候，阎乐冲进来，指着二世，历数他的罪恶：“您生性骄横放肆，随意杀人，不遵天道，天下的人都背叛了您，您还是自己考虑该怎么办吧！”二世说：“我是否能见一见丞相？”阎乐说：“不行。”二世说：“能不能给我一郡的地方，让我作一个王？”没有得到允许。二世又说：“我情愿作一个万户侯。”仍没有得到允许。二世又说：“我情愿和妻儿在一起作平民百姓，就像其他公子一样。”阎乐说：“臣子接受丞相的命令，为了天下人来诛杀您，您虽然说了许多话，但这些话，臣子不敢回报。”于是命令他的土卒拥上前来。二世自杀。

阎乐回去向赵高报告，赵高马上召集所有的大臣、公子，向他们通报了诛杀二世的情况。他说：“过去，秦是一个王国，始皇帝有能力君临天下，所以才称帝。如今不同了，六国自己又重新拥有了国土，秦所控制的地区变得小多了，所以不应该沿用空名而称帝。应该像以前那样称王，这样更为符合实际。”拥立公子婴作为秦王。按照平民百姓的礼仪埋葬了二世皇帝。又让子婴斋戒，到宗庙中去拜见祖先，然后好接受国王的印玺。

斋戒了五天之后，子婴跟两个儿子商议：“丞相赵高杀害了二世皇帝，害怕群臣杀他，才假装申张大义，扶立我。我听说，赵高已经与楚国订立了盟约，等到灭掉秦的宗室以后，他就在关中称王。他让我斋戒后去朝见宗庙，其实是想要借机来杀害我。我如果宣称有病不去，那么丞相一定亲自前来，他一来，我们就杀掉他！”赵高多次派人来请子婴，于婴都不去，赵高果真亲自来请，说：“宗庙朝见这样大的事，王怎么能不去呢？”子婴就在斋宫中刺杀了赵高，然后诛杀了赵高家的三族人。

子婴做了四十六天秦王，沛公就攻破秦军，进入了武关，来到灞上，然后派人去招降子婴。子婴自己用绳子拴着脖颈，坐着马车，捧着天子的印玺信符，前来请降。沛公进入咸阳，封藏了宫室府库，退兵到霸上。

过了一个多月，诸侯军队赶到。项羽是各路诸侯的盟主，命令大家诛杀了子婴和秦王室的各个公子，以及皇室所有的人。然

后，就在咸阳大肆屠杀，烧毁秦国的宫室，俘获其中的宫女，没收秦国的珍宝和钱财，由诸侯们瓜分。灭亡了秦国以后，就把它的领土分割成三个王国，名叫壅王、塞王、翟王，号称三秦。项羽为西楚霸王，主持国政，分割天下，赐封诸侯王。秦朝最终被灭亡了。这以后五年，天下统一，叫做汉。

第七章

项羽本纪

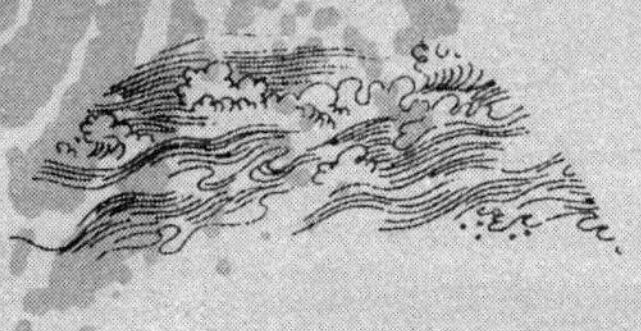

中国历史名著文库

力拔山兮气盖世

项籍，字子羽。他开始创业的时候，才二十四岁。他的叔父名叫项梁，是楚国将军项燕的儿子。项氏家族世世代代担任楚国的将军，所以被封在项城县，因此姓项。

项籍少年时代，学习认字写字，学不好，于是放弃了，去学习剑术，又没有学成。项梁对他大发雷霆。项籍说："认字写字，只不过用来书写姓名而已，学好剑术，也只不过能对付一个人，根本就不值得学。我要学能够打败万人的本领。"因此项梁就教项籍学习用兵打仗，项籍非常喜欢，可是，懂得其中的大意以后，又不肯学了。

项梁杀了人，就和项籍逃到吴中地区，躲避仇家的报复。吴中地区的贤士大夫都尊崇他。吴中地区每当有大的徭役和丧葬，经常是请项梁去主办。他运用兵法，部署宾客和青年人，所有事情都井井有条，吴中地区的人都推崇他的才能。

秦始皇到会稽巡视，渡过浙江的时候，项梁和项籍一起去观看。项籍说："那个人，我可以取而代之。"项梁捂住了他的嘴，说："不要胡说，会灭族的！"但是，从此项梁就知道项籍是个不凡的奇人。项籍身高八尺有余，力能扛鼎，而且才气过人，尽管吴中青年刚烈好斗，但都很畏惧项籍。

秦二世元年，陈涉等人在大泽乡起义。九月，会稽郡守殷通对项梁说："长江以西地区都造反了，看来，这是上天要灭亡秦国，是个好时机。我听说，领先行动，就可以控制别人，要是落后，就会被别人控制。我准备发兵抗秦，派您和桓楚作将军。"

当时，桓楚逃亡，藏起来了。项梁说："桓楚逃亡在外，没有人知道他在哪里，只有项籍知道他藏在哪里。"随后，项梁出来，命令项籍携带宝剑，在屋外候命。项梁再次进屋，与郡守坐在一

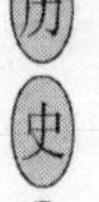

起，然后说："请您召见项籍，命令他去把桓楚找来。"郡守同意，于是项梁就把项籍叫了进来。过了一会儿，项梁示意项籍："可以动手了！"项籍于是就拔出宝剑，斩下了郡守的头。

项梁拎着郡守的头，佩带着郡守的印符走出来。郡守的部下见状，一时大为惊慌，乱成一团，被项籍所杀伤了近百人。大家都惊恐万分地伏在地上，没有一个人敢于起来反抗。于是，项梁召集以前的朋友，告诉他们他也要起义，成就大业。随后，出动吴中地区的军队，率领他们去攻打郡内的属县，得到精兵八千。项梁任命吴中地区的豪杰去领导这支军队。其中有一个人没有被任用，就去责问项梁。项梁说："前些时候，某家丧葬时我派您去主办一件事，您没有办好，所以，我不能任用您。"众人听了，对项梁的知人善任都很佩服。这样，项梁就做了会稽郡守，项籍被任用为大将，率军攻打所辖各县。

广陵人召平当时正在替陈王攻打广陵，但没有攻下，听说陈王战败逃走，而且秦国军队马上就要打过来，于是就渡过长江，假托奉陈王的命令，封项梁为楚王的上柱国。他说："江东平定以后，应该尽快向西攻秦。"项梁就率领着八千军队，渡过长江，向西进攻。听说陈婴已经打下了东阳，就派使臣前去，准备跟他联合，一同西进。

陈婴，本来是东阳令史，为人诚信，做事严谨，被尊为长者。东阳县的年轻人杀了他们的县令，聚集了几千人，想推举一位首领，但没有合适的人选，于是就请陈婴担任这个职务。陈婴推辞，谦虚地说自己没有这个能力，结果被强行推为首领。县中随从起义的有二万人，少年们准备立陈婴为王，并用黑头巾包头，以便区别于其它军队。

陈婴的母亲告戒陈婴："自从我嫁到你们陈家以来，没听说过你的先辈中出过贵人。现在你突然之间就得到这样大的名分，不祥。你还不如立别人为王，归属于他，这样，事业成功的话，你仍然能够封侯，事业失败呢，你也易于逃亡，因为你不会被世人注意到。"陈婴想想有理，就坚决不称王。他对军官们说："项氏家族世世代代担任将军，是楚国名门。如今要创建大业，如果不是项氏领导，就不可能成功。我们依靠着名门望族，就一定会消灭秦国。”众人听从了他的意见，让军队听从项梁指挥。项梁渡过淮河，其他人也率领着各自军队前来归附。项梁的军队达到了六七万人，驻扎在下邳。

当时，秦嘉已经拥立景驹为楚王，驻军彭城以东，准备抵拒项梁。项梁对军中官吏们说：“陈王首先起事，作战失败，现在不知道流落到了哪里。而秦嘉在这个时候背叛了陈王，去扶立景驹，这真是大逆不道，该打！”于是就出兵去攻打秦嘉。秦嘉战败逃走，项梁乘胜追击，交战了一天，秦嘉被杀，他的军队投降，景驹逃走，死在了梁地。项梁兼并了秦嘉的军队，驻军胡陵，准备率军西进，但是被秦国的章邯打败。

在这以前，项梁曾派项羽率领另外一路军队进攻襄城，襄城坚守，一时无法攻克。攻破以后，项羽把俘虏全都活埋了。项梁听说陈王确实已经去世，就召集各位将领开会，商计大事。当时，沛公也已经从沛县起兵，也前来开会。

当时有能人叫范增，七十岁，平时在家闲居，擅长奇计。他前往薛县劝导项梁说：“陈胜失败了，一点也不奇怪，都在情理之中。当初，秦国灭了六国，其中楚国根本没有得罪秦国，却也被吞灭了。自从楚怀王进入秦国而被扣留，而且至死没有返回，楚国人就开始怀念他，因此，楚南公说：‘即使楚国只剩下三户人家，也一定会灭掉秦国。’如今陈胜首先起事，不去扶立楚王的后代，却偏偏要自立为王，所以他的势运不可能长久。现在您起自江东，楚国各地的将领都蜂拥而至，争先归附于您，原因就是您家世世代代都做过楚国大将，因为您能够扶立楚王的后代。”项梁觉得他的话有理，就在民间找到了楚怀王的孙子熊心，当时熊心非常落魄，正在为人牧羊，项梁扶立他楚怀王，以便顺从楚国的民望。陈婴得到了楚国五个县的封地，和怀王一同居住在都城。项梁自己号称武信君。

几个月以后，项梁领兵，和齐国的田荣等人，在东阿打垮了秦军。打胜之后，田荣立刻回到齐地，赶走了齐王假。齐王假逃亡到了楚国，他的国相田角逃亡到了赵国。田角的弟弟田间本来

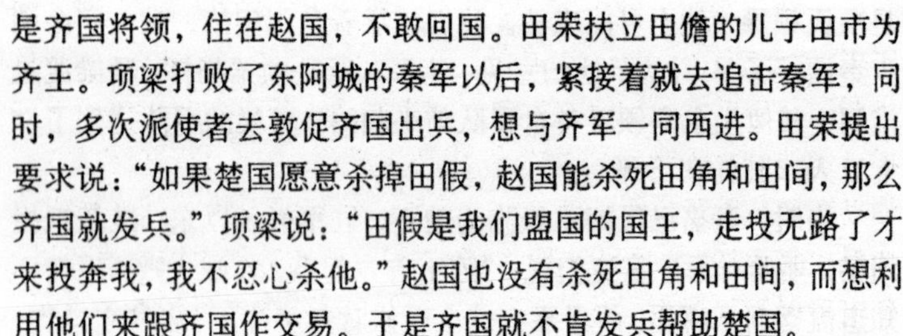

是齐国将领，住在赵国，不敢回国。田荣扶立田儋的儿子田市为齐王。项梁打败了东阿城的秦军以后，紧接着就去追击秦军，同时，多次派使者去敦促齐国出兵，想与齐军一同西进。田荣提出要求说：“如果楚国愿意杀掉田假，赵国能杀死田角和田间，那么齐国就发兵。”项梁说：“田假是我们盟国的国王，走投无路了才来投奔我，我不忍心杀他。”赵国也没有杀死田角和田间，而想利用他们来跟齐国作交易。于是齐国就不肯发兵帮助楚国。

项梁和项羽多次打败秦军，因此楚军开始轻视秦国，出现了骄傲情绪。宋义劝谏项梁说：“战斗胜利，将领们骄傲，士兵们也变得懒惰，这样的军队必然会失败。而秦兵一天天地增强，我替您感到害怕。”项梁听了，不以为然。

项梁派宋义出使齐国。宋义在途中遇见了齐国的使者高陵君，就问高陵君：“您将要去会见项梁吗？”高陵君说：“是啊。”宋义说：“我敢断定，项梁的军队马上就要吃败仗了。您如果慢慢走，就可以避免被杀，如果走快了，就会赶上灾祸。”果然，秦国发动全国兵员，增加大将章邯的兵力，大举进攻楚军，在定陶大败了楚军，项梁战死。沛公和项羽撤离，转攻陈留，陈留坚守，久攻不下。沛公和项羽于是一同向东退兵。

章邯打败了项梁之后，认为楚军不值得再担忧，于是就渡过黄河，去攻打赵国，打垮了赵军。然后又围攻巨鹿，把赵国的君主和大臣们都包围了起来。

楚军在定陶被秦军攻破，楚怀王惊恐，就把项羽等人的军队合并起来，由他自己亲自指挥。任命吕臣担任司图，任命他的父亲吕青担任令尹。任命沛公为郡长，并封他为武安侯，统领砀郡军队。当初宋义所遇到的那位齐国使者高陵君来到了楚军中，见到楚王后说：“宋义曾经预言，说项梁的军队必然失败，过了几天，果真失败。军队还没有作战，就能预见结局，这个人可以称得上是懂得兵法的人了。”楚王于是召见宋义，和他共商大计，非常投机，因而宋义被任命为上将军；项羽被封为鲁公，任命为次将军；范增被任命为末将军；三人一同率军出发，去救援赵国。此外其它各路军队，都由宋义指挥。

大军行进到安阳，停留了四十六日，没有前进。项羽说："我听说，秦军现在把赵王围困在了巨鹿，我们现在应该立刻率军渡过黄河，楚军在外围攻击秦军，赵军在城内配合，向外攻击，这样一定能够攻破秦军。"宋义说："不是这样。如今秦军攻打赵军，如果秦军战胜了，军队就会疲惫不堪，我们的军队可以趁着它的疲惫攻打他们；如果秦军不胜，我们就可以声势浩大地率军西进，肯定可以消灭秦朝。因此，不如先让秦、赵两国先互相撕杀削弱。要论身披坚固的铠甲，手持着锐利的武器上阵杀敌，我宋义不如你；但要论坐下来运筹策划，你可不如我宋义。"

宋义在军中下令说："那些凶猛如虎、暴戾如羊、贪婪如狼、强悍有力，却不愿听从差遣的人，都要把他们杀掉。"然后，宋义派遣他的儿子宋襄到齐国去作国相，亲自送他到无盐地区，还饮酒大会宾客。当时天很冷，还下着大雨，官兵们忍饥受冻，都很

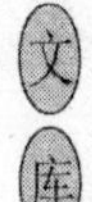

不满。项羽说："在应该奋力进攻秦军的时候，却久留不行。今年遇到饥荒灾害，百姓贫困，士卒们吃的只有野菜和豆子，军中一点存粮也没有，可是他宋义却大宴宾客，而不率军渡过黄河，去依靠赵国的粮食，也不去和赵国合力攻打秦军，却借口说：'等秦军疲惫了再打'。以秦军的强大，要攻打刚刚建立的赵国，肯定会很快就消灭赵国。赵国如果被灭，那么秦军就会强大，那我们还有什么机会可以利用！况且，我国军队刚被打败，国王坐立不安，把国内所有的军队全部交给将军指挥，国家的安危，都系在他一个人身上。可是他呢，不抚恤士卒，只知道私情，他不是安定国家的贤臣！"

于是，项羽在早晨拜见宋义时，趁机杀了宋义，出来在军中发布命令说："宋义和齐国人合谋，准备反叛楚国，楚王密令我项羽杀了他。"当时，各位将军都畏惧项羽，没有人敢反对，都说："首先扶立楚王的，是将军家族的人，如今将军又杀掉了叛乱之臣，我们都听您的。"于是，项羽代理上将军职务。派人追赶宋义的儿子，追到了齐国境内才追上，杀了他。又派桓楚向楚王报告。怀王因而任命项羽当了上将军，军队都归项羽指挥。

项羽杀了宋义以后，威震楚国，名闻诸侯。他派遣当阳君、蒲将军率领两万士兵渡过漳水，去救援巨鹿，但首战失败。于是项羽就亲自率领全部人马，渡过漳河，上岸后，把所有渡船都沉入水底，把锅碗瓢盆等炊具都砸烂了，把住的房屋也全部烧毁，只随身携带三天的口粮，以此向士卒表明，必须要决死战斗，不许有一点退却之意。楚军到达巨鹿，多次激战，断了秦军的粮道，打垮了秦军，秦国将领杀的杀，抓的抓，只有大将涉间拒不投降，自焚而死。

当时，楚军在诸侯军队中最为强大。本来，在巨鹿城下准备援救赵国的诸侯军队很多，但是都不敢出兵。楚军出兵攻打秦军时，大家都在壁垒上观望。楚军战士勇猛善战，以一当十，呼声震天动地，诸侯们无不心怀恐惧。楚军攻破了秦军以后，项羽召见诸侯将领，他们进入辕门以后，都跪在地上用膝盖前行，谁也不敢仰视。从此，项羽成为了诸侯们的上将军，大家都屈服于他。

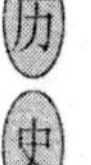

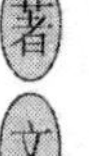
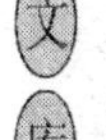
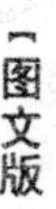

鸿门宴

秦国大将章邯，与项羽相互对峙，没有交战，但秦军屡次退却。秦二世皇帝派人责问章邯。章邯惊恐万分，派司马欣到咸阳周旋。司马欣来到咸阳以后，在宫外滞留了三天，赵高拒不接见，不信任他。司马欣很害怕，只好打道回府，回归途中，不敢走他来时的路。赵高果然派人来追赶他，但没有赶上。

司马欣回到军中，向章邯报告说："赵高在朝中专权。如今我们与楚军交战，如果取胜，那么赵高肯定要嫉妒我们的功劳；假如交战不能取胜，就不能免于死罪。希望将军仔细考虑一下该怎么办。"

另外一个人也给章邯写信说："白起是秦国的大将，南征北战，活埋了赵括的军队。他为秦国攻克的城邑和占领的土地，不计其数，可是最终的结局呢，却是被赐死。蒙恬也是秦国将军，在北方驱逐了戎人，开拓了榆中地区的数千里疆土，最终却被秦朝所杀。为什么呢？是因为他们功劳太多，秦国无法按照他们的功劳给予封地和赏赐，所以只好借用法律把他们杀掉。现在将军您担任秦国的将军，已经三年了，伤亡损失的官兵有好几十万，但是各地还是有更多的诸侯蜂拥而起。那位赵高一向善于阿谀奉承，一直在隐瞒军情，现在事态紧急了，他也害怕二世皇帝杀掉他，所以，就想找个理由杀掉将军您，用您来开脱他隐瞒不报的罪责。

"另外，将军您在朝外时间太长了，跟朝内的人有不少分歧和矛盾，所以说，无论您是有功还是无功，都是死路一条。上天要灭亡秦国，无论是愚人还是智者都明白。现在将军您的处境不妙，在朝内没有机会直言进谏，在朝外已经成为亡国的将军。您现在孤立无援，却想要坚持下去，这难道不令人悲哀吗？将军您为什么不退兵与诸侯们联合，一起去攻打秦国，分割一片土地而成为

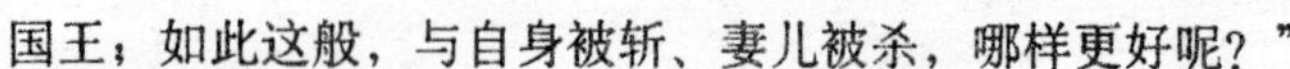

国王；如此这般，与自身被斩、妻儿被杀，哪样更好呢？”

章邯开始动摇，暗地里派人出使项羽军中，想要订立和约。项羽召集手下商议：“我们的军粮少，我想接受章邯的和约。”大家都说：“这样做最好。”于是项羽和章邯会晤。结盟以后，章邯见到项羽，流下了眼泪，诉说赵高专权害人的事情。项羽于是就立章邯为雍王，任命司马欣担任上将军，率领着秦军做先头部队。

大军行进到新安。诸侯军中有一些军官和士卒，过去曾因服徭役或屯戍而途经秦中地区，秦中官兵对待他们大多非常苛刻虐待。现在秦军投降并被收编了，于是诸侯军中的官兵们就乘机使唤他们，凌辱秦军的官兵。秦军的许多官兵私下说：“章将军欺骗我们向诸侯投降，现在如果能够入关破秦，当然很好；如果不能取胜，诸侯们就会胁迫我们退回关东，那么秦国人肯定会杀掉我们的父母妻儿。”诸侯的将领们听到了这些话，就报告给了项羽。项羽召见黥布、蒲将军商量说：“秦军官兵人数还很多，他们心里不服。到达关中之后，如果这些投降来的秦军不听指挥，肯定会坏了我们的大事，不如先把他们消灭掉。”晚上，楚军袭击秦营，把二十余万秦军活埋在了新安城南。

然后西行，攻取秦国的土地。函谷关有军队把守，没有能够进入。听说沛公刘邦已经攻破咸阳城，项羽大怒，马上派当阳君等人率军攻打函谷关。项羽进入关中，到达戏水西边。当时，沛公刘邦驻军霸上，还没来得及去见项羽。这时候，沛公的左司马曹无伤派人偷偷对项羽说：“沛公想在关中称王，让秦王子婴为相，秦国所有的珍宝都归他所有。”项羽听后，大怒说：“明天一早，用酒食好好犒劳士兵，给我打败沛公的军队！”

当时，项羽拥有四十万军队，驻在新丰鸿门；沛公拥有十万军队，驻在霸上。范增开导项羽说：“沛公在山东地区的时候，贪财好色。现在入关以后，他既没有敛财，也没有贪色，这说明他志向不小。我派人去看过他那边的云气，有龙虎气象，五彩斑斓，这是天子的祥瑞啊！必须尽快干掉他，千万不要错失良机！”

楚国的左尹项伯，是项羽的叔父，跟张良的关系很好。张良这时候跟随沛公，项伯于是在夜里赶到沛公军中，私下会见张良，把这件事告诉了张良，建议张良和他一同离去，免得跟刘邦一同送死。张良说：“我是代表韩王来送沛公的，如今沛公有难，我如果逃走，就是不仁不义，不能不告诉他。”于是张良就进入军帐，把项伯的话全都转告给了沛公，沛公听后，大惊失色，问到：“这该如何是好？”

张良问：“是谁替大王出主意，派兵把守函谷关的？”

刘邦说：“有个小人劝我说：‘把守住函谷关，不让诸侯进入关中，您就可以完全占有秦国的土地’，我一时糊涂，听信了他。”

张良问：“您想想，您的兵卒能敌得过项王的军队吗？”

沛公沉默良久，惭愧地说：“确实不如。现在该怎么办呢？”

张良说：“请让我前去告诉项伯，说您绝对不敢背叛项王。”

沛公问：“您怎么会和项伯有交情？”

张良说：“秦朝的时候，项伯和我关系很好，他杀了人，是我救了他。”

沛公问：“他和您谁年纪大？”

张良说：“他大。”

沛公说：“麻烦你替我把项伯叫进来，我要用像对待兄长那样会见他。”

张良出来，邀请项伯进去见沛公。沛公捧着酒杯向项伯祝寿，又订立了儿女婚约。沛公说：“我入关以后，对于秦室的财富，丝毫不敢动用，清查了吏民，封藏了库府，只等着项羽将军到来。之所以要派军队把守函谷关，是为了防备盗贼和意外的事变发生。我日夜盼望着项羽将军，绝对不敢背德反叛。”

项伯相信了沛公的话，对他说：“明天早上，一定要亲自前来，向项王认错。”

沛公说：“是。”

于是项伯又连夜离去，回到军中，把沛公所说的话一句不差地报告给了项羽，然后说道：“如果不是沛公先攻破关中，那您怎么可能进入关中呢？如今他立有大功，您却要打击他，这是不仁义的，不如趁这个机会善待他。”项王同意了。

第二天一早，沛公就带着百余名随从来拜见项王。到了鸿门，

沛公向项王赔罪说：“我与将军您一同努力攻打秦军，您在河北作战，我在河南，但是我没有想到我能够先入关。现在有小人传坏话挑拨，让我们产生了隔阂，所以我特来解释。”

项王说：“那是沛公的左司马曹无伤说的。要不然，我项籍怎么可能产生这样的疑心？”随后就留沛公一同饮酒。项王、项伯面东而坐，范增面南而坐。沛公而北而坐，张良面向西侧陪侍。席间，范增多次给项王使眼色，三次举起身上所佩饰的玉块，示意项王当机立断，杀死刘邦，可是项王默然不应。

范增起身，出去叫来项庄，对他说：“君王为人心软，不忍下手，你进去敬酒祝寿，祝寿完毕，请求用剑起舞，趁机在沛公坐着时用剑杀死他。若不这样，将来我们所有人都要被他俘获。”项庄于是就进去敬酒祝寿。祝寿完毕，他说：“君王和沛公饮酒，军中没有什么可以助兴，请允许我剑舞助兴。”项王说：“好吧！”项

庄拔剑起舞，于是项伯也拔剑起舞，用自己的身体掩护沛公，让项庄没有机会杀掉沛公。

情况紧急，张良离席，来到军门，见到了樊哙。樊哙问："事态如何？"张良说："非常紧急。现在项庄拔剑起舞，用意一直是放在沛公身上。"樊哙说："看来真的很紧迫，请让我进去，我要跟沛公同生死。"说完，樊哙立刻带着宝剑，拿着盾牌闯入军门。卫士想拦住他，樊哙就干脆撞倒卫士，进入军门。他分开帷帐，瞪大眼睛注视项王，头发向上直立，眼眶都要瞪裂了。

项王按着宝剑，挺起身说："来客是什么人？"

张良答："这是为沛公驾车的御手樊哙。"

项王说："哦，壮士！赐他一杯酒。"就给了他一大杯酒。樊哙拜谢，站着饮了这杯酒。项王又说："赐给他一只猪肘。"就给了他一只生猪肘。樊哙把手中的盾牌平放在地上，把猪肘放在盾上，拔出宝剑边切边吃。

项王问："壮士，还能再饮酒吗？"

樊哙起身说："臣连死都不怕，还怕一杯酒吗！秦王有虎狼之心，杀人唯恐不能杀尽，处罚人唯恐不能重，天下的人都背叛了他。怀王和诸侯约定说：'首先攻破秦军，打入咸阳的人，应该被封为关中王。'现在沛公首先攻破秦而打入咸阳，对于秦室的财富一点儿边都不敢接近，封藏了宫室，退出军队驻扎到了霸上，专门等待大王。沛公之所以派人把守函谷关，是为了防备其他盗贼，防止意外事件的发生。沛公这样劳苦功高，却没有得到封侯的奖赏，而你听信了小人的谗言，想诛杀有功的人。这样做是亡秦的继续，我相信，大王是不会采取这种作法的。"

项王无话可答，只是说："请坐。"樊哙于是随张良就座。坐了一会儿，沛公起身上厕所，顺便把樊哙叫了出来。

沛公出来之后不久，项王就派陈平去叫回沛公。

沛公对手下说："现在我出来了，没有告辞，这怎么办？"

樊哙说："做大事，用不着顾及小节；讲求大礼，也不必在乎小的责难。现在人家正是快刀、砧板，我们是人家准备宰割的鱼肉，还告辞什么！"

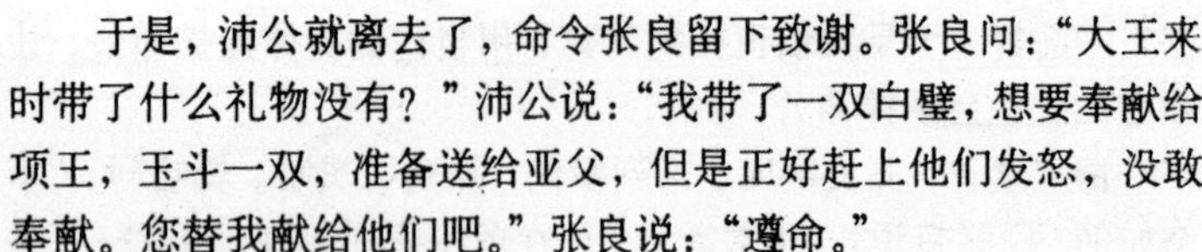

于是，沛公就离去了，命令张良留下致谢。张良问："大王来时带了什么礼物没有？"沛公说："我带了一双白璧，想要奉献给项王，玉斗一双，准备送给亚父，但是正好赶上他们发怒，没敢奉献。您替我献给他们吧。"张良说："遵命。"

在这时，项王驻军鸿门，沛公驻军霸上，相距四十里。沛公就没有坐车，骑马逃离，樊哙和夏侯婴、靳强、纪信等四人手持武器跟着徒步奔跑，抄小道行进。沛公对张良说："从这条道路到达我们军中，不过二十里。你估计我到了军中以后，再回军帐中告辞。"估计沛公已经回到军中，于是张良入帐辞谢，他说："沛公喝多了，不能亲自告辞。委派臣下献上白璧一双，玉斗一双，献给大王。"

项王问："沛公现在哪里？"

张良答："沛公听说大王有意责怪他，只好独自回去，已经到达军中了。"项王听后，接过了玉璧，把它放在座位上。范增接过玉斗，把它摔到地上，还拔剑击破了它，说："唉！项伯这帮无知的小子，不能和他们共同图谋大事。夺取项王天下的人，一定是沛公。我们这些人都逃不掉。"

沛公回到军中，立即杀掉了曹无伤。

几天后，项羽率军屠戮咸阳，杀死了已经投降的秦王子婴，烧毁了秦宫室，大火烧了整整三个月都没有熄灭。还收集藏在宫中的财宝，把妇女掳掠到东方。有人劝导项王说："关中地区有山河阻塞四方，土地肥沃，您可以在这里建立都城，肯定能称霸天下。"项王看见秦的宫室都已经被大火烧得一片狼籍，又加上心里怀念故土，只想东归，于是说："富贵不归故乡，就像穿着锦绣衣裳在夜间行走一样，怎么可能让人看到我的荣华富贵呢？"那个劝说项王的人听了，就私下里嘲笑项王说："很多人说，楚国人就像是沐猴戴了人的帽子，装人，果真如此。"项王听说这话，就把那个人烹杀了。

项王派人向怀王报告入关降秦的情况。怀王答复："就按照先前的盟约办吧。"于是，项王就尊怀王为义帝。

项王想要自立为王，于是就先立手下将相为王。他对大家说：

“天下刚开始起兵反秦的时候，要借助诸侯的后代来灭秦。但是，是诸位将相和我项籍攻城略地，亲身披挂铠甲、手持兵器，在野外作战三年，这样才灭亡了秦朝，进而平定了天下。义帝虽然没有什么功劳，但是分给他一片土地让他做王，也是应该的。”各位将领们都很赞成，于是分割天下，立诸位将相为侯。

项王、范增担心沛公会占据天下。但是，他们已经通过鸿门宴讲和，不想落下负约的名声，担心诸侯们反叛他们，于是二人商议道：“巴、蜀地区道路险阻，秦国被迁被贬的人都居住在蜀地，很难控制。”这样，他们就宣称巴、蜀地区也属于关中，立沛公为汉王，统治巴、蜀、汉中地区。而关中地区被一分为三，秦的降将被立为王，用来阻隔汉王。

就这样，章邯被立为雍王，统治咸阳以西地区。司马欣为塞王，统治咸阳以东到黄河的地区。董翳为翟王，统治上郡地区。魏王豹为西魏王，统治河东地区。赵相张耳为常山王，统治赵地。黥布为九江王。迁徙燕王为辽东王，臧荼为燕王。原齐国的将领田都曾随楚军共同救援赵国，接着又随从楚军进攻关中地区，因此立田都为齐王。其他有功之臣也各自得到了自己的爵位。项王自立为西楚霸王，统治九个郡，以彭城为都城。

楚汉之争

汉元年四月，诸侯各自到封国就位。

项王出关，前往封国，派人迁走义帝，借口说：“古时候，帝王的土地方圆千里，而且一定要位于水流的上游。”于是就把义帝迁到了长沙郴县。他们不停地催促义帝赶快启程，义帝的大臣们稍稍表示不满，项羽就密令把义帝和群臣杀死在大江之中。由于韩王没有军功，所以项王就把韩王带到彭城，先是废为诸侯，不久又杀了他。后来，臧荼又兼并了辽东王的领地。

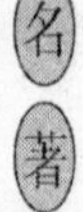

田荣听说项羽把齐王贬为胶东王，而立齐将田都为齐王，大怒，不肯遣送齐王到胶东，而且以齐国的力量反叛项羽，迎击田都。田都战败，逃到楚国。齐王畏惧项王，于是就主动跑到胶东，接受封国。

田荣得知，怒不可遏，追上齐王，把他杀了。然后，田荣自立为齐王，向西进攻，杀掉了济北王田安，兼并了三齐的国土。田荣还任命彭越为将军，让他在梁地反击项王。这时候，陈馀暗地里派人劝导田荣说：“项羽身为天下的主宰，办事不公平。现在，他把贫瘠的土地全都分给了以前的诸侯王，而把好地都封给了他自己的文臣武将，还把原来的诸侯王从封地赶出去。赵王被不公正地对待，我认为这样做是不公道的。听说大王军队现在反抗楚军，我希望您能资助我陈馀一些军队，让我去进攻常山，恢复赵王原来的封地，我愿意拿我的国土作为齐国的屏障。”

齐王田荣答应了陈馀的请求，马上派军队去赵国。陈馀发动了他几乎所有的军队，与齐国的军队合在一起，进攻常山，大败常山守军，常山的头领张耳逃归汉王。陈馀从代地迎回原来的赵王，返回赵地。赵王感激，立陈馀为代王。

这时候，汉军平定了三秦。

项羽听说汉王已经兼并了关中的所有地区，而且东方的齐国和赵国也起兵反叛，非常愤怒。于是，他封郑昌为韩王，让韩国去抵抗汉军。又命令萧公角等人去攻打彭越，但是被彭越打败。汉王派张良去攻打韩国，还送了一封书信给项王：“您封给汉王的土地，不是他应该得到的，他应该得到的是关中地区。如果您能履行先入关中即为关中王的前约，我就立即罢兵，不会再继续前进。”又把齐国和梁国共同反叛的书信也交给项王：“齐国和赵国准备联合起来，一同消灭楚国。”项羽看了，非常生气，就去进攻齐国。他先是向九江王黥布征兵，黥布拿有病作借口，不肯亲自前来，只派部将带了几千人前去。项王从此对黥布心怀怨恨。

汉王二年冬天，项羽向北进攻，打到城阳，田荣率军前来抵抗。田荣战败，逃到了平原，被平原人杀掉了。于是楚军向北进军，烧毁了齐国的房屋，把整个齐国的城池夷为平地，把田荣的降兵全部活埋了。楚军在齐国境内烧杀抢掠，毁坏了许多城邑，齐国人于是聚起来反叛楚军。这个时候，田荣的弟弟田横召集了几万名齐国的散兵游勇，在城阳反抗楚国。项王因而停留在城阳，不停地与田横军交战，但久攻不下。

春天，汉王统帅五路诸侯的军队五十六万人，来讨伐楚国。项王得知，就命令手下大将继续围攻齐国，而他自己则率领三万精兵抗汉。四月，汉军攻入彭城，收取了楚国的财宝和美女，每日宴饮作乐。项王率军进攻，在彭城大破汉军。汉军溃逃，死伤十多万人。剩下的汉军士卒全都向南逃往山地，楚军又追杀到睢水河岸。汉军后退，被楚军逼到河边，大量士兵被杀，十多万汉军全都掉入睢水，以致堵塞了睢水，使河水无法流通。楚军把汉王包围了三层。

恰巧在这个时候，有大风从西北方向刮起，狂风刮断了树木、

掀开了屋顶，飞沙走石，白天被刮得昏天黑地。大风正好迎面袭击楚军，楚军大乱，包围圈松散，汉王于是趁机带着几十名骑兵逃离了包围。汉王原打算经过沛县，带上家室向西逃跑。可是楚国已经先派人赶到沛县，去抓汉王的家人，家人只好四散逃亡，没机会与汉王相见。汉王在道路上遇到了自己的儿子和女儿，就把他们载入车中逃跑。楚国的骑兵在后面追杀汉王，汉王着急，就把儿子和女儿推落车下，汉王的手下滕公只好下车把他们二人搀起来，载入车中，像这样有好几次。

滕公说："虽然情况紧急，车马也跑不快，但是怎么能舍弃他们呢？"因为滕公的仁慈，所以他们姐弟二人才没有被楚军俘获。汉王等人寻找太公和吕后，但没有找到。其实，太公和吕后也在寻找汉王，反而遇到了楚军。楚军于是就把他们带回去，报告了项王，项王把他们扣留在军中。

当时，吕后的哥哥周吕侯替汉王带着军队驻扎在下邑，汉王从小道前往投奔，渐渐地汇齐了他的士卒。然后，又赶到荥阳，各路败军都在这里汇合，萧何也发动了关中地区的民众到荥阳助战，连老人和小孩都来了。汉军兵威重新大振。

楚军从彭城出发，一路上乘胜追击汉军，和汉军在荥阳南面交战，结果是汉军打败了楚军，楚军因此无法越过荥阳再向西进攻了。

项王援救彭城，追击汉王，到了荥阳。田横压力减轻，于是就收复了齐国土地，还扶立田荣的儿子田广为齐王。汉王在彭城战败这件事，使诸侯又全都重新归顺了楚国，背叛汉王。汉军驻扎在荥阳，修筑了连接到黄河岸边的甬道，用以获取粮食。

汉王三年，项王屡次侵入甬道，抢夺汉军的粮食，汉军无奈，请求与楚国和解，愿意割取荥阳以西地区作为汉国的封土。项王准备同意这个和约，可是范增说："汉军现在很容易打败，现在你如果不攻下荥阳，以后你可是追悔莫及啊！"项王觉得有理，于是与范增立刻包围了荥阳。

汉王非常忧虑，就采用陈平的奇计，准备离间范增和项王的关系。项王的使者前来，汉王置办了有猪、牛、羊等食物的丰盛筵席，端过来准备上菜的时候，看见了使者，就假装吃惊地说："我还以为是亚父的使者呢，怎么偏偏是项王的使者！"说完，就端走更换，拿来粗劣的饭菜给项王的使者食用。使者很委屈，回去后马上向项王报告，项王于是就开始怀疑范增与汉王有交情，所以就逐渐剥夺了他的权力。范增大怒说："天下大局已定，您就自己治理天下吧！希望您让我这副老骨头继续活下去，让我回老家做平民吧！"项王答应了。范增马上启程，可是还没有到达彭城，就病死了。

汉军将领纪信自告奋勇地对汉王说："现在事态已经很严重了，请大王允许我假扮成您，去诓骗楚兵，大王可以趁机逃出去。"于是，在深夜里，汉王从荥阳东门放出了二千名披甲的女子，楚兵看到，就从四面八方围攻过来。这时候，纪信坐着汉王的黄屋车，不紧不慢地出城，边走边喊："城中没有粮食吃了，汉王请降。"楚军听到这句话，都高呼万岁。这个时候，汉王和几十名骑兵偷偷从荥阳西门出城，逃走了。项王见到纪信，问道："汉王在哪？"纪信说："汉王已经出城了。你们再也抓不到他了！"项王气得要死，就把纪信烧死了。

汉王委派御史大夫周苛、枞公、魏豹三人留守荥阳。周苛和枞公商量说："魏豹投降过楚国，不可靠，不能和他一起守城。"于是他们就杀了魏豹。不久，楚军攻下了荥阳城，活捉了周苛。项王对周苛说："你要是归顺我，我就让你当上将军，还封你当三万户侯。"周苛大骂道："你不赶快归附投降汉王，还等什么？汉王马上就要把你们一网打尽了，你根本就不是汉王的对手！"项王大怒，就把周苛烹杀了，然后又杀了枞公。

汉王出了荥阳城，逃到宛县、叶县，得到九江王黥布的支持，途中收集散兵游勇，重新回到成皋防守。

汉王四年，项王发兵围困成皋。汉王和滕公弃城逃跑，越过黄河，来到张耳、韩信的军中。楚军攻克了成皋，准备西进。汉王派军队在巩县拖住了楚军，使他们无法前进。这个时候，彭越率军渡过了黄河，攻下了楚国的东阿，杀了楚将薛公。于是，项王就亲自带兵来攻击彭越。

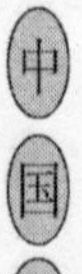

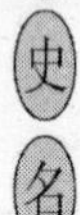

汉王带着淮阴侯韩信的军队，准备渡过黄河向南进军。郑忠劝说汉王，于是汉王取消了原来的计划，而在黄河北岸修筑堡垒拒守。汉王派刘贾率军去协助彭越，焚烧了楚军的军粮物资。项王击破了刘贾，打跑了彭越。汉王趁机渡过黄河，重新攻下了成皋。

项王平定了东海，又回转来向西征战，与汉军对峙了好几个月。

就在这个时候，彭越几次断绝了楚国的粮食，项王对此忧心忡忡。他做了一个非常高大的案板，把汉王的父亲太公放在上面，告诉汉王说："现在你如果不赶快投降，我就要把你的父亲煮了！"汉王回答说："我和你项羽曾经都是怀王的臣子，'相约结为兄弟'，那么，我的父亲也就是你的父亲，如果你一定要烹杀你的父亲，那么请你分给我一杯肉汤。"

项王大怒，想杀掉太公，项伯说："天下落在谁手里，现在还不可知，不要随便杀人。况且，要夺取天下的人，是不会顾及家人的，即使杀了太公，也没有什么益处，只是增添了祸患。"项王想想有理，就听从了项伯。

四面楚歌

楚、汉相持了很长时间，还是无法决出胜负。壮年男子苦于行军打仗，老弱民众运送粮草，疲于奔命。项王觉得对不起国民，就对汉王说："这么多年来，全天下都在兴兵打仗，只是因为你我相争。我希望能和你单独挑战，一决雌雄，不要让全天下百姓无辜受苦。"汉王笑着推辞说："我宁愿斗智，就是不跟你比力气！"

项王命令壮士上阵挑战。汉军中有个人擅长骑射，名叫楼烦，楚军挑战多次，每次都被楼烦射杀。项王大怒，亲自披挂上阵，楼烦想要射杀项王，项王瞪大眼睛向他怒吼，楼烦被吓得要死，不敢正视，手也不听使唤，只好转身逃回营垒，不敢出来。汉王诧异，派人打听，才知道是项王。汉王大惊，于是就和项王离得很远地对话。汉王一条一条地列举了项王的罪过。项王暴怒，要求决一死战。汉王不同意，项王就埋伏下射手射中了汉王。汉王受伤，逃进成皋城。

项王听说淮阴侯韩信已经打败了齐国和赵国，并且准备进攻楚国，就派龙且前去迎战。韩信与龙且大战，大破楚军，杀了龙且。随后，韩信自立为齐王。项王听说龙且被杀，有些惊慌，就派人前去劝降淮阴侯。淮阴侯不听。这时候，彭越又一次反击，攻下了梁地，断绝了楚军的粮道。项王对手下说："如果汉军前来挑战，千万不要出去与他们交战，只要不让他们向东进攻就可以了。我在十五天内一定可以杀掉彭越，稳定梁地的局势，然后我再回来与各位将军会合。"说完，项王就率军向东进军，去攻打陈留和外黄。

外黄城坚守不降，几天后挺不住了，迫不得已才投降。项王愤怒，命令城里所有十五岁以上的男子全都去城东集合，准备把他们全都活埋掉。外黄县令舍人有个小儿子，只有十三岁，前去劝止项王说："彭越强迫外黄归顺他，外黄人害怕，所以才听从，实际上是为了等待大王前来。大王来了，却又要活埋所有的丁壮，这样一来，百姓们怎么可能真心实意地归附您呢？如果您执意要这样做，那么从这里往东，梁国地区十余座城邑中的民众就都会畏惧大王，再也不会有人愿意投降您了。"项王觉得有理，就赦免了那些准备活埋的外黄人。这件事传了出去，人们都争着来归附项王。

汉军果然向楚军挑战，楚军据守，就是不出城应战。汉王于是派人去大声辱骂楚军，骂了五六天。楚国大司马被激怒了，就率军渡水去迎战。就在楚军渡河渡到一半的时候，汉军向他们发起了进攻，楚军大败，汉军于是趁机攻进城去，搜刮了楚国所有的金银财宝。楚国大司马曹咎、长史董翳、塞王司马欣都在岸上自杀身亡。项王听说了这件事，就率兵回还。当时汉军正在荥阳附近围困项王的人，听说项王来了，都纷纷逃到了山里。

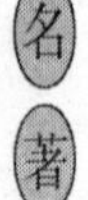

当时，汉王的军队多，粮食足，而项王的军队疲惫，粮食少。汉王占了优势，就派人去劝说项王，要求归还太公，项王不干。汉王又派侯公前去劝说项王，要项王和汉王定约，中分天下，割让鸿沟以西的土地划归汉，鸿沟以东的地区划归楚。项王同意了这个条件，马上放回了汉王的父母妻子。汉军官兵听到停战的消息，都高呼万岁。于是，汉王封侯公为平国君。但侯公却躲了起来，不肯再见。汉王说："这个人是天下有名的辩士，他住在哪里，就可以影响哪个国家的大政，所以我才封他为平国君。"

项王接受了盟约以后，就率军回到东方去了。

汉王也准备罢兵回归，张良和陈平劝止说："您已经拥有了大半天下，而且诸侯们又都归附汉国，形势一片大好啊！现在楚军疲惫不堪，而且粮食已尽，这是灭亡楚国的天赐良机，应该趁此机会消灭楚国。如果放了楚军，那可是'养虎为患'啊！"汉王

听从了他们的意见。

汉王于是追击项羽，并且与淮阴侯韩信、建成侯彭越约定日期，一起攻打楚军。汉军到了，而韩信、彭越的军队没有前来会合。楚军反攻，大破汉军。汉王只好再度逃回营垒，深挖壕沟坚守。汉王问张良："诸侯们不遵守盟约，不来和我联合，怎么办才好？"张良回答说："楚军就要被消灭了，而韩信和彭越还没有得到分封，所以，不难理解他们为什么违约。您如果能和他们共分天下，那么他们马上就可以出兵。如果您不能和他们共分天下，那么天下的大势就难说了。您如果能把从陈县以东到海滨一带的土地，全都封给韩信；从睢阳以北一直到谷城的土地，都划分给彭越，而且让他们各自对楚军作战，那么楚国就很容易对付了。"

汉王同意，派使者去通报韩信和彭越说："如果两位愿意与我合力攻打楚国，那么楚国被灭亡以后，从陈县以东到海滨一带，都给齐王，从睢阳以北直到谷城的土地，都分给彭相国。"韩信和彭越很高兴，马上回报："现在就应该进兵攻打楚军。"于是，韩信从齐地出发，刘贾的军队也一同出兵，到了垓下。楚国的大司马周殷反叛楚国，随从刘贾、彭越部队到垓下会合，进逼项王。

项王在垓下修筑壁垒，士兵很少，军粮已尽。汉军和诸侯的军队把他们团团包围起来，有好几重。晚上，楚军听到四面八方的汉军军营中，都在唱楚地的民歌，项王非常惊奇："怎么可能呢？难道汉军把楚国都占领了？为什么会有这么多楚国人呢！"项王忧虑万分，就在夜中起来，在帐中饮酒。

项王有一位名叫虞姬的美人，很受项王的宠幸，到处跟随项王。项王还有一匹名叫骓的骏马，项王经常骑着它南征北战。现在项王处境不妙，就慷慨悲歌，作诗说："力拔山兮气盖世，时不利兮骓不逝。骓不逝兮可奈何，虞兮虞兮奈若何！"项王唱了好几遍，美人作诗应和说："汉兵已略地，四方楚歌声。大王意气尽，贱妾何聊生！"项王痛哭流涕，左右人等都跟着哭泣，谁也不敢仰视项王。

情绪稳定之后，项王跨上战马，率领八百多名壮士组成的骑兵队，趁着夜色向南突围，飞奔逃走。天快亮的时候，汉军才发

觉，汉王赶紧命令骑兵将领灌婴率领五千骑兵火速追击。

项王渡过淮河，跟着他的骑兵只剩下了百余人。

项王到达阴陵之后，迷了路，问一位田里的老翁，老翁骗他说："向左。"于是向左，陷入了大沼泽地中，被汉军追上了。项王又率军向东，到达东城，身边只剩下二十八个骑兵了。而汉军追击的骑兵有几千人。

项王估计自己今天是凶多吉少，就对身边的骑兵们说："我自从起兵到现在，已经八年了，亲身经历过的战斗有七十多次，所有胆敢阻挡我的军队，都被我消灭了，所有胆敢进攻我的，也都被我征服了，从未打过败仗，于是就称霸天下。可是如今，我却被困在这里，这是上天想要灭亡我，不是我作战不利。现在我们虽然难逃一死，但我希望为各位痛快决战，一定要连胜汉军三次，争取让诸位能够突出重围，斩杀敌将，砍断汉军的军旗，要让各位知道，是上天要灭亡我项羽，不是我作战的过失造成的。"说完，项王把他的骑兵分成四队，分别向四个方向突围。

汉军把他们包围了好几层。项王命令骑士向四方奔驰而下，约定冲到山的东边分三个地点会合。随后，项王大声呼喊着奔驰而下，汉军被杀得做鸟兽散。这个时候，赤泉侯杨喜是骑兵将领，来追击项王，项王瞪着眼睛向他怒吼，赤泉侯连人带马都受了惊吓，狂奔出好几里。项王于是就与他的骑士汇聚成三处。汉军不知项王在哪里，就兵分三路，重新包围了楚军。项王在汉军中左冲右突，又杀掉了汉军的一名都尉，还杀了近百名汉军兵卒，又把他的骑士重新聚集起来，仅仅损失了两名骑士。项王得意，对骑士们说："你们觉得如何？"骑士们都由衷地叹服说："果真像大王说的那样。"

项王说想要向东渡过乌江。乌江亭长于是把船划靠到岸边，等候项王，并且开导项王说："江东地区虽小，但毕竟还有千里土地，民众也有几十万，算得上是个王国了。希望大王能够马上渡江。现在只有我有渡船，汉军来了之后，想过去也没有船。"

项王大笑说道："既然上天要灭我，我何必还要渡过去？况且，我项籍曾带领江东八千名子弟兵渡江，现在没有一人能够生还，即使江东父老可怜我，拥立我为王，我又有什么脸面去见他们？即使他们不说什么，难道我项籍心里就不感到惭愧？”然后，又对亭长说：“我知道您是一位长者，谢谢您。我骑这匹马有五年了，曾经日行千里，所向无敌，您肯定不会忍心杀掉它，就把它赏赐给您吧！”

说完，项王命令骑士全都下马步行，手持刀剑与汉军交战。项籍一个人杀死的汉军士卒就达到了好几百人，自己身上也受了十几处伤。汉军骑兵中的司马吕马童认出了他，就指着他对上司王翳说：“这个人就是项王。”项王就说：“我听说汉王为了我的人头而出资千金，悬赏封为万户侯，我把这个好处送给你吧！”语毕，拔剑自刎。王翳割下了项羽的头，其余的汉军骑士见了，打成了一团，都来抢夺项王的尸身。五个人把所得的尸身合在一起，正好是项羽的全身。后来，汉王把悬赏的封地分成了五份：封吕马童为中水侯，王翳为杜衍侯，杨喜为赤泉侯，杨武为吴防侯，吕胜为涅阳侯。

项王死后，楚地全部归顺汉王，只有鲁地不降。汉王率领天下军队，准备去扫平鲁地。因为鲁地的人恪守礼义，誓死为君王守节，所以汉王就拿来项王的头，给鲁地人观看，鲁地百姓知道项王的确死了，才投降了汉王。

当初，楚怀王曾经封项籍为鲁公，等到项籍死后，鲁地又是最后投降，所以，楚怀王就用鲁公的名义把项王葬在了那里。汉王为他发丧致哀，哭祭一番之后，怅然离去。

项氏宗族的人，汉王都没有诛杀。还封项伯为射阳侯。桃侯、平皋侯、玄武侯，都是项氏的族人，汉王赐他们姓刘。

第八章
高祖本纪

中国历史名著文库

平民天子

高祖，是沛县人，姓刘，字季。他父亲名叫太公，母亲名叫刘媪。高祖出生前，刘媪曾在湖边堤岸上小睡，梦见与神交合。当时，雷鸣电闪，天色阴暗，太公担心妻子，就来找她，看见一条蛟龙卧在刘媪身上，突然之间就不见了。过了不久，刘媪有了身孕，生下高祖。

高祖的相貌不凡，鼻梁很高，脸上有龙相，胡须很美，左腿上有七十二颗黑痣。他性情仁厚，能够爱人，喜好施舍，心胸豁达，而且，性格宽宏大度，心志出众，不肯做平常人。成年以后，他曾经试着做官，当了泗水亭长。他喜欢饮酒，爱好女色，经常在王媪和武负两家的酒店里赊酒喝。他醉倒以后，武负和王媪经常看见在他上面有龙隐现，感到很奇怪。原来，高祖每次买酒，或留在酒店中畅饮，他们都以高出几倍的价格卖给高祖。后来，他们见到高祖醉卧出现的怪象，到年底算账的时候，他们就经常折断赊账的竹简，不跟高祖索要所欠的酒钱。

高祖曾到咸阳服徭役，大开眼界，见到了秦始皇，他感慨万千："唉，大丈夫就应当像这样！"

单父人吕公，和沛县县令关系很好。他为了避开家乡的仇人，所以来拜访沛县县令，准备到沛县安家定居。沛县地区的豪杰和官吏们听说县令有贵客来临，都去祝贺。萧何当时是县令的属官，负责收受贺礼，他告诉各位宾客说："贺礼不足千钱的，请在堂下就坐。"高祖作为亭长，平时就看不起县中的官吏，于是就写了一张礼单，假称"贺钱一万"，实际上他一文钱都没带。他一进门，吕公见到他就非常惊奇，马上起身，到门口去迎接他。吕公喜欢替人相面，看到高祖的相貌，觉得高祖值得敬重，就引他入坐。萧何不以为然地说："刘季没什么能耐，常说大话，能做成的事却很

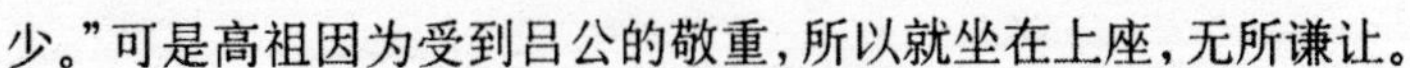

少。”可是高祖因为受到吕公的敬重，所以就坐在上座，无所谦让。

酒宴喝到尽兴时，吕公给高祖使眼色，恳请他留下来。高祖喝完酒，留到了最后。吕公说：“我从小就喜欢给人看相，看过了不知道多少人，但还没发现谁能比得上你刘季的相貌，我希望你能够好好自爱。我有一个女儿，我愿意把她嫁给你，给你管理家务。”酒宴结束，吕媪对吕公发怒说：“你平时一直认为我们的女儿不寻常，要把她嫁给贵人为妻。沛令和你相交这么好，他来求婚你都没有把女儿给他，为什么现在糊涂地把女儿许给刘季呢？”吕公说：“这种事，你们女人家是无法理解的。”最终还是把女儿嫁给了刘季。吕公的女儿就是后来的吕后，她生了孝惠帝和鲁元公主。

高祖做亭长的时候，有一次请假回家，处理农事。当时，吕后带着两个孩子在田里除草。有一位老头儿从田间路过，来讨水喝，吕后顺便还给了他一些饭吃。老头儿仔细端详了吕后的相貌，然后说：“夫人是天下的贵人。”吕后很高兴，又让他替两个孩子相面，老头儿看着孝惠帝说：“夫人之所以能成为贵人，正是因为这个男孩。”又给鲁元公主看相，也是贵人相。老头儿走后，高祖从旁边的田舍走过来，吕后就兴奋地对他说，有位路过的客人，为我们母子看相，认为我们都是大贵人。高祖问，这个人在哪里，吕后回答：“还没走远。”高祖于是追上去，向老头儿询问面相。老头儿说：“刚才我看过的夫人和小孩，面相都和你相似，你的相貌高贵之极，无法用语言表达。”高祖感激道：“如果真的像您所预言的那样，我决不会忘记您的恩德。”很多年后，高祖成了高贵的天子，却怎么也找不到这位老人了。

高祖担任亭长的时候，喜欢用竹皮做成帽子戴。他时时戴着这种竹皮冠，即使后来显贵了也经常戴，后来，人们就把这种帽子称作“刘氏冠”。

高祖以亭长的身份遣送本县工匠去修筑郦山墓，工匠中有许多在路上逃走了。高祖自己估计，等到了郦山，这些工匠也就全逃光了。到了丰西的大泽之后，他们停下来喝酒，晚上，高祖把这些工匠全都放了，并且跟大家说：“你们都走吧，我也要远走高飞。”工匠们很感激，有十多位壮汉愿意跟从高祖。

高祖喝了酒，晚上在草泽中的小道上赶路，命令一个人在前面开道。在前面开道的人跑回来报告说：“前面有一条大蛇挡在道路当中，我们得退回去。”高祖醉了，他说：“往前走，有什么值

得害怕的！”于是就自己跑到前面，拔出宝剑把大蛇砍为两段，小路也就通畅了。又走了几里，酒醉得厉害，就卧倒在地。后面的人来到有蛇的地方，看见有位老妇在深夜中号哭，觉得奇怪，就问她是怎么回事，老妇人回答说：“有人杀了我儿子，我在哭他。”来人又说：“您儿子为什么被杀？”老妇人说：“我的儿子，也就是白帝的儿子，变成了一条蛇，躺在道路中央，现在他被赤帝的儿子斩杀了，我太伤心了，所以痛哭。”来人听了，觉得老妇人是在胡说八道，准备打她，可是老妇人忽然见不见了。后来，他们到了高祖醉卧的地方，高祖刚刚酒醒，他们就把这件事告诉了高祖，高祖心中欢喜，自认为是赤帝的儿子。从此，那些跟从他的壮士对他越来越敬畏。

秦始皇经常说：“东南地区有象征天子的云气。”于是，他就向东巡视，想压住这团云气。高祖怀疑始皇是冲他来的，就逃到了芒山、砀山一带的深山里，藏起来了。可是，吕后和别人来找高祖，总是能找到他。高祖很奇怪，问他们为什么能找到自己。吕后回答说：“你住的地方，上面总是有云气环绕，我只要追随着云气寻找，就肯定能找到你。”高祖听后，心中暗喜。沛县地区的青年们听说了，更加愿意跟从他。

秦二世元年秋天，陈胜等人在蕲县起义，后来在陈地称王，号为“张楚”。许多郡县的人都杀死他们的官长，响应陈涉。沛县县令害怕了，也想在沛县反秦来响应陈涉。狱掾曹参和主使萧何给县令出主意说：“您是秦国的官，现在却想背叛秦国，要率领沛县子弟起义，恐怕沛县子弟们不会信任您，很难听从您的命令。希望您能召集那些逃亡在外的人，应该可以收罗几百人，让他们来驱使众人，众人不敢不听。”于是命令樊哙招纳刘季。当时，刘季的手下已经有近百人了。

樊哙带了刘季前来，沛县县令却后悔了，担心刘季来了会有什么变故，于是就关闭了城门据守，还准备杀掉萧何和曹参。萧何和曹参逃出城来，辅佐刘季。刘季于是写了一封书信，用箭射到城里，对沛县父老宣称说：“秦朝统治了这么久，全天下人深受其苦。现在各位父老为什么还要替沛县令守城呢？诸侯们一同兴兵反秦，马上就要杀到沛县啦！如果沛县人现在能杀掉县令，从子弟当中选择值得扶立的人来拥立他，以此响应诸侯，那就可以保证全程的完整。如果不这样，恐怕各位以及后代都要遭受戮，就不可能有什么作为了。”

父老们于是就率领子弟杀死了沛县县令，打开城门迎接刘季，准备选他做沛县县令。刘季推辞说：“现在天下大乱，诸侯群起，现在各位如果选择首领不妥当，肯定会一败涂地。我不是推辞，实在是担心自己能力不够，无法保全沛县的父兄子弟们。这可是件大事，希望你们能重新推举，选个能够担当这项重任的人。”

萧何、曹参等人都是文官，而且他们胆小怕事，惟恐事业不成，以后会被秦国灭门九族，所以他们全都推让刘季。各位父老也都说：“平时我们都听说过有关刘季的一些奇迹，刘季肯定会显贵，另外，我们占卜过，没有谁比刘季更吉利。”在这种情况下，虽然刘季多次推让，但是众人中没有谁敢出任首领，刘季只好担任沛公。

刘季于是祭祀黄帝，又在沛县公庭中祭祀了蚩尤，而且举行了把血涂在旗上祭祀旗鼓的典礼。旗帜都染成红色，因为当初刘季所杀的那条蛇是白帝的儿子，而杀死这条蛇的刘季是赤帝的儿子，所以才以赤色为贵。然后，沛公招集了萧何、曹参、樊哙等沛县子弟二三千人，去攻打胡陵、方与等地，退回后据守丰邑。

得民心者得天下

秦二世二年，陈涉的将领周章率军西进，攻到戏水后退回。燕、赵、齐、魏等地的豪杰也都自立为王。项氏在吴地起兵。秦国一位名叫平的率领秦军包围了丰邑，两天后，沛公率众出城，与平率领的军队交战，大败秦军。然后，沛公命令雍齿守卫丰邑，自己率军去别处征战。可是守卫丰邑的雍齿本来就不愿附属于沛公，

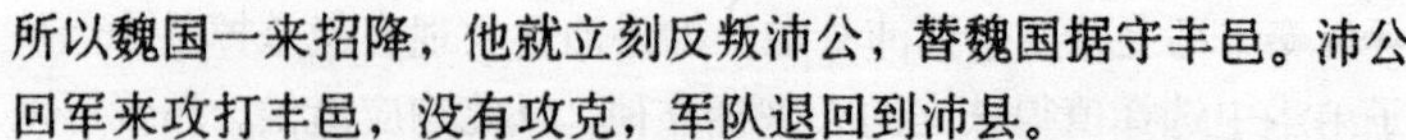

所以魏国一来招降，他就立刻反叛沛公，替魏国据守丰邑。沛公回军来攻打丰邑，没有攻克，军队退回到沛县。

沛公痛恨雍齿和丰邑子弟背叛自己，这时候，他听说东阳宁君和秦嘉扶立了景驹为代理王，驻军留城，就带兵前往，联合他们，想让他们一起出兵去攻打丰邑。东阳宁君和沛公率军向西进攻，夺取砀郡，收编了败兵，得到五六千人。回师丰邑之后，听说项梁在薛地，就又带了一百多名随从骑兵去见项梁，项梁给了沛公五千士兵，还有将领十名。沛公回来后，率领所有军队一起进攻丰邑。

当时，项梁听说陈王肯定是死了，就扶立楚王的后代熊心为楚王。沛公和项羽等人打败了秦军。多次打败秦军，项梁就产生了骄傲情绪。宋义看不惯，提醒他说骄兵必败，项梁不听。不久，秦国增派章邯的军队，前来偷袭项梁的军队，楚军战败，项梁战死。当时，沛公和项羽正在攻打陈留，听说项梁战死，就与吕将军一同撤军，吕臣驻军在彭城东边，项羽驻军在彭城西边，沛公驻军在砀县。

楚怀王看到项梁的军队被打败，很害怕，就把都城从盱台迁到了彭城，还把吕臣和项羽的军队合为一处，亲自统领他们。

赵国多次向楚军请求救援，楚怀王就任命宋义为上将军，项羽为次将军，范增为末将军，率军救援赵国。同时，命令沛公向西进攻，争取打入关中地区。而且与各位将领订下盟约，先进入关中的就可以在这个地区封王。

当时，秦国的军队很强盛，经常乘胜追击败退逃跑的诸侯国军队。因此，所有将领都认为，首先入关去攻打秦军，是件吃力不讨好的事。唯独项羽，因为痛恨秦军打败了项梁的军队，所以很是激愤，坚持要与沛公一同西进，攻入关中。

怀王的一些老将都对怀王说："项羽为人急躁凶悍，好兴祸端。他曾经进攻襄城，攻下以后，全城没有一个人活下来，都被活埋了，他所经过的地方，没有一处不被毁灭得一干二净。另外，楚军曾经多次进兵，要夺取关中地区，比如陈王和项梁的西进，可是他们都失败了。不如改派一位宽厚仁义的长者，采用实行仁义的方式向西推进，向秦国的父老兄弟讲明道理。秦国的父老兄弟痛恨他们的君主，深受暴政之苦已经很多年了。所以，我们如果能派一位宽厚长者前往，那么用不着打仗等残暴手段，就可以占领秦地。项羽暴躁凶悍，不能派他去。只有沛公是一位宽厚长者，应该派他去。”于是，最终没有允许项羽的请求，而派沛公西进。沛公收编被打散的士兵，消灭了秦两支军队。

沛公率军继续西进，遇到了彭越，于是就与彭越一起向秦军进攻，又从武侯那里得到了大约四千多军人，都合并到一处。然后进攻昌邑，但没有攻下。

又向西路过高阳。高阳人郦食其开导守城门的官吏说：“经过这里的将领很多，只有沛公算得上是位心胸宽大的长者。”于是他求见沛公。沛公正坐在床边，命令两个女子给他洗脚。鹂食其进来，没有行拜礼，只是随便作了一个揖，然后说：“足下如果真的要消灭昏庸无道的的暴秦，就不应该坐着接见年长的人。”沛公听了，马上起身，穿好衣服，向他道歉，请他坐在上座。郦食其劝沛公尽快攻打陈留，以便得到秦朝积存在陈留的粮食。攻取陈留后，沛公封鹂食其为广野君，任命郦商为将军，率领陈留的军队，与沛公一起进攻开封，但没有攻克。随后，率军向西与秦将杨熊交战，彻底打垮了秦军。杨熊逃到了荥阳，泰二世把战败的杨熊斩首示众。

沛公多次打败秦军。攻占了南阳之后，南阳太守逃跑，逃到宛城中坚守不战。沛公放过宛城，继续西进。张良劝阻说：“虽然您急着要攻入关中，但是秦军还很多，而且又凭借着险关拒守，所以攻打他们难度很大。如果现在我们不攻克宛城，那么宛城秦军就可能攻打我军后方，而强大的秦军主力又挡在前面，那就太危险了。”因此沛公就率军从别的道路趁着夜幕返回，在黎明时分，把宛城包围了三重。

南阳郡守想自杀，他的舍人陈恢说：“现在还不是穷途末路的时候，离死还早呢！”然后，他就越过城墙，来会见沛公，说：“据说，您与将领订立了盟约，谁先进入咸阳，就可以在关中称王。可是，宛城人民众多，积蓄的物品也很充足，官吏们认为投降一定

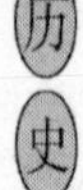

会被杀，所以都誓死守城。如果您整日停留在这里攻城，那么士卒肯定伤亡严重；如果率军离开宛城，那么宛城的军队一定会尾随追击。为您着想，不如订立盟约而招降宛城，封赏它的郡守，让他留下来守住南阳，率领他的军队一同西进。那些还没有被占领的城邑，只要您一招降，就会争着开放城门，等待您的军队来临。这样您就可以畅通无阻地向咸阳行进啦！”

沛公感到陈恢说的有道理，就封宛城的南阳郡守为殷侯，封陈恢为千户侯。其后，在领兵西进的过程中，没有不主动归附的城邑。

起初，项羽和宋义向北援救赵国，等到项羽杀了宋义，成了上将军，黥布等各位将领就都归项羽指挥。他们打垮了秦将王离，降服了章邯，诸侯都跟从项羽。不久，赵高杀了秦二世，派人前来，想要与沛公订立盟约，提议分割关中土地，各自称王。沛公

认为这是阴谋，就采用张良的计策，派遣郦食其、陆贾前去劝降秦国的将领，用丰厚的利益引诱他们，同时，沛公攻打武关，打垮了守关的秦军。又与秦军在蓝田南面开战，摆设了许多旗帜来表示沛公军队众多，用以迷惑秦军；而且，因为沛公所经过的地方一律不准掳掠，所以秦国人都很欢迎沛公，秦军于是瓦解。又在蓝田北面和秦军交战，彻底打败了秦军。

汉王元年十月，沛公的军队比其他诸侯军队先到霸上。秦王子婴乘着白马素车，脖子上套着绳子，封存了皇帝的玺印符节，向沛公投降。

将领中有人提出诛杀秦王，沛公不同意："起初怀王派我入关，最主要的原因就是因为我能够宽容待人。何况人家已经屈服投降，再杀他，是不吉利的。"于是就把秦王交给官吏们看守，接着进入咸阳。

沛公想要住进秦国的宫室中休息，樊哙和张良的全力劝阻，沛公才封藏了秦国的重宝财物，然后退回到霸上驻军。随后，沛公召来各县的父老豪杰们说：

"父老乡亲们受到暴秦的痛苦已经很久了，只要谁说一些和朝廷不一致的话，就会被定为徘谤罪而遭灭族，人们相互私语就要被杀掉示众。我和诸侯们订立了盟约，先入关的就在关中地区称王，所以我理应在关中称王。我和各位父老们订立盟约，只定下三条法律：杀人者处死，伤人和盗抢他人财物的人也要依法处置，秦朝法律全部废除，各级官吏都要像以前一样各司其职。我之所以前来灭秦，目的是为了替大家除去祸害，不是要对你们侵凌施暴，大家用不着害怕！另外，我退兵驻在霸上，是为了等诸侯们到来，一起制定一个约法。"

随后，就派人跟着秦朝官吏到各县乡城邑巡行，把大势的变化告诉他们。秦国人非常高兴，争着把牛羊酒食等物拿来慰劳沛公的官兵。沛公谦让，不接受这些礼物，说："现在仓库中有很多粮食，不缺少这些东西，大家不必破费。"人们听了，更加欢喜，唯恐沛公不在关中称王。

有人给沛公出主意："秦国比全天下富有十倍，地理条件上又

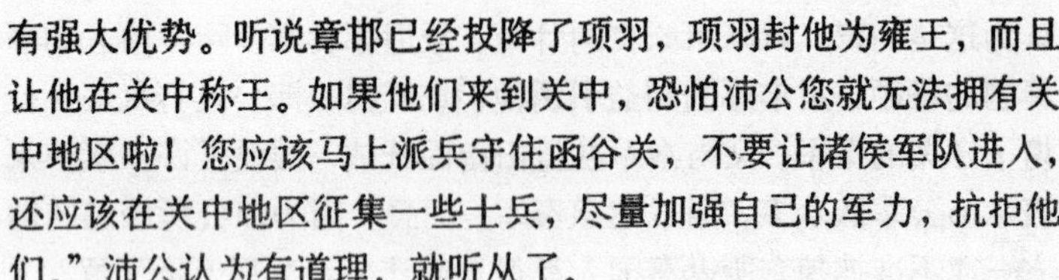

有强大优势。听说章邯已经投降了项羽，项羽封他为雍王，而且让他在关中称王。如果他们来到关中，恐怕沛公您就无法拥有关中地区啦！您应该马上派兵守住函谷关，不要让诸侯军队进入，还应该在关中地区征集一些士兵，尽量加强自己的军力，抗拒他们。”沛公认为有道理，就听从了。

十一月中旬，项羽率领诸侯的军队准备进入函谷关的时候，关门却关闭了。他听说沛公已经平定了关中，大怒，立即派黥布等人攻破了函谷关。

十二月中旬，项羽等人到达了戏地。沛公的左司马曹无伤听说项王大怒，准备攻打沛公，就派人对项羽说：“沛公准备在关中称王，任命子婴为丞相，要占有秦国所有的珍宝。”他希望以此求得项羽的赏识，得到官爵。范增劝项羽尽快去攻打沛公，让士卒饱餐，准备第二天早上日出时分与沛公交战。当时，项羽有军队四十万，号称百万；而沛公只有十万士兵，号称二十万，力量远远不及项羽。项伯想要救张良一命，就连夜赶到霸上去见张良，后来，项伯回去，对项羽讲说道理，项羽才打消了进攻沛公的想法。沛公带着一百多名骑兵，赶到鸿门，见到了项羽并向他道歉，项羽说：“这是沛公的左司马曹无伤对我说起的，否则，我怎么会怀疑你呢！”沛公因为有樊哙和张良相助，所以摆脱了危难而回归军中。回来以后，立即杀掉了曹无伤。

项羽向西进军，焚烧了咸阳城内的秦宫室，所到之处，没有不遭到摧残和毁灭的。秦地人大失所望，但是因为害怕，又不敢不服项羽。

仁者对霸王

项羽派人去向怀王报告请示。怀王说：“就按原来的约定办吧！”项羽怨恨怀王不肯派他与沛公一同入关，却让他去救援赵国，所以才在“谁先入关谁称王”的盟约中落后。项羽因此愤愤不平地说：“他妈的怀王，是我家项梁扶立的，他没有资格做王，凭什么主持盟约！平定天下的人，是各位将军和我！”

后来，项羽自立为西楚霸王，统治梁、楚地区的九个郡，以彭城为都城。他背叛前约，立沛公为汉王，统治巴、蜀、汉中地区，以南郑为都城。还把关中地区分为三块，立秦国的三位降将为王。其他功臣人等也各自分封。

四月，各路诸侯军队在戏下解散，诸侯们各自回到封国。

汉王前往封国，项王派了三万士兵随从汉王，楚军和诸侯军中因为仰慕汉王而自愿跟他走的有好几万人。汉王的军队进入名叫蚀的谷道，过去以后就烧毁了栈道，断了后路，以此来防备诸侯军队从后面袭击，同时也是向项羽表示，汉王不会向东进攻。还没到南郑，很多官兵就在途中逃亡回家了，留下来的士卒都唱着思乡的歌曲。

韩信见状，劝说汉王：“项羽分封功臣为王，大王您却偏偏被封在南郑，这是对您的贬黜。我们的官兵多是太行山以东地区的人，他们日日夜夜盼望着东归故乡，如果我们能充分利用他们思乡的迫切心情，肯定可以建立大功。如果天下安定了，大家都在安享平定的生活，那时候就不好办了。不如现在就向东发展，争夺天下大权。”

项羽一出函谷关，马上就派人去迁徙怀王。他借口说：“古代帝王，土地方圆千里，而且一定要住在江河的上游。”于是，他派人把怀王迁往长沙郴县，催促怀王赶快起程。怀王的群臣稍微表示了不满，项羽就想办法杀掉了他们和怀王。

项羽记恨当初田荣不出兵援助项梁，所以把齐将田都立为齐王。田荣愤怒，自立为齐王，杀了田都，反叛楚国，还命令彭越将军造反。楚国命令萧公角攻打彭越，被彭越打垮。陈馀怨恨项羽没有封自己为王，就让夏说去劝说田荣，请他派军给陈馀，一起去进攻张耳，齐国于是调了军队给陈馀，打败了常山王张耳，张耳逃跑，归附了汉王。陈馀从代地迎回了赵王歇，重新拥立他为赵王。赵王感激，封陈馀为代王。项羽知道后，大怒，马上来攻打齐国。

八月，汉王采用韩信的计策，原路返回关中，袭击了雍王章邯。章邯在陈仓迎战汉军，失利逃走，汉王于是平定了雍地。随后，向东进军到达了咸阳，率军围困雍王。同时，派人到沛县去迎接太公和吕后。楚国听说这件事，发动军队阻挡汉军。

二年，汉王向东进军，司马欣、董翳、申阳都投降了汉王。韩王郑昌不服从汉王，汉王派韩信打垮了他。随后，汉王设置了陇西、北地、上郡、渭南，河上、中地等郡，还在关外设置了河南郡。楚国将领，如果能率领一万军人或带着一郡人口投降的，就被汉王封为万户侯。那些原来秦国的苑囿园地，都允许人们作为田地耕种。还大赦天下罪犯。

汉王出了函谷关，来到陕县，安抚关外父老。回来以后，张耳求见，受到了汉王的厚待。

二月，下令抛弃秦朝社稷，改立汉朝社稷。

三月，汉王渡过黄河，占领了河内，设置了河内郡。又向南渡过平阳津，抵达洛阳。因为项羽杀了义帝，所以新城的三老董公拦下了汉王的车驾，向汉王诉苦。汉王闻言，袒露着左臂痛哭失声。于是为义帝发丧，亲自举办了三天的丧礼。丧礼完毕，汉王派人告诉诸侯们说："天下人共同拥立义帝，我们作为臣子，应该臣服于他。可是项羽，把义帝流放到了江南，还杀害了他，这是大逆不道啊！寡人亲自为义帝治办丧事，各位诸侯也应该穿上素白的孝衣。我准备出动关内的所有军队，会集河南、河东、河内三郡的士兵，坐着战船顺汉江南下，希望各位能和我一起去讨伐杀害义帝的人。"

当时，项王正在进攻齐国，几乎整个齐国都投降了楚国。楚军焚烧了齐国的城邑，虏掠了齐人的子女。齐国人忍无可忍，又开始反抗楚国。汉王驱使五路诸侯的军队，攻入了彭城。项羽听说，马上就率军离开齐国，与汉军在睢水岸上展开激战，打败了汉军，汉军士卒伤亡惨重，睢水因为有众多士卒的尸首而被堵塞，无法畅流。随后，项羽又在沛县抓到了沛公的父母妻子，把他们带在军中作为人质。各路诸侯见楚国强大而汉军失败，就都背离了汉国而重新归附了楚国。

吕后的兄长为汉王统率军队，驻在下邑。汉王战败后前来投奔，在这里收集了一些散兵。不久，汉王说服楚将黥布背叛了楚国，归附了汉王。就这样，汉王慢慢收罗了一些溃散的士卒和各路将领，又得到别人的增援，势力重新大振，在京、索地区打垮了楚军。

三年，魏王豹反叛汉王而附属于楚国。汉王派人去劝说魏王豹，豹不听从，于是汉王派军出击，打垮了他的军队，俘虏了魏王豹，平定了魏地。随后，汉王命令张耳和韩信接着向东进军，占领了赵国，第二年，封张耳为赵王。

汉王驻军在荥阳南面，修筑了连接到黄河岸边的甬道，以此来获取粮食。项羽多次冲进甬道，抢夺汉军的粮食，汉军缺乏粮食，无力征战，于是被楚军包围。汉王请求和解，请求能得到荥

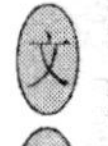

阳以西的地区，项羽不同意。汉王深感忧虑，就采用了陈平的计策，给了陈平四万斤黄金，让陈平用它来离间楚国的君臣。项羽中计，开始怀疑范增，范增愤怒，告老还乡，去做平民百姓，可是还没回到家里就死了。

汉军粮草断绝，于是，在夜里让两千多名女子身披铠甲冒充士兵，从荥阳东门出城，楚军前来围攻，将军纪信就乘着汉王的车驾，假扮汉王，欺骗楚军，楚国官兵误认为俘获了汉王，都高呼万岁，跑到东城观看俘获汉王的盛景，汉王趁机带着几十名骑士出西门逃走。汉王临走时，下令周苛、魏豹、枞公守卫荥阳。周苛和枞公商量："叛国的国王，不可靠，不能和他一起守城。"因此他们杀了魏豹。

汉王出了荥阳城，进入关中，聚集军队，准备重新向东进攻。袁生规劝汉王说："汉楚两国在荥阳对抗好几年，汉军经常处于不利地位。希望君王您离开，这样，项羽肯定会率领荥阳的楚军向南转移，君王您可以深挖濠沟、高筑壁垒，据守不战，拖住楚军，让荥阳和成皋的汉军得到休息整顿。再派韩信等人去安抚黄河以北的赵地，联合燕齐两国，那时君王再进军荥阳，也不算晚。这样做，可以使楚国所要防备的地区增多，力量不得不分散，而汉军却得到休整。这样再跟楚军交战，肯定能打垮他们。"汉王听从了他的计策，出动军队驻守宛城和叶城，并与黥布在行军途中收集散落的军队。

项羽听说汉王在宛城，果真率军来打。汉王坚守壁垒，就是不出战。这时候，彭越带兵渡过了睢水，打败楚军。项羽于是又率军向东去攻击彭越。汉王趁机又率军驻扎到了成皋。项羽打败了彭越以后，听说汉王到了成皋，就重新回军向西，包围了成皋。

汉王冲出围困，与滕公夏侯婴共乘一车，逃出成皋城，渡过黄河。汉王自称是使者，一大早急驰进入张耳和韩信的营垒，强行收编了他们的军队。然后，派张耳到赵地去大量招纳士卒，派韩信向东攻打齐国。汉王得到了韩信的军队，重新振作起来，准备与楚军交战。郎中郑忠劝止汉王，让他高筑壁垒、深挖沟壕，坚守不战。汉王听众了他的计策。又派人进入楚地，和彭越的军队

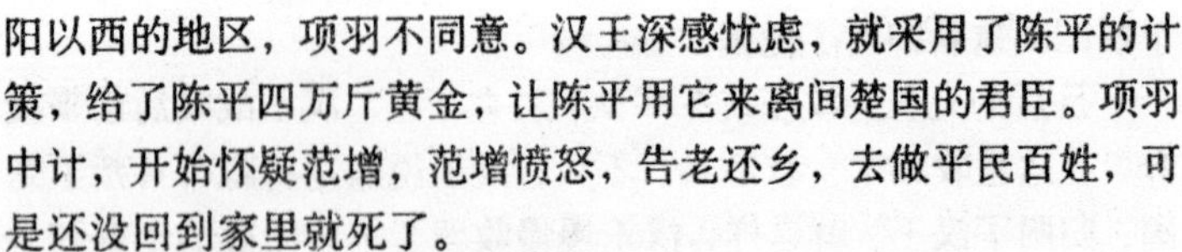

一起，打败了楚军，收复了十几座城。

韩信受命向东进军去攻打齐国，还没有渡过平原城，汉王派遣郦食其去游说齐王田广，田广于是反叛楚国，与汉王订立和约，共同进攻项羽。韩信趁机攻破齐军。齐王烹杀了郦食其，逃到高密县。项羽听说韩信已经攻破齐国和赵国，并且准备进攻楚国，就派军前去攻打韩信。楚军失败。齐王田广投奔了彭越。在这个时候，彭越率军住在梁地，转战各地，使楚军疲于奔命，并且切断了项羽军队的粮草。

四年，项羽对大司马曹咎说："你必须守住成皋。如果汉军前来挑战，千万不要应战，只要不让他们东进就可以。我在十五天内肯定能平定梁地，那时再回来和你会合。"说完，项羽就率军去攻打陈留、外黄、睢阳，攻克了这些地方。汉军果然多次向楚军挑战，楚军坚守不出。汉军派人羞辱楚军，骂了整整五六天后，大司马被激怒了，率军出城渡水迎战。楚国士兵渡河刚渡了一半的时候，汉军出击，大败了楚军，搜刮了楚国所有的金银财宝。大司马曹咎等人在岸边自刎。项羽到达了睢阳，听说成皋兵败，就率军回师。汉军当时围攻一支楚军，项羽来到，汉军就撤到了山里。

韩信打垮了齐国以后，派人对汉王说："齐国是边远地区，而且靠近楚国，我的权力太小，如果不立我为代理齐王，恐怕难以安定齐国。"汉王听了生气，想要攻打他，留侯张良劝汉王说："不如顺他的心，立他为王，让他能为了自己的利益而守卫齐地。"于是，汉王派张良去封立韩信为齐王。

楚、汉对峙多年，不分胜负。壮年男子苦于征战，老弱人民疲于运送军粮。项羽可怜民众，想与汉王单独挑战，汉王不同意。他历数项羽的罪恶说：

"当初，你我一同接受怀王的命令，说谁先进入并平定关中，谁就被封为关中王，可是你违负盟约，封我为蜀汉地区的王，这是第一条罪状。

"你假传圣旨，杀害宋义，任命自己为上将军，这是第二条罪状。

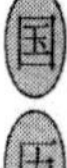

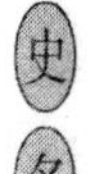

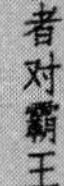

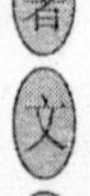
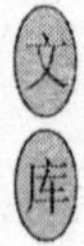

“你解救了赵国的围困之后，本来应当回师述职，可是你却擅自强迫诸侯入关，这是第三条罪状。

“怀王约定，进入秦地以后不许施暴掳掠，可你烧毁了秦国宫室，挖开了始皇帝的坟墓，把秦国的所有财富都据为已有，这是第四条罪状。

“杀害已经投降的秦王子婴，这是第五条罪状。

“运用欺诈手段在新安活埋了秦国子弟二十万人，却封他们的将领为王，这是第六条罪状。

“把自己的部将都封在条件好的地区为王，而驱逐这些地区原有的君主，使他们的臣下为了争夺王位而叛逆，这是第七条罪状。

“你把怀王义帝赶出彭城，把这里作为自己的都城，还夺走了韩王的国土，把梁、楚两地合在一起，据为已有，这是第八条罪状。

“派人在江南暗杀义帝，这是第九条罪状。

“总之，你身为人臣，却弑杀君主，杀掉已经投降的人，处事不公平，主持盟约却不守信用，这是全天下人都无法容忍的，是大逆不道，这是你的第十条罪状。我发动了扶持正义的军队，联合了诸侯，来诛杀你这个残暴的贼子，何苦要与你单打独斗！”

项羽听后，恼羞成怒，埋伏下射手，射中了汉王。汉王胸部受伤，却用手捂着脚，大声说：“叛贼射中了我的脚趾！”汉王因为受伤，只好卧床养病，可是张良坚决请求汉王起床，去慰劳外面的军队，以此来稳定官兵的情绪。汉王只好强忍伤痛，出来到军中巡视。后来，汉王伤势加重，只好急驰进入成皋城中养伤。

这个时期，彭越率军在梁地往来转战，使楚军往返奔波，深受其苦。项羽多次攻打彭越等人，齐王韩信又趁机进军攻击楚军。项羽惊恐，就与汉王订立和约，平分天下，把鸿沟以西划给汉，鸿沟以东划归楚。和约签定之后，项王放回了汉王的父母妻子，两方官兵高呼万岁，回师离去。

项羽退兵，回归东方。汉王本来也想率军回归，但是后来又采用了张良和陈平的主张，出兵追击项羽，还与齐王韩信及建成侯彭越约定了会合的时间，准备共同攻打楚军。可是韩信和彭越没有按期前来会合，所以楚军打败了汉军。汉王只好挖掘深沟进行据守。随后，由于采用了张良的计策，所以韩信、彭越都率军前往。

高祖带领诸侯军队，共同攻击楚军，在垓下决战。韩信率领三十万士卒独当一面，孔将军熙在左边，费将军陈贺在右边，刘邦领兵在后，绛侯周勃和柴将军跟在汉王的后面。项羽的兵卒大约有十万人。淮阴侯先与楚军交战，作战不利，只好后退。孔将军和费将军从旁边压上去，楚军形势不利，淮阴侯趁机再度进攻，打败了楚军。

项羽听到汉军唱起楚地的歌谣，误认为汉军已经占领了全部楚地，就败退逃跑，楚军于是溃散败逃。汉王派骑将灌婴追到东城，杀了项羽，杀敌八万。鲁城忠于楚国，坚守不降。汉王向鲁城民众展示了项羽的人头，鲁城人才肯投降。随后，汉王用鲁公的名号把项羽葬在了谷城。

威加海内兮归故乡

诸侯和将相们聚在一起，共同尊奉汉王为皇帝。

汉王说："皇帝的称号，只有贤德无比的人才能据有，贤德不够而只具空言虚语的人，是不配称帝的，我不敢担当这个称号。"群臣们说："大王从平民起家，除暴安良，平定四海，对有功之臣能分给土地而且封为王侯。大王如果不接受皇帝的尊号，那么功臣们就会怀大王的封赏。我们这些大臣想过了，就是死也希望您接受皇帝的尊号。"汉王推让再三，迫不得已，最后说："各位如果坚持认为我作皇帝有利，那么，为了国家大计，我就接受这个尊号吧！"于是汉王就做了皇帝。

天下全部平定之后，定都洛阳，各位诸侯都称臣于高祖。

高祖在洛阳南宫摆设酒宴，对大家说："请列侯和各位将领不要对朕隐瞒，都要说实话。在各位看来，我之所以能取得天下，原因是什么？项氏之所以失去天下，原因又是什么？”高起和王陵回答说：“陛下为人傲慢，喜欢轻视戏弄别人，项羽为人仁厚，而且爱护别人。但是，陛下派人去攻城略地，能把他们所降服的地区封给他们，这说明，陛下能与天下人共享其利，拥有大的美德。而项羽呢？妒贤嫉能，谁立有功劳，就设法加害谁，谁有贤才，就猜疑谁，手下作战取胜，却得不到封赏，他自己得了土地，却不能给别人一点利益。因为这些，所以他必然失去天下。”

高祖说：“看来，你们是只知其一，不知其二。要说运筹帷幄之中，决胜千里之外，我不如张良。要说镇守国家，安抚百姓，运送军粮，那我不如萧何。要论统领百万大军，每战必胜，攻城必取，我不如韩信。这三位都是人中豪杰，而我却能够任用他们，就因为这个，所以我才能取得天下。项羽有一位范增，却被他抛弃

了，所以他项羽必然要被我擒获。”

高祖想把洛阳作为长期的都城。留侯张良劝说他到关中定都，高祖于是就在当日起驾，在关中定都。

第六年，高祖每五天去拜见一次父亲太公，就像普通人家那样行父子相见的礼节。太公的仆人劝说太公说：“天上没有两个太阳，地下也不应该有两个君王。现在的高祖皇帝，虽然是您的儿子，但他是君王；太公您虽然是父亲，但只是臣子。怎么能让君主拜见臣子呢！如果这样下去，就会破坏皇帝的尊贵和威严。”以后，高祖再来朝见的时候，太公就跑到大门口去迎接，倒退着走路。高祖见状，大惊失色，赶忙下车来搀扶太公。太公推辞说：“皇帝是天下人的君主，凭什么因为我而乱了天下的法度呢！”高祖感动，尊奉太公为太上皇。

有人上书举报，说楚王韩信准备谋反，皇上询问左右大臣，大臣们都争着要去讨伐韩信。后来，采用了陈平的计策，拘捕了韩信。十几天后，高祖封韩信为淮阴侯，把他原来的领土分成两个王国。将军刘贾多次立功，高祖封他为荆王，统治淮东。又封皇弟刘交为楚王，统治淮西地区。封皇子刘肥为齐王，统治齐地七十多个县，只要是讲齐地方言的百姓，都归属齐国。

萧何丞相主持建造未央宫，建有东阙、北阙、前殿、武库和太仓等宫室。高祖从外地平定叛乱回来，见到宫殿壮丽非凡，就很生气地批评萧何：“天下战火纷飞，打了这么多年，成败还不一定，为什么要建造这样豪华的宫室？”萧何回答：“就是因为天下尚未安定，所以才应该趁此时机建造宫室。天子君临天下，四海为家，如果宫室不建得壮丽，就无法显示天子的尊贵和威严，况且，我们建得壮丽，后世再行修建时，就永远无法超过我们。”高祖听言，又转怒为喜了。

未央宫建成之后，高祖在这里召集诸侯群臣，举行盛大的朝会，在未央宫前殿摆酒设宴。高祖手捧玉杯，起身给太上皇祝酒，问到：“想当初，您总是认为我没有一技之长，没有能力经营家业，比不上哥哥刘仲。现在，我所成就的产业，跟刘仲相比，谁多谁少？”群臣们听后，高呼万岁，大笑取乐。

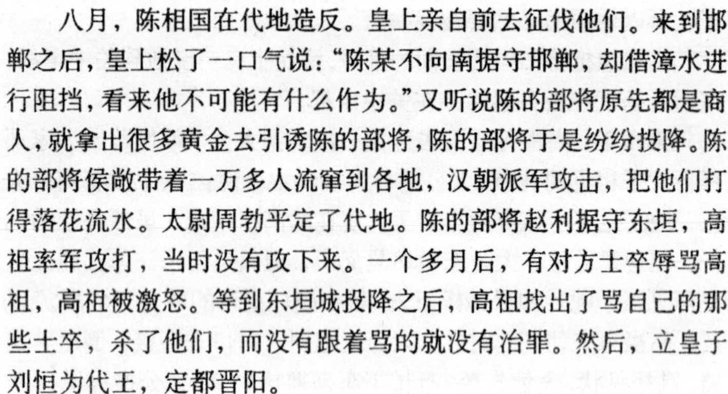

八月，陈相国在代地造反。皇上亲自前去征伐他们。来到邯郸之后，皇上松了一口气说：“陈某不向南据守邯郸，却借漳水进行阻挡，看来他不可能有什么作为。”又听说陈的部将原先都是商人，就拿出很多黄金去引诱陈的部将，陈的部将于是纷纷投降。陈的部将侯敞带着一万多人流窜到各地，汉朝派军攻击，把他们打得落花流水。太尉周勃平定了代地。陈的部将赵利据守东垣，高祖率军攻打，当时没有攻下来。一个多月后，有对方士卒辱骂高祖，高祖被激怒。等到东垣城投降之后，高祖找出了骂自己的那些士卒，杀了他们，而没有跟着骂的就没有治罪。然后，立皇子刘恒为代王，定都晋阳。

春天，淮阴侯韩信在关中造反，被灭了三族。夏天，梁王彭越两次谋反，也被灭了三族。立皇子刘恢为梁王，皇子刘友为淮阳王。秋天，淮南王黥布反叛，高祖亲征，讨伐黥布，立皇子刘长为淮南王。后来，黥布战败逃走，高祖就命令其他将领追击黥布。

高祖回到关中，路过沛县，停留了几天。在沛宫中设宴，召来所有的老朋友纵情畅饮，并找来沛地的一百二十个儿童，教他们唱歌。酒喝到尽兴的时候，高祖亲自奏乐，自己作诗歌唱道：“大风起兮云飞扬，威加海内兮归故乡，安得猛士兮守四方！”命令那些唱歌的儿童们练习这支歌。高祖在儿童们的合唱中起舞，思绪万千，洒下行行热泪。高祖动情地对沛地的朋友们说：“在外的游子，只要一想到故乡，就会感到悲伤。我虽然现在定都关中，但是将来死后，我的魂魄还会思念沛地。再说，朕是以沛公的职位起事的，从这里出发去诛杀暴秦，拥有了天下，因此，我要把沛地作为我的汤沐邑，免除沛县百姓的赋税徭役，以后世世代代都不必交税服役。”沛县的父老乡亲以及长辈妇女，还有故交旧友们聚在一起，每日痛饮，极尽欢乐，回忆陈年往事取笑作乐。

十几天后，高祖准备离去，沛县的父老乡亲衷心挽留高祖。高祖推辞说：“我带的人太多了，各位承担不起我们的消费。”于是离去。沛县人恋恋不舍，把所有的东西都拿了出来，追上去进献。高祖又停了下来，在城外搭起帐篷，跟他们饮酒三日。沛县的父老们叩首请求高祖说："沛县能有幸免除赋税徭役，我们感激不尽。但是丰邑还没有免除赋税徭役，请陛下也可怜可怜他们吧！"高祖回答："丰邑是我生长的地方，我怎么可能忘掉它呢？只是因为他们曾经反叛我，所以才不予免除。"沛地父老们坚持恳请，丰邑才也免除了赋税徭役，一切与沛县相同。随后，高祖又封沛侯刘濞为吴王。

汉军攻击黥布军队，大败黥布，在鄱阳杀了他。另外，樊哙率军平定了代地，在当城斩杀了陈相国。高祖赦免了那些被陈相国等人所劫持而随从他们谋反的官民，不追究他们的罪责。

投降汉军的人说，陈相国谋反的时候，燕王卢绾曾经派人与陈相国一起谋划。皇上听了，马上派人去请卢绾，卢绾借口生病，不肯前来。于是就派樊哙和周勃率军去攻打卢绾。赦免燕国那些参与谋反的官民，立皇子刘建为燕王。

高祖在攻打黥布的时候，曾经受伤，在行军的途中，伤口感染，病得很厉害。吕后请来一位医生。医生入宫进见，高祖问他自己的病情如何。医生回答："您的病能治好，别担心。"高祖辱骂医生说："我本来是一个平民，提着三尺宝剑打下了天下，这难道不是天命吗？我的命既然是由上天决定，那么即使是扁鹊来临，又怎么能影响我的命运呢！"于是就拒绝让他治病，赏了他五十斤黄金了事。

事后，吕后问高祖："陛下百年之后，如果萧相国也不在了，那让谁接替他做相国呢？"皇上回答："曹参可以。"吕后又问曹参以后怎么办，皇帝说："王陵可以，不过，王陵过于耿直，应该让陈平协助他。陈平智谋有余，但是他却难以单独胜任。周勃为人稳重仁厚，但是缺乏文化素养；看来，能让刘家天下得到安定的人，肯定是周勃，可以让他担任太尉。"吕后又问以后的事，皇上说："这以后的事，就不必去想了。"

卢绾带了几千名骑士，驻扎在塞下，等候最恰当的时机，想等皇上病愈以后亲自去谢罪。

四月，高祖在长乐宫逝世。过了四天，还没有发丧。吕后和审食其商量说："那些将军们曾经跟皇帝一样，本来都是平民，现在他们做了皇帝的臣子，心里面常常怏怏不乐。现在高祖死了，又要让他们去侍奉年少的君王，看来，如果不把他们全都杀掉灭族，天下肯定不会安定无事。”有人知道了这件事，就告诉了将军郦商。郦商马上去拜见审食其，说：“听说皇帝已经崩逝，过了四天还不发布丧事，而且准备诛杀各位将军。如果真是这样，那全天下可就乱了。现在的形势，陈平、灌婴率领十万军队守卫荥阳，樊哙、周勃率领二十万军队平定了燕、代。如果他们听说皇帝驾崩，各个将领都要被杀，那么他们肯定会联合起来，调转方向来进攻关中。那样的话，大臣在朝内叛乱，诸侯军队在外面造反，汉家天下马上就会灭亡。”审食其听了，立即进宫，向吕后转述。不久，发丧高祖，大赦天下。

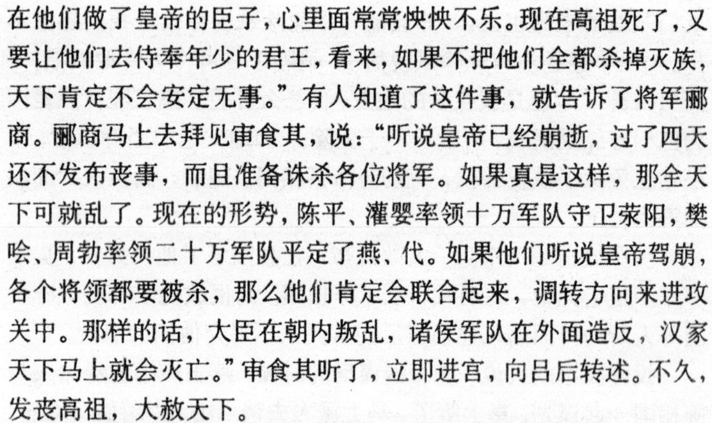

卢绾听说高祖已经去世，就逃到匈奴去了。

安葬高祖之后，太子刘盈被立为皇帝。群臣们都说：“高祖从低微的平民起步，却能拨乱返正，平定天下，成了汉朝的太祖，功业最高。”于是，尊奉他为高皇帝。太子承袭皇帝的称号，就是孝惠帝。然后，下令在各个郡国都建立高祖庙，每年按照时令举行祭祀。五年过去了，孝惠帝想到了高祖生前在沛县的悲欢离合，就把沛宫作为高祖的原庙。高祖曾经教导歌唱相和的那一百二十个儿童，都命令他们在原庙吹奏乐歌，以后如果有缺员，就马上补足。

高祖有八个儿子：长子是齐悼惠王刘肥；次子孝惠帝，是吕后的儿子；三子是赵隐王刘如意；四子是代王刘恒，后来被立为孝文帝；五子是梁王刘恢，吕太后的时候被迁徙为赵共王；六子是淮阳王刘友，吕太后的时候被贬为赵幽王；七子是淮南厉王刘长；八子是燕王刘建。

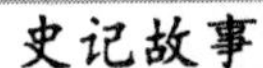

第九章

吕太后本纪

中国历史名著文库

吕后称制

吕太后，是高祖还没有发达时候的妻子，她生了孝惠帝刘盈，女儿鲁元太后。高祖做了汉王之后，又娶了戚姬，特别宠幸她，她生了赵隐王刘如意。孝惠帝为人仁厚，但性格柔弱，高祖总说他的性格“不像我”，总想要废掉太子，改立戚姬的儿子如意，认为“如意的性格才像我”。

戚姬得到高祖的宠幸，经常随从皇上去关东。她日日夜夜地在高祖面前啼哭，劝说高祖让她的儿子取代太子。吕后年纪大了，总是留守关中，跟皇上见面的机会越来越少，关系也就越来越疏远。如意被立为赵王以后，曾经有好多次差一点就替代刘盈成为太子。好在大臣们不同意，再加上张良的计谋，太子才没有被废掉。

吕后性格刚毅，辅佐高祖平定了天下，高祖诛杀大臣的事情，也多是由吕后帮忙筹划。吕后有两个哥哥，都做了将军。大哥周吕侯死在了战场上，高祖于是封他的儿子吕台为郦侯，吕产为交侯。吕后的二哥吕释之，被封为建成侯。

高祖逝世于长乐宫，太子刘盈即位为皇帝。当时，高祖有八个儿子：长子刘肥，是惠帝的哥哥，他们是异母兄弟，刘肥被封为齐王；其余几位都是惠帝的弟弟，戚姬的儿子如意被封为赵王，薄夫人的儿子刘恒被封为代王，其他姬妾所生的儿子里面，刘恢被封为梁王，刘友被封为淮阳王，刘长被封为淮南王，刘建被封为燕王。高祖的弟弟刘交被封为楚王，高祖哥哥的儿子刘濞被封为吴王。不姓刘而被封王的，只有吴臣，被封为长沙王。

吕后最痛恨戚夫人和她儿子赵王，高祖一死，就下令把戚夫人囚禁在永巷宫，并派人去叫赵王。使者去了好几次，赵王的丞相建平侯周昌答复使者说：“赵王年幼，所以高帝（即高祖）把赵

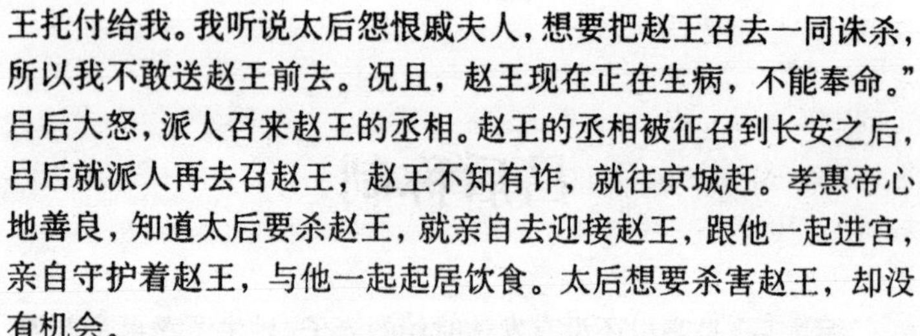

王托付给我。我听说太后怨恨戚夫人，想要把赵王召去一同诛杀，所以我不敢送赵王前去。况且，赵王现在正在生病，不能奉命。”吕后大怒，派人召来赵王的丞相。赵王的丞相被征召到长安之后，吕后就派人再去召赵王，赵王不知有诈，就往京城赶。孝惠帝心地善良，知道太后要杀赵王，就亲自去迎接赵王，跟他一起进宫，亲自守护着赵王，与他一起起居饮食。太后想要杀害赵王，却没有机会。

惠帝元年十二月，皇帝出宫打猎。赵王年幼，不能早起一起去。太后听说他一个人独自在家，就派人拿着毒酒给他喝。惠帝回来之后，赵王已经死了。于是，吕后就封淮阳王刘友为赵王。然后，太后砍断了戚夫人的手脚，挖去了她的双眼，熏聋她的耳朵，灌她喝下哑药，把她关在猪圈里面，称她为“人猪”。过了几天，吕后召唤惠帝去观看人猪。惠帝看见那个人不人鬼不鬼的东西，问是什么，才知道是戚夫人，于是大哭，病倒了，整整一年多都无法起床。稍微好转之后，惠帝派人对太后说：“这样的事，不是人能干出来的，我是太后生的儿子，我再也无法治理天下了！”从此，惠帝成天饮酒淫乐，不理政事，把身体弄得很差。

楚元王、齐悼惠王来朝见。惠帝和齐王在吕后面前喝酒，惠帝觉得齐王是兄长，所以就让他坐在上座，一切都遵照家人的礼节。太后见了，很生气，就命人斟了两杯毒酒，摆在齐王面前，然后命令齐王站起来，向她祝福。齐王起身敬酒，惠帝也跟着起身，拿过酒杯准备和齐王一同祝酒。太后这才觉得不妙，急忙起身，碰洒了惠帝的酒。齐王感到蹊跷，不敢再饮，假装酒醉离去。

后来，齐王一打听，才知道是毒酒，很是后怕，知道自己无法逃离长安了，非常忧虑。齐国的内史开导他说：“太后只生了惠帝和鲁元公主。现在大王您的封地有七十多座城邑，而公主呢，却只有几座城邑作为食邑。如果您愿意拿出一个郡献给太后，作为公主的汤沐邑，太后肯定会高兴，那您就不用担忧了。”齐王于是就把城阳郡奉献给太后，并尊称公主为王太后。吕后欢天喜地，就不再追究齐王的过失，放他回封国去了。

几年后，惠帝逝世。太后只是干哭，却流不出眼泪。留侯张良的儿子张辟强担任侍中，只有十五岁，对丞相陈平说："太后只有一个儿子，就是惠帝，现在惠帝逝世了，她虽然哭了，但不显得悲痛，您了解其中的奥秘吗？"丞相问："是啊，为什么呢？"张辟强回答说："皇帝的儿子都还没有成年，太后害怕你们这些大臣将军们做乱。您现在应该主动请求太后，建议任命吕台、吕产、吕禄为将军，统领南北各地军队，并且让吕家人都入朝掌权，这样，太后就会心安，你们也就可以摆脱灾难了。"丞相听了，就按照张辟强的计策行事。太后果真非常高兴，放松下来，这样哭惠帝才非常哀痛。从此，吕家人开始在朝廷掌权。

元年，朝廷所有的号令全部都出自吕太后。太后行使皇帝大权，处理大政，准备立那些吕家子弟为王，向右丞相王陵咨询。王陵说："高帝在时，曾经斩杀白马订下盟誓说：'不是刘家子弟而称王的，天下人都可以攻打他。'现在您要封吕家人为王，恐怕是

违背了高祖的盟约。”太后听了，很不高兴，就又问左丞相陈平和绛侯周勃。

周勃等人回答说：“高帝平定天下，封自家子弟为王；现在太后您行使皇帝大权，治理天下，封自己吕家的人为王，是理所当然的事情。”太后非常高兴。退朝以后，王陵责备陈平和周勃说：“想当初，我们和高帝歃血为盟，你们两位难道不在场吗？现在高帝不在了，太后想封吕氏子弟为王，你们却纵容太后的私欲，迎合她的意愿，违背了盟约，你们将来还有什么脸面到地下去见高帝？”陈平和绛侯反驳说：“像今天这样当面抗拒，在朝廷上据理力争，我们不如您；但是要说保全社稷，安定刘氏基业，您可不如我们。”王陵听了，无话可说。

太后想要罢免王陵，就封他做皇帝的太傅，剥夺了他的相权。王陵于是就借口生病，免职回家。吕后马上任命左丞相陈平为右丞相，任命辟阳侯审食其为左丞相。左丞相不处理政务，只监管宫中事务，就像郎中令一样。这样，审食其就能很方便地接近太后，获得宠幸，因而经常有权决策政务，公卿大臣们都得通过他来对国家事务作出决定。

太后决心要封吕氏为王，就先封惠帝后宫妃嫔的儿子刘强为淮阳王，刘不疑为常山王，刘山为襄城侯等等。然后，太后向大臣们暗示，大臣们就主动请求封郦侯吕台为吕王，太后立刻同意了大臣们的请求。随后，又封吕禄为胡陵侯。吕台去世，谥封为肃王，他的太子吕嘉即位为王。后来，又封吕要为临光侯，吕他为前侯，吕更始为赘其侯，吕忿为吕城侯，等等。

宣平侯的女儿在作惠帝皇后的时候，没能生育儿子，于是只好假装怀了孕，然后把后宫妃子所生的儿子抢过来，冒充自己的儿子，并且杀了他的生母。不久，这个冒充的生子被立为了太子。孝惠帝逝世之后，太子成了皇帝。小皇帝慢慢长大了，听说自己的生母已被杀死，皇后不是自己真正的母亲，于是就抱怨说：“皇后怎么这么残忍，怎么能杀害我的生母，又把我抢过去充当她的儿子？我现在还没成年，等我成年以后，肯定得报复她。”太后听了，非常担心，怕他作乱，于是就把他囚禁在永巷，对外假称皇帝重病，不能见任何一位大臣。

太后招来各位大臣说："凡是拥有天下、治理万民的人，都应该像上天一样覆盖万民，像大地一样容纳他们。君主很乐观地安定百姓，那么百姓就会欣欣然来侍奉君主，上下交融，天下才能太平。当今皇帝病了这么久，一直没有好转，其结果是越来越糊涂，无法担当皇帝的重大责任，所以，绝对不能把天下交付给他，应该换人取代他。"群臣们听了，都磕头说："皇太后为天下百姓着想，在治国安邦方面也很有见地，我们群臣愿意尊奉您的旨意。"于是，皇帝被废除，不久就被太后杀害了。后来，太后立常山王刘义为皇帝，改名为刘弘。但没有改称元年，因为这些年来一直在行使皇帝权力的都是太后一个人。

七年正月，太后把赵王刘友召回京城。刘友不喜欢太后把吕氏的女子作为他的王后，却喜爱其他的姬妾，那个作王后的吕氏女子嫉妒心起，愤然离去，跑到太后面前说赵王的坏话，诬告他，说赵王曾经说过："姓吕的人怎么可以封王呢！太后死后，我一定要消灭他们。"

太后闻言大怒，马上就召赵王来京。赵王来到长安之后，被安置在王府而不予接见，还派卫兵包围王府，不让他走，还不给他饭吃。他的大臣有人偷偷给他东西吃，就被抓了起来，判了罪。赵王饥饿难耐，作歌唱道："吕氏当权持政啊，刘氏江山岌岌可危！胁迫王侯啊，硬塞给我嫔妃！我的妃子由于嫉妒啊，诬告我有罪！进谗言的女人祸国殃民啊，君王为什么还不省悟！作了国王却被饿死啊，有谁来为我流泪！吕家人灭绝天理啊，我要请求上天来报仇！"赵王在囚禁中死去，吕后用平民的丧礼把他埋葬在长安，紧挨着平民百姓的坟墓。

乙丑日，有日食出现，白天昏暗如黑夜。太后痛恨这种天象，心中不悦，对左右侍者说："都是因为我呀！"

二月，梁王刘恢被改封为赵王，吕产改封为梁王。梁国改名为吕国，吕国改名为济川国。刘泽是大将军，太后怕她死后刘泽将军会危害吕氏，就封他为琅邪王，来安抚他。

梁王刘恢被降格为赵王以后，心里不高兴。太后把吕产的女

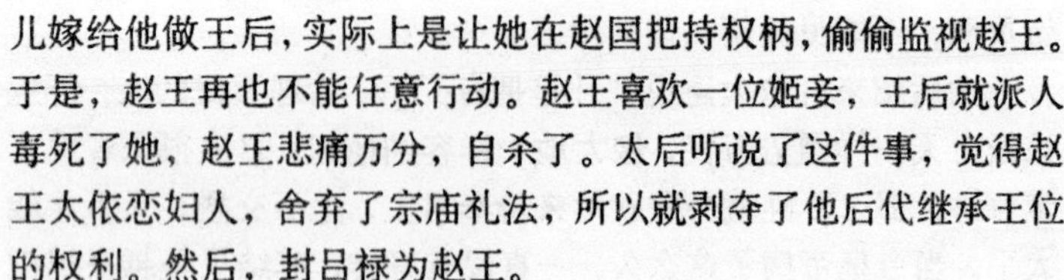

儿嫁给他做王后，实际上是让她在赵国把持权柄，偷偷监视赵王。于是，赵王再也不能任意行动。赵王喜欢一位姬妾，王后就派人毒死了她，赵王悲痛万分，自杀了。太后听说了这件事，觉得赵王太依恋妇人，舍弃了宗庙礼法，所以就剥夺了他后代继承王位的权利。然后，封吕禄为赵王。

九月，燕灵王刘建去世，留下了一个儿子，太后派人去杀了他，燕灵王断绝了后代，封国被废除了。

后来，吕后举行除灾祈福的祭礼，回来的途中，看到一个像苍犬一样的怪物，钻入自己的掖下，然后就不见了。让人占卜，说是赵王如意的鬼魂在作怪。从此以后，吕后患下腋疾，经常感到很疼痛。

七月中旬，吕后病情加重，就任命赵王吕禄为上将军，统率北军；吕王吕产统率南军。吕后告诫吕产、吕禄说："高帝平定天下之后，曾经跟各位大臣订立盟约：'不是刘氏子弟却被封王的，全天下人都可以去攻打他。'现在吕家人被封为王，大臣们都忿忿不平。一旦我去世，皇帝年少无知，那么大臣们肯定会叛乱。你们必须要掌握住军队，守卫好皇宫，凡事都要谨慎小心，不要轻意为我送丧，千万不要被他人控制。"不久，吕后逝世，遗诏赏赐诸侯王每人黄金一千斤，其他百官都按照品级赏赐黄金。并大赦天下。又任命吕产为相国，封吕禄的女儿为皇后。

吕家天下的破灭

吕后被安葬以后，左丞相审食其担任皇帝的太傅。

朱虚侯刘章强壮有力气，而且有英勇气概，东牟侯刘兴居是他的弟弟，两人都是齐哀王的弟弟，住在长安。当时，那些姓吕的人准备作乱，但是由于害怕高帝时候的大臣，如绛侯周勃、灌婴等人，所以一直不敢轻举妄动。朱虚侯刘章的妻子，是吕禄的

女儿，无意中得知了他们的阴谋，恐怕事败受牵连，就暗中把这件事告诉了他的哥哥齐哀王，建议齐王发兵，诛杀那些吕家人，然后自立为帝。朱虚侯也准备和大臣们在朝中作内应，配合齐王。齐王想要发兵，他的国相不听从他的命令，齐王因此而杀了他的国相，然后发动军队向东进攻，诈取了琅邪王的军队，率领着两国军队向西进发。

齐哀王对各位诸侯说："高皇帝平定天下之后，封自家子弟为王，悼惠王被封在齐国。悼惠王去世之后，孝惠帝派留侯张良来，立我为齐王。孝惠帝逝世后，高皇后（即吕后）处理国政，她年纪太大，有些糊涂，所以听任那些吕家人发号施令，还擅自废除少帝，另立他人，并且接二连三地杀害了三任赵王，把梁、赵、燕等封国从刘氏手中夺走，把他们的土地都封给了那些吕家人，齐国也被一分为四。忠臣们进言劝谏，皇上糊涂，就是不听。现在高后逝世，皇帝还小，不能治理天下，本来应该依靠各位大臣和诸侯。但是，那些吕家人掌握着庞大的军队，强迫大家屈服，假冒诏令号令天下，刘氏宗庙社稷因此而危在旦夕。寡人迫不得已，于是率军入朝，来诛杀那些不该称王的人。"

汉朝廷听说了，相国吕产等人就派灌婴去迎击齐王。灌婴考虑："那些吕家人掌握着关中地区的军权，想要篡夺刘氏江山而自行即位。我如果打败齐军，就会让吕家的实力更强。这不合道义。"于是派使者通知齐王以及各位诸侯，表示愿意与他们联合，静待吕氏发动变乱，然后一起去讨伐他们。

吕禄、吕产想要在关中发动叛乱，但是，在朝内他们畏惧绛侯周勃、朱虚侯刘章等人，在朝外又担心齐、楚的军队，而且觉得灌婴会反叛他们，所以想要等灌婴的军队跟齐国交战以后，再发动叛乱。主意总是拿不定，处在犹豫不决当中。

太尉绛侯周勃没有军权。曲周侯郦商年老有病，他的儿子郦寄和吕禄私交很好。绛侯周勃于是和丞相陈平谋划，派人去劫持了郦商，胁迫他的儿子郦寄去欺骗吕禄说："高皇帝和吕后共同平定了天下，刘家人被封了九位国王，吕家人被封了三位，这些都是大臣们商议决定的，而且都已经通告诸侯，诸侯们都认为没什么不妥。现在太后去世了，皇帝尚且年幼，而您呢，佩戴着赵王大印，却不马上前往封国去镇守藩地，而是仍然做上将军，带着军队留驻长安，这样下去，肯定会被大臣诸侯们猜疑。为了避免猜疑，您为何不归还将军的印信，把军权交给太尉？所以，请求梁王尽快归还相国印信，跟大臣们订立盟约，前往封国，这样一来，齐国军队只能撤回，大臣们也就安心啦！那么您就可以高枕无忧地统治千里王国，这可是千秋万代的基业啊！”吕禄觉得他的计策不错，准备奉还将军印信，把军队交给太尉。他派人向吕产以及吕家的其他长辈通报这事，有人认为这样做对，有人说这样做不对，犹豫不定。

郎中令贾寿从齐国出使回来，把灌婴和齐、楚结盟，准备诛杀吕家人的事，详详细细地告诉了吕产，催促吕产尽快进宫。平阳侯得知了他们的谈话，马上急驰通知丞相和太尉。太尉想闯入

北军，但被拦在门外。襄平侯纪通主管皇帝的符节印信，于是太尉就让他拿着皇帝的符节，假传圣旨，说要让太尉进入北军。同时，太尉又命令郦寄去劝导吕禄说："皇帝派太尉去统领北军，想让您回封国去，希望您能立即归还将印，辞职回家。如果不这样做，那么可就大祸临头了。"吕禄认为郦寄不会欺骗自己，就把军权交给了太尉。太尉马上佩带将印进入军门，对全军说："要替吕氏效忠的，请袒露右胸；愿意替刘氏效忠的，袒露左胸！"军中士卒全都袒露左胸，表示愿意替刘氏效忠。就这样，太尉统率了北军。

吕产不知道吕禄已经离开北军，所以按照原计划进了未央宫，准备作乱。朱虚侯攻击吕产，当时天空中狂风大作，吕产的随从官吏大乱，没有人敢抵抗。吕产逃跑，在郎中府的吏厕中被找到，杀掉了。

朱虚侯杀死吕产以后，想要夺取皇帝的符节印信，皇帝手下不肯交给他，朱虚侯于是就与皇帝手下一起乘车，带着皇帝的节信飞奔，斩杀了长乐宫卫尉吕更始。回来后，又飞驰进入北军，向太尉报告。太尉起身，向朱虚侯行礼祝贺说："我担心的只有吕产，现在他已经被杀掉，天下总算可以安定了。"然后，派人把吕家人全都抓起来，无论老少，一律处死。

朝廷中的各位大臣聚在一起，共同商议说："少帝和梁王、淮阳王、常山王，都不是惠帝真正的儿子。吕后使用欺诈手段，把别人的儿子抢来假冒，杀了他的生母，在后宫中把他们养大，让惠帝认他们为儿子，立他们为继承人，至少都封为诸侯王，借以增加吕家势力。现在，吕家势力都被消灭了，但是吕家所立的人，还没有受到处置，如果他们长大成人而掌握政权，那么我们这些人可就危险了。不如从各个封王中选出一位最贤明的，立他为皇帝。"有人说："从血统上说，齐悼惠王是高皇帝的嫡长子；现在他的嫡子就是齐王，从血统上说，他就是高皇帝的嫡长孙，应该扶立他为皇帝。"也有大臣说："吕氏不是皇族，他们作恶多端，几乎毁了国家。如今齐王的母家姓驷，家族中有个驷钧，是个恶人。如果扶立齐王，差不多等于是重新造出一个吕家叛乱。"大家又想要立淮南王刘长，可是刘长年少，他母亲的人也不好。

最后，大家决定："代王是高帝的儿子，是年纪最长的一位宗室王，而且，他为人仁慈而宽厚，值得信赖。另外，太后娘家薄氏也善良恭敬。再说，拥立长子，本来就符合礼法，代王又以仁慈孝顺而闻名天下，立他为帝最合适。"商定之后，大家就暗地里派人去召来代王，代王派人前来辞谢。使者再次去迎请，然后代王抵达长安，住在代王驻京的府邸。大臣们都前去拜见，把天子的玺印呈现给代王，共同尊立他为天子。代王多次谦让，但群臣坚持请求，代王就答应了。

东牟侯刘兴居说："消灭吕氏的时候，我没有立功，请允许我去清理皇宫。"就和滕公等人进入皇宫，对少帝说："您不是刘氏后代，不应当做皇帝。"说完，就挥手示意在少帝左右持戟护卫的卫兵，让他们放下兵器离去。然后，滕公用车载着少帝出了皇宫，少帝问："你准备把我拉到哪去？"滕公答："出宫，到外面去住。"少帝先是被安置在少府。随后，两人就恭请天子车驾，到代王府去迎请代王。代王在当天傍晚进入未央宫，开始执政。当夜，主管部门分别诛杀了梁王、淮阳王、常山王以及少帝。

代王即位为天子，在位二十三年，死后谥号为孝文皇帝。

第十章

孝文本纪

中国历史名著文库

达则兼善天下

孝文皇帝，是高祖排行中间的儿子，为薄太后所生。做了十七年代王之后，吕氏家族企图发动叛乱，来夺取刘氏社稷，大臣们联合起来，诛杀了他们，然后召代王入长安，准备拥立他为皇帝。

丞相陈平和太尉周勃等人，派人去迎请代王。代王征求郎中令张武等人的意见，张武等人商量说："当今朝廷的大臣，都是高帝时代的大将，精通军事，善于权谋机诈，他们肯定不甘心只做大臣。至今为止，他们之所以一直没什么大的举动，只是因为害怕高帝和吕太后罢了。现在他们已经诛杀了吕氏族人，刚刚血染京都，这个时候说要迎请大王，实际的用意很难捉摸，不可信。希望大王称病不去，先静观事态变化。"

中尉宋昌上前进言说："群臣们的意见有偏颇。想当初，秦朝政治混乱，各位诸侯豪杰于是纷纷起义，每个人都自认为能够得到天下，可是最后成为天子的，是刘氏。这使天下诸侯豪杰打消了幻想，这是其一。高帝分封刘家子弟为王，使各个王国和郡县的土地犬牙交错，互相制约，建立了稳如磐石的宗族根基，天下人不得不信服刘氏的强大，这是其二。汉朝兴起以后，废除了秦朝的苛政，简化法令条文，以德治国，施恩与天下，所有人都感到和平安宁，自愿归附刘氏，很难动摇，这是其三。至于说吕太后呢，根本算不上威严。她曾立吕家人为王，把持朝政，独断专行，然而太尉仅仅拿了信节进入北军，士卒们就马上一呼百应，宣誓为刘氏效忠，反叛吕氏，很快就消灭了吕氏。所有这些，都是上天的旨意，不是人力能做到的。现在，即使大臣们真的想要发动变乱，百姓们也不可能听从他们的驱使，他们的党羽也不可能自始至终地追随不变。如今，在朝廷里有朱虚侯和东牟侯这样的

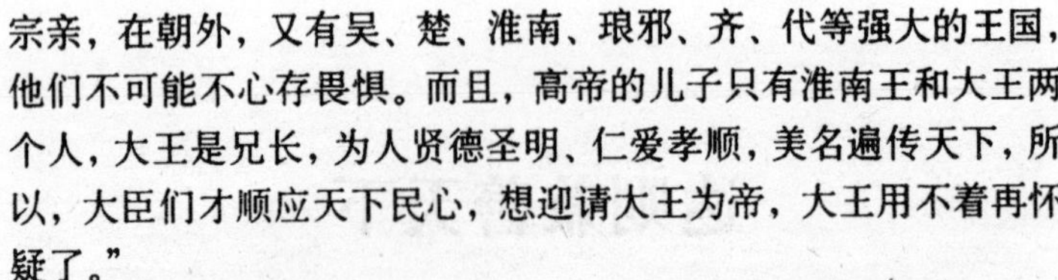

宗亲，在朝外，又有吴、楚、淮南、琅邪、齐、代等强大的王国，他们不可能不心存畏惧。而且，高帝的儿子只有淮南王和大王两个人，大王是兄长，为人贤德圣明、仁爱孝顺，美名遍传天下，所以，大臣们才顺应天下民心，想迎请大王为帝，大王用不着再怀疑了。”

代王把这件事告诉了薄太后，一起商量，还是犹豫不决。于是用龟甲占卜，卦的兆象是一条很长的横向裂纹。卜辞说：“大横裂纹，表示要改变地位，我将成为天王，像夏启一样继承父业，能把先代的基业发扬光大。”代王有疑问：“寡人已经是王了，还做什么王？”占卜的人说：“所谓天王，就是天子啊！”

但是代王还是不放心，就让太后的弟弟薄昭去拜见绛侯周勃，绛侯等人对薄昭详细说明了他们迎请代王的用意。薄昭回来报告：“可以信任他们，不用怀疑。”代王听了，很高兴，笑着对宋昌说：“让你说对了。”随后就让宋昌陪他乘一辆车，张武等六人也乘车一同赶往长安。到了高陵县后，停下来休整，派宋昌先驾车到长安去观察情况。

宋昌到了长安城西北的渭桥，自丞相以下的大臣都已经在那里等候，专门来迎接代王。宋昌马上回去向代王报告，代王就驾快车赶到渭桥，群臣们拜见称臣，代王下车答礼。

太尉周勃说：“臣请求单独进言。”

宋昌说：“如果您要谈的是公事，就公开说吧；如果要谈的是私事，做王的不接受私言。”

太尉于是就跪倒参拜，并奉上天子的玺印符节。代王推辞：“等到了代王府以后，再商定这件事吧！”随后就驱车进入代王府。群臣跟从，一起到达王府。丞相陈平、太尉周勃、大将军陈武、御史大夫张苍、朱虚侯刘章、东牟侯刘兴居等人再次参拜道：“皇子刘弘等人都不是孝惠帝的亲儿子，按理没有资格继承宗庙社稷。您是高帝的长子，应当成为高帝的继承人。希望大王登临天子之位。”

代王婉言说：“继承高帝的宗庙社稷，事关重大。寡人才智不够，难以担当承奉宗庙的重任。希望各位再重新商议一个合适的

人选，寡人实在是不敢承当。”

群臣们跪在地上坚决恳请。代王谦让了五次。

丞相陈平等人说：“我们仔细推敲过这件事，都认为，由大王

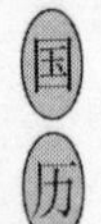

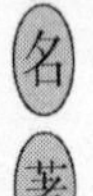
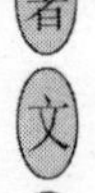

继承帝位，是最为合适的，天下诸侯和万民也都认为非常恰当。希望大王能够尊重我们的请求。”

代王说：“既然宗室、将相王侯都认为没有比寡人更合适的人选，那寡人不敢再推辞了。”于是就登上了天子之位。群臣们按照朝廷的礼仪依次排列，侍从皇帝。

随后，派夏侯婴与刘兴居前去清理皇宫，恭请天子车驾，到代王府迎接皇帝。皇帝当晚入居未央宫，马上任命宋昌为卫将军，统领南北军；任命张武为郎中令，负责宫殿内的警卫工作。然后，皇帝又连夜回到前殿坐朝，颁布诏书说：“近来，吕氏家族专权乱政，图谋造反，想要动摇刘氏江山。幸而将相王侯以及宗室大臣们粉碎了吕氏的阴谋，使他们全都受到了应有的处罚。朕刚刚登位，宣布大赦天下，赐民户家长每人一级爵位，每百户赐一头牛和十石酒，全国民众可以聚会欢饮五日。”

皇帝正式即位后，参拜高帝庙。右丞相陈平被迁为左丞相，太尉周勃升为右丞相，大将军灌婴升任太尉。被吕氏所篡夺的原属于齐国和楚国的封地，又重新归还给了原主。

皇帝说：“吕产自己任命自己为相国，吕禄为上将军，还伪托皇帝诏令，派灌婴去攻打齐国，企图取代刘氏。灌婴没有出击，而与诸侯们联合谋划诛杀吕氏。吕产想作乱，丞相陈平和太尉周勃智取了他的军权。朱虚侯刘章首先抓捕吕产等人。太尉亲自带领襄平侯刘通手持符节进入北军。典客刘揭亲手夺得赵王吕禄的印信。以上各位都有功劳。加封太尉周勃一万户，赐黄金五千斤；丞相陈平、灌婴将军增加食邑各三千户，赏黄金二千斤；朱虚侯刘章、襄平侯刘通、东牟侯刘兴居增加食邑各二千户，赏黄金一千斤。封典客刘揭为阳信侯，赏黄金一千斤。”

皇上又说：“公正的法律，是为了禁止暴乱，从而引导人们向善。现在有人触犯了法律，已经被定罪受到惩罚，却还要使他无罪的父母、妻子、儿女和兄弟们受牵连而受罪，以致被收为奴婢。朕很不赞成这种作法，你们商议一下怎么改好。”

相关官员解释说：“平民百姓不懂得自律，所以才制定法律来限制他们。施行亲人相互连坐的法律，目的是使想犯罪的人顾及到他们亲属的命运，迫使他们不要轻易犯法。这种作法从很久以前就开始施行了，现在也适用。”

皇帝不同意他们的看法：“朕听说，如果法律公正，那么民众就会诚实；治罪恰当，那么民众就会服法。况且，治理民众，引导他们向善，这是官吏的责任。官吏们如果既不能教导民众向善，又拿不正当的法律去惩罚他们，这反而是坑害民众，让他们去行凶。朕没有看到这样做好在哪里，你们再仔细考虑一下。”

官吏们于是都说：“陛下施恩于民众，功德无量，不是我们所能想到的。我们请求奉行皇帝的诏书，废除连坐的律令。”

正月，负责的官吏劝皇帝及早确立太子。皇上说：“天下的民众还没有对我感到满意。如今，我还不能广泛征求天下人才，从而把天下禅让给他，却说要预先确立太子，这让我怎么向天下人交代？这件事还是暂时缓一缓吧！”负责的官吏坚持说：“预先确立太子，是为了国家，表示没有忘记天下。”

皇上说：“楚王，是我的叔父。他年纪长，阅历丰富，知晓国家大政。吴王是我的兄长，他为人仁慈聪明，而且乐善好施。淮南王，是我的弟弟，有才有德。难道不能传给他们帝位吗！那些王侯宗室兄弟以及有功之臣，其中许多人是有德有义的贤人，如果能举荐有他们这样的人，来继承我无法完成的事业，那是天下的福气。如今你们不推选他们，却一定要我传位给自己的儿子，这不是在为天下人着想。我觉得，你们这种作法很不可取。”

负责的官吏们还是坚决请求：“古时候，殷、周建立了国家，都平安地统治了一千多年，古时候拥有天下的，没有哪个比这两朝更长久。而殷、周长久，就是因为采用了早立太子的方法。让儿子做继承人，这可是由来已久了。高帝亲自率领各位手下，最先平定海内，成为了后世皇帝的太祖。子孙继位，代代不断，这是符合天道的大义，所以高帝才建立了这种制度，用来安定海内。如今抛掉应该确立的人，却改从诸侯和宗室中选取，这不符合高帝的心愿。无论怎么说，封立他人都不合适。皇帝哪位儿子年纪最大，为人最忠厚慈仁，请陛下立他为太子。”

皇上于是同意了他们的建议。

三月，大臣请求皇帝封立皇后。薄太后说：“各位诸侯都是同姓，就立太子的生母为皇后吧！”皇后姓窦。皇上因为封立皇后的缘故，又一次赐赏全天下。

皇上从代国前来，即位不久，遍施恩德，全天下都得到了安抚。于是封赏他从代国带来的功臣。皇上说：“当初，大臣们诛杀吕家人，来迎请我，我心怀疑虑，臣下们都劝我不要去，只有中尉宋昌主张我前来，这样我才成了皇帝。现在宋昌已经被提升为将军，其实应当封他为壮武侯。其他随从我前来的六人，都升他们为九卿。”

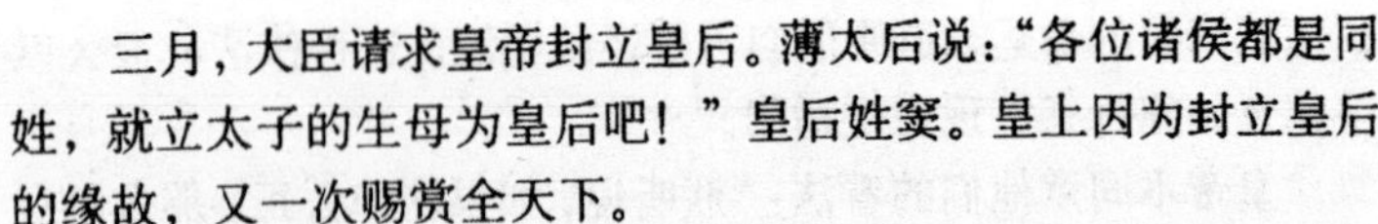

爱民如子德泽天下

有人对右丞相周勃说：“您是诛杀吕氏、迎请代王为帝的主要策动者，如今又凭着这份功劳，处在尊贵的职位，可是大祸很可能将要来临。”周勃听后，就以身体有病为由，请求辞职。于是左丞相陈平独自担当丞相之职。

二年十月，丞相陈平去世，绛侯周勃成为丞相。皇上说：“朕听说，古时候建立诸侯国，有一千多个，他们各自守护自己的封地，按照时节向中央进贡。民众不像现在这样劳苦，上上下下都很愉快。如今列侯大多住在长安，离封地遥远，他们封地的官民往长安运送给养，费用太高，而且劳苦；而列侯们也没有机会教导和管理他们的民众。应该命令列侯前往封国，在朝中任官吏和做事的，应该派他的太子回归封国。”

十一月，有两次日食发生。皇上说：“我听说，天生万民，为他们设置了君王来治理他们。如果君王缺乏德义，施行政令不够公平，上天就会显示灾异以提出警戒，警告君王没有治理好民众。在十一月发生了日食，这是上天在谴责我，还有比这更严重的吗？朕以渺小的身躯，承担天下，对下不能养育好众生，对上又损害了日月星辰，我实在是太失德了。你们全都要想想我犯了什么过失，乞求你们能把想法都告诉我。并且，你们必须要举荐贤良正直和能够直言劝谏的人，来匡正我的过失。官吏们要减轻徭役费用来便利民众。如今虽然不能撤除在边疆屯驻的军队，但是可以把保卫我的军队裁撤。宫廷里现有的马匹留下够用的就可以了，其余的马匹都交给驿站使用。”

正月，皇上说：“农业，是天下的根本。应当开辟田地，我要亲自耕作，以便提供宗庙祭祀所需要的粮食。”

三月，有关官吏请求皇帝封立皇子为诸侯王。皇上说：“赵幽王被幽禁而死，我非常可怜他，所以已经封他的长子刘遂为赵王。刘遂的弟弟刘辟强和齐悼惠王的儿子刘章、刘兴居等人，都对国家有功，可以封他们为王。”于是就封赵幽王的小儿子刘辟强为河间王，把齐国的几个大郡分出，封立刘章为城阳王，等等。

皇上说：“古人治理天下的时候，在朝廷里设有旌旗，百姓可以站在它下面向朝廷进言；还设有可以刻写对朝政的批评意见的诽谤木。这些设置，是为了招来劝谏的臣民。可是，现在的法律中有诽谤罪，这就使广大臣民不敢直言，所以君上就无法听到批评意见。应该废除这样的法律条文。从今以后，如果有人触犯了这条法令，不要治罪。”

几年后，匈奴侵入北方，滞留在黄河以南的地区，祸害民众。

文帝说：“汉朝曾经和匈奴结为兄弟，让他们无法在边境为害，因此，赠送了不少财物给匈奴。如今，他们离开自己的国土，侵犯汉家朝廷，恣意凌辱我边塞的官吏和人民，这不符合盟约。应该发动边地的八万多名骑士前往匈奴，派遣现任丞相颍阴侯灌婴率领他们去攻打匈奴。”匈奴人撤退。

不久，文帝前往代地，准备前去攻击匈奴人。济北王刘兴居听说了，就发兵反叛朝廷。皇帝于是下诏，由丞相率军讨伐济北王。皇帝回到长安，下诏给有关官吏说：“济北王违背道义，反叛皇上，牵累了各位和百姓，实在是大逆不道！济北国的官吏、百姓和士兵，如果在汉军还没有到达以前，能改邪归正，或者投降汉军，那么就赦免他们谋反的罪责，恢复他们原有的官职和爵位。

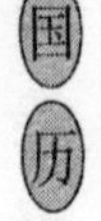

叛逃济北王刘兴居而来投降朝廷的人，也可以赦免他们。”后来，打垮了济北王的军队，抓住了济北王。那些随从济北王反叛的官吏和百姓得到了赦免。

几年后，皇上说：“祸患来自互相怨恨，福泽兴于遵从德义。百官有什么不对之处，应当是我的过失造成的。可是，如今的官吏总是习惯于把过错都推给臣下，这更加显示出我缺乏仁德，朕非常不赞成这种做法，必须尽快取消这种做法。”

齐国太仓令淳于公犯罪，应当受刑，被押送到长安。太仓令没有儿子，只有五个女儿。太仓令在被捕的时候，骂他的女儿们说：“生孩子如果不生男儿，一旦遇有急难，女儿就没有一点用处！”他的小女儿缇萦伤心自己不是男儿，痛哭流涕，就随从她的父亲来到长安，上书说：“我的父亲作官这么多年，齐地人都称赞他廉洁奉公。如今犯法，应当受刑。人死不能复生，受刑的人

无法再有完整的肢体，我为此而悲伤，即使他们想要改过自新，也没有机会了。我情愿被取消名籍，成为官府的女奴，抵赎父亲的罪过，使他能有机会改过自新。”

天子悲怜她，下诏说：“我听说，在舜帝的时候，让罪犯穿戴画有特别花纹和颜色的衣帽，来羞辱他们，于是民众就不再犯法。这是为什么？是因为当时有最好的政治局面。可是现如今，刑法有好几种肉刑，但是却不能禁止犯罪，这其中的过失在哪里？这是因为我的德行浅薄，教化不当，我非常惭愧。所以说，训导的方法不当，就会使民众愚昧，并且犯罪。《诗经》说：‘平易近人的君子，是养育人民的父母’，如今有人犯了过错，还没有进行教化，就对他们施加刑罚，即使他们想要改行善道，也没有机会了。我非常可怜他们。我们的刑罚太重，竟达到断人肢体、毁坏肌肤、使人终生无法复原，这是多么令人痛楚的做法，是多么不讲求恩德呀！这样怎么能为民父母呢！应当废除肉刑。”

不久，皇上说：“农业，是天下最根本的，任何政务都没有它更重要。现在的农民们辛辛苦苦地从事劳动，还要负担各种租税，这无法鼓励人们务农，是一种不完善的举措。应该免除田地的租税。”

十四年冬天，匈奴人侵入边地进行虏掠。皇上派遣三位将军驻守，聚集了千辆战车和十万骑兵。文帝亲自去慰劳军队，还想要亲自率军征伐匈奴，群臣劝谏，但文帝执意要去，不听劝阻。最后，皇太后坚持要求皇帝留下，文帝才打消了这个念头。于是派军反击匈奴，匈奴逃走。

这时候，北平侯张苍出任丞相，开始明定律历。鲁地人公孙臣上书，用五德运转的道理来解释朝代兴废的事。他说当今正处于土德，土德运行，会有黄龙出现，应当改律历，改变服色制度。天子把这件事发下来，交给丞相商议。丞相认为当今是水德运行，公孙臣的意见不正确，请求皇帝否决这个建议。

后来，果然有黄龙出现在成纪县，天子于是就召见鲁人公孙臣，任他为博士，来详述当今土德运行的观点。皇上下诏书说：“在成纪县出现怪异的神物，但对百姓们没有造成什么危害，反而使

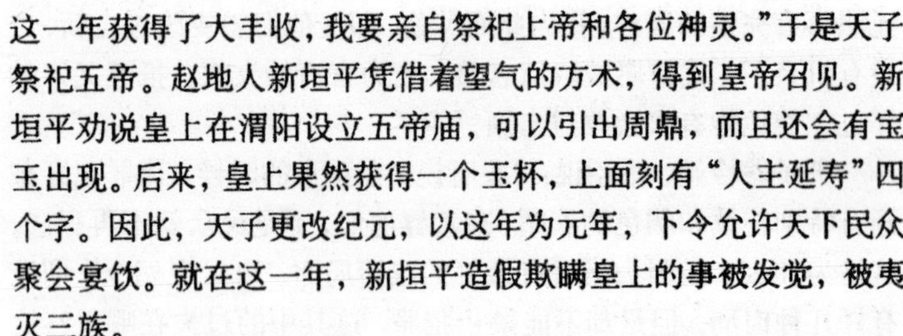

这一年获得了大丰收，我要亲自祭祀上帝和各位神灵。”于是天子祭祀五帝。赵地人新垣平凭借着望气的方术，得到皇帝召见。新垣平劝说皇上在渭阳设立五帝庙，可以引出周鼎，而且还会有宝玉出现。后来，皇上果然获得一个玉杯，上面刻有“人主延寿”四个字。因此，天子更改纪元，以这年为元年，下令允许天下民众聚会宴饮。就在这一年，新垣平造假欺瞒皇上的事被发觉，被夷灭三族。

后元二年，皇上说：“近几年来，匈奴接连在边境为害，杀死了不少官员和民众。长时期的征战，对中外各国都没有好处，我为此而心痛不安。所以我多次派遣使者，向匈奴的单于讲和。如今单于重新考虑过去的和亲政策，准备和我共同迈向和平大道，结成兄弟关系，以此保全天下的淳朴百姓。和亲已经确定了，今年就开始。”

有一年，天下大旱，遭遇蝗灾。皇帝下令诸侯，不必向朝廷进贡，撤消山泽禁令，以便利民众。还减省各种服饰、车驾和狗马，减少官员的名额，散发仓库的粮食来救济贫民，允许平民可以出粮买爵位。

孝文帝本来是代国的国王，做了皇帝二十三年，宫室、苑囿、狗马、衣服、车驾一点都没有增加。他曾经想要建筑露台，召来工匠们做预算，发现所需费用要达到一百斤黄金。皇上说：“百斤黄金，相当于十家中等平民的家产。建筑露台做什么！”

文帝衣着简朴，经常穿着粗厚的衣服。对于他所宠幸的慎夫人，也命令她不能穿拖到地面的衣服，帏帐不许带有绣花图案，以示敦厚俭朴，为天下人做个楷模。治办霸陵的随葬品，都只用瓦器，不允许用黄金、白银、铜、锡来装饰，不修筑高大的墓冢，目的只有一个，就是想节省钱财，避免扰民。南越王尉佗自立为武帝，但是皇上却召来尉佗的兄弟，善待他们，尉佗感动，于是就主动取消帝号，俯首称臣。与匈奴和亲，匈奴人背约而入侵，但皇帝却命令边境地区的汉军只许防守，不许发兵深入，怕因此而烦忧百姓。群臣中有人直言朝政，话语尖锐，但皇帝能够听取他们的意见。在群臣当中如张武等人接受别人的贿赂，事发以后，皇上就把御府的钱财拿出来赏赐给他，以此让他心生惭愧，主动悔改，并不治罪于他。

总之，文帝专门致力于用恩惠德义来教化民众，所以海内富裕，礼义盛行。

后元七年，皇帝在未央宫逝世。留下遗诏说：

“凡是天下万物，如果能出生，就一定要死亡。死是天地间的规律，物质的自然属性，有什么值得那么悲哀呢？当今这个时代，世人都喜欢生而厌恶死，厚葬死者，致使生者家业破亡，注重丧事而伤害生计，我很不赞成这样做。我没有什么可以用来帮助百姓的，如今逝世，又要百姓服丧很长时间，因为丧期而耽误农作，使民众为我而悲哀，耽误了他们的生活，因此而加重了我的失德，让我对天下人如何交待！我以渺小的身躯，寄托在天下诸侯之上，已经二十多年了。仰赖神灵的保佑，使中外安宁，没有战争。我不聪敏，常常害怕犯错；我在位的时间很长了，总是担心不能实现自己的理想。如今有幸享尽天年，又能够被供养在高皇帝庙中，这样美好的结果，又有什么可以悲哀的呢！应当对天下官吏和平民发布命令，命令他们只用三日为我举行丧礼，其余的服孝规定全部免除。不要禁止民间娶妻嫁女，不要禁止饮酒食肉和举行各种祭祀活动。凡是应当参加我丧礼的人，都不要光着脚。示孝的布带，不要超过三寸，不要陈列车队和手持兵器仪仗，不要动员男女百姓到宫殿去哭丧。宫中应当哭丧的人，只要在早晚各自放声哭哀十五声，就可以了；其余时间，不要擅自哭丧。七日后就除去丧服。其它没有被列在这份诏令中的，都根据这份诏令比照行事。布告天下，使天下人都明确知晓我的心愿。霸陵一带的山水保持它的原貌，不要有所改变。后宫中把夫人以下全都遣送回家。”

死后，群臣奉上尊号，称他为孝文皇帝。

太子刘启即位。承袭帝号，称为皇帝。

孝景帝元年十月，下诏书给御史说：“古时候，称为祖的，是因为建有功业；而称为宗的，是施有恩德。制作礼乐都各有原因，歌唱是为了颂扬德行，舞蹈是为了表彰功业。孝文皇帝君临天下，

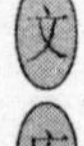

不分远近，不把人分为三六九等，不歧视，还废除诽谤之罪，取消损伤肢体肌肤的肉刑，犯人的妻子不受牵连，不滥杀无辜，取消宫刑，放出后宫妃姘，慎重地对待父子相继的事，以此养育众生；他自己则抑减自己的嗜好和私欲，不谋求私利。这些德业即使是在上古时代，也难以做到，而孝文帝能够亲自施行，民众没有谁不获得他的恩泽。他如日月一般光明，而在庙中祭祀时却没有与他的辉煌德业相称的乐舞，这让我非常不安。应该为孝文皇帝庙制作《昭德》之舞，来张扬他的美德，使他的功德能够流传万世。”

丞相申屠嘉等人进言：“若论万世功业，没有人能比高皇帝所建立的更为宏大；若论恩德，没有人能比孝文皇帝更为盛大。高皇帝庙应当作本朝皇室的太祖庙，孝文帝庙应当作为本朝皇室的太宗庙。后世的天子，应当世世代代地向太祖太宗庙奉献祭祀。请求皇帝把这些规定写进法典明文，向天下宣布。”皇帝颁下制书说：“同意。”

第十一章

孝武本纪

中
国
历
史
名
著
文
库

武帝求仙

孝武皇帝，是孝文帝的孙子，是孝景帝排行中间的儿子，生母是王太后。景帝四年，以皇帝儿子的身分被封为胶东王。景帝七年，被立为太子。景帝在位十六年，逝世之后，太子登位，这就是孝武皇帝。孝武皇帝注重对鬼神的祭祀。

武帝元年的时候，汉家已经兴起六十多年了，天下太平无事。皇上喜欢儒家思想，招集各路贤士，赵绾、王臧等因为在文化学术方面有才能，做到了公卿。可是，窦太后奉行道家学说，不喜欢儒家，就暗中处罚赵绾、王臧，赵绾、王臧在监狱中自杀身亡，他们所兴办起来的事都被废除了。

六年以后，窦太后逝世。第二年，皇上重新征召擅长文化学术的公孙弘等人。

有一次，皇上在祭祀的时候，求到了一位神君，就把她供奉在上林苑中的蹄氏观。神君，本来是一位家住长陵的女子，因为儿子死亡，过于悲痛而去世，死后，在妯娌宛若面前显灵。宛若惊奇，于是在自己的家中供奉祭祀她，很多老百姓听说了，也前往祭祀。武帝的外祖母曾经前去祭祀过，从那以后，她的子孙就显贵起来。等到武帝就位之后，就拿出丰厚的礼品，把她供奉在宫中。祭祀的时候，经常可以听见她说话，但从来没有见到她的神灵是什么样子。

这个时候，李少君因为懂得祭祀灶神求福、种谷得金之道、还有长生不老等方术，被皇上接见，受到尊重。李少君，是从前的深泽侯请到家里来负责方术和医药事务的。他隐瞒了自己的年龄、籍贯和生平经历，总是自称七十岁了，能驱逐鬼神，擅用药物，能让人返老还童。大家听说他能驱鬼逐神、能让人长生不死，就争着把财物赠送给他，所以他的金钱、衣服、食物总是用不完。

人们奇怪，他不从事生产却能富足，都搞不清他是怎么回事，于是就更加相信他，争着去拜访他。李少君秉性喜好方术，善于投机取巧地说胡话，但很多事情又常常奇迹般的被他言中。他曾经陪从武安侯宴饮，座中有一位九十多岁的老人，少君于是就谈起和老人的祖父游玩射猎过的地方，老人小时候曾经跟从祖父出行，认识那个地方，跟少君说的丝毫不差。整个宴会上的人全都感到震惊。皇上召见少君，拿出一件古旧的铜器，问少君是否认识。少君回答说："这件铜器，在齐桓公十年的时候，曾经陈列在柏寝台。"皇上随即命人考察铜器上的刻字，果真是齐桓公时候的器具。整个宫廷都惊呆了，认为少君是个神，至少已经有几百岁了。

少君跟皇上说："祭祀灶神，就能召来神灵；召来神灵，丹砂就可以融化成黄金；黄金炼出之后，用它做成盛放饮食的器具，就能延年益寿；延年益寿，那么海中蓬莱的神仙就可以见到；见到了蓬莱仙，然后进行封禅活动，就可以不死，黄帝就是这样的人。我以前曾经在海上游玩，见过安期生，他拿巨大的枣子给我吃，枣子大得像瓜。安期生是位神仙，能和蓬莱岛中的人交往。如果你奉行的道与他相合，他就可以见你，如果不相合，他就会隐藏起来。"天子于是开始亲自祭祀灶神，还派方士进入海域去寻求蓬莱仙、安期生等仙人，并且长期从事把丹砂和各种药剂融化成黄金的活动。

后来，李少君病死了。天子认为他只是与形体分化，灵魂并没有死，就派宽舒去继承他的方术。可是，谁也没有找到蓬莱仙人和安期生。不过，在沿海地区，迂腐古怪的方士们争相仿效，神仙的事情越说越奇。

有个叫做谬忌的人，上奏祭祀太一神的方术，说："天神之中，最尊贵的名为太一神，太一神的配祭是五位天帝。古时候，在春秋两季要到东南郊去祭祀太一，祭品要用牛、羊、猪三牲，要连祭七天，建造祭坛的时候，还要设置通向八方的鬼道。"于是，天子下令建立这样的祠坛，并且按照谬忌上奏的方术供奉祭祀。后来谬忌又上书，说："古时候，天子每隔三年，就要用牛、羊、猪来祭祀‘三一’之神（天一、地一、太一）。”天子答应了，又在太一坛上祭祀三一，严格遵照谬忌上奏的方术去做。后来又有人上书祭祀其他的神，天子都答应了。

有个叫做少翁的人，由于会招引鬼神的方术，被皇上召见。皇上曾经有一位特别宠爱的王夫人，早年就去世了。少翁就用方术，在夜里把王夫人和灶鬼的容貌招来，天子从帷帐中看见了他们。于是，少翁被封为文成将军。文成将军又对皇上说："如果皇上真的想跟神灵交流，那么，您住的宫室就得重新修饰，如果里面的服饰不像神仙用的，神仙就不会来。"于是，皇上就在屋子里画上云气车，还依照天干地支五行相生相克的原理，驾着车驱赶恶鬼。又建造甘泉宫，画出天、地、太一等各种神，并安置些祭祀器具以便招来天神。

过了一年多，文成的方术没有见效，神灵没有到来。于是，文

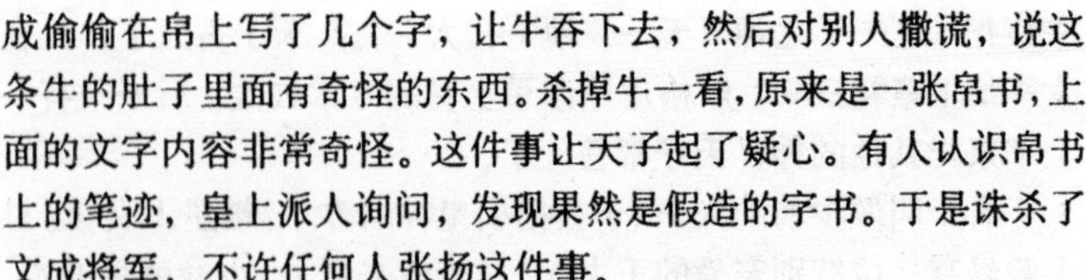
成偷偷在帛上写了几个字，让牛吞下去，然后对别人撒谎，说这条牛的肚子里面有奇怪的东西。杀掉牛一看，原来是一张帛书，上面的文字内容非常奇怪。这件事让天子起了疑心。有人认识帛书上的笔迹，皇上派人询问，发现果然是假造的字书。于是诛杀了文成将军，不许任何人张扬这件事。

文成被杀之后的第二年，天子在鼎湖宫生病，病得特别厉害，巫医想了千方百计，也没治好。有人向皇上推荐一个巫师。皇上把他召来，安置在甘泉宫给予祭祀。巫师说："天子放心。等病略为好转了，再支撑着来与我在甘泉相会。"病好些了，就前往甘泉，随后不久，果真就痊愈了，特别彻底。于是大赦天下，把巫师迁置在寿宫。巫师最尊崇的是太一神，太一的辅神叫做大禁、司命等等，都跟从着太一神。这些神仙，平常人是看不见的，但可以听到他们说话的声音，跟人说话是一样的。

这些神仙，有时候离去，有时候来临，来临的时候有风吹动，然后居住在宫室帷幕里面。有时候白天说话，更多时候还是在夜里说。这些神仙想说什么，都由巫师传达出来。巫师所说的话，皇上派人把它记下来，取个名叫"画法"。其实，巫师说出的话，都是司空见惯的言语，没有什么特别的不同，但是天子就是喜欢。

一年春天，乐成侯上书，向皇上推荐栾大。栾大，从前曾经和文成将军同时向一个老师学艺，后来做了替康王配制药物的小官。乐成侯的姐姐是康王的王后，和其他一些人不合，相互间用些法术互相攻击。康王王后听说文成将军已经被杀，就想讨好皇上，于是通过乐成侯派遣栾大向皇上进献方术。当时，皇上后悔自己诛杀了文成将军，后悔文成将军掌握的方术还没有都用出来。这时候，栾大来了，皇上非常高兴。栾大人长得高又漂亮，言谈之中又显得很有谋略，而且还敢说大话，撒起谎来毫不害怕。

栾大吹牛说："我来来去去往返于各大海域，见过了安期生等等仙人。但是因为我卑贱，他们不把我当回事。又觉得康王只是个诸侯王而已，不值得把神方给他。我跟康王说过多次，康王就是不听我的。我的老师曾经告诉我说：'黄金可以炼成，黄河的决口可以堵住，长生不死的药可以采到，神仙可以招来。'然而，我

总是害怕落得像文成将军一样的下场。唉，那样下去，方士们就都会掩住嘴巴，谁还敢进言方术呢！”

皇上说：“文成将军是吃马肝死的。如果你的确能修炼出他那样的方术，我怎么可能吝惜金银珠宝和禄位呢！”

栾大说：“我的老师无求于人，总是人们去求他。如果陛下想招来神仙，就要尊重他的使者，让他受到宾客之礼的款待，还要让他佩带各种印信，这样才他才能同神仙通话。神仙是愿意还是不愿意，还不一定。只有特别尊重神仙的使者，才能招来神仙。”于是皇上让他先实验一下小的方术，表演斗棋，棋子就自动移动，互相撞击。

当时，黄河正在决口，而把丹砂铅锡炼成黄金又屡屡失败，皇上很烦恼，于是就授栾大为五利将军。一个月后，栾大又得到了四方金印，分别是天士将军、地士将军、大通将军、天道将军等四个印信。不仅如此，皇上还封栾大为乐通侯，赏赐列侯等级的上等住宅，分发僮仆一千人。并按照帝王的标准，用车马、帐幕、器械、百物来摆满他的家。又把卫皇后的大女儿许配给他，随赠黄金万斤，更封她为当利公主。天子亲自登门拜访五利将军。无论是武帝姑母大长公主，还是将相百官，都到他家里去摆设酒宴，进献钱财。天子还嫌不够，又刻置了玉印叫做“天道将军”，派使者穿上用羽毛缝制的衣服，让五利将军也穿上用羽毛缝制的衣服，接受玉印，以表示不把他当臣子看待。而佩带“天道”的意思，是要替天子导引出天神。于是，五利将军常常晚上躲在家里祭祀，想招纳天神。神没有招来，却引来了百鬼，但他说他完全能够控制局面。

后来，他整理行装外出，向东进入海域，找他的仙师去了。栾大被引见仅仅几个月，就得到了六方大印，尊贵宠幸震动天下。从此以后，沿海一带方士，都信誓旦旦地说自己也有秘方，说自己能够招来神仙。

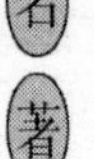

神仙难期

一年夏天，汾阴的巫师在替民众祈祷祭祀时，看见地面突起了一大块，扒开土一看，原来是一座鼎。鼎非常大，跟其他的鼎都不一样，雕刻有花纹但没有文字。巫师感到奇怪，报告给当地官吏。官吏又报告给河东太守，太守上书禀知皇上。天子派使者去考问巫师是怎样获得大鼎的，没有欺诈，于是把鼎迎接到甘泉宫。

途中经过中山，天气晴朗温暖，空中有黄色云彩覆盖。到了长安，天子说："近来黄河泛滥成灾，好几年都没有好收成了，这样的时候，大鼎为什么还要出土呢？"官员们都说："据说，从前太帝(黄帝之前的伏牺氏)曾经铸造神鼎一座，一就是大一统。黄帝制作宝鼎三座，分别象征天地人。大禹收集九州金属，铸成了九鼎，用它烹煮牲畜，来祭祀上帝鬼神。每遇盛世，这些宝鼎就会出现，就这样，一直传到了夏代、商代。周家德行败坏，宝鼎于是沦落淹没，消失不见了。现在宝鼎出现在甘泉，光辉万丈，福惠无边。这和中山降下的黄白祥云相合，预示着我们应该酬报天地鬼神，举行盛大典礼。只有承天命而称皇帝的人，才能领略其中深意。宝鼎应该进献到高祖庙，珍藏在甘泉宫，以便契合上天的神明。"皇上下诏说："同意。"

秋天，皇上到了雍县，准备进行郊祭。公孙卿说："今年得了宝鼎，而且得到宝鼎的时辰，和黄帝时代正好相同。而黄帝成了仙，升天了。"皇上特别高兴，就召来公孙卿询问详情。公孙卿回答说："我是从申功那里听说的，申功已经死了。"皇上问："申功是怎样一个人？"

公孙卿回答说："申功和仙人安期生交往过，听过黄帝说的话，就记载在了这个鼎上，黄帝说：'汉家兴盛，就会重新得到这个鼎。’申功说：‘汉家君主也能成为神仙登天。黄帝死后葬在雍地，以后就在明堂接见万般神灵。所谓明堂，就是现在的甘泉宫。黄帝开采首山的铜，在荆山的脚下铸成了这个鼎。宝鼎铸成之后，有条飞龙垂着胡须下凡来迎接黄帝。黄帝骑上龙背，他的群臣和后宫佳丽也跟着骑上去，一共有七十多人呢。龙于是带着这些人飞上天去。其余的小臣无法骑上龙背，就只好抓住龙的胡须，龙的胡须被拔出了不少，黄帝的一把弓也掉了下来。百姓们眼巴巴地仰望着黄帝飞上天去，就抱着他的弓和龙的胡须伤心地哭号。所以，后代民众就把黄帝升天的地方取名为鼎湖，把他掉落的弓叫做乌号。’”

公孙卿说完，天子叹息说：“哎呀！我要是真的能像黄帝那样，那么抛弃人世间的妻妾子女，就会像扔掉鞋子一样容易了。”

皇上于是到雍县郊祭，幸临甘泉宫。主管官员在坛上安排火

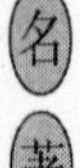

光，说是："祭坛上方有光彩浮现。"公卿们则说："祭祀这天晚上，天空出现了美丽的光芒，直到次日白天，黄气还从地面连到天顶。"

这年秋天，五利将军被皇上派去求仙，却不敢进入海域，而到泰山去祭祀。皇上派人暗中跟随，没有见到任何神仙。可是五利将军却回来撒谎，说见到了他的仙师。他的方术用尽了，大多数不能应验。皇上于是杀掉了五利将军。

第二年冬天，公孙卿在河南恭候神灵，自称看见了仙人的踪迹，说有神灵像野鸡一样，在城上飞来飞去。天子亲自前来视察，询问公孙卿："你不会是效法文成将军、五利将军，在欺诈我吧？"公孙卿回答："仙人无求于人间君主，人间君主有求于他。求仙的办法，如果不耐心等待，神仙就不会来。只有成年累月地等待，他才会来。"

一年冬天，皇上在桥山祭奠黄帝墓。皇上问众臣："都说黄帝是长生不死的，可是现在竟然也有了坟墓，这是怎么回事？"有人回答说："黄帝已经成仙，飞升到天上去了，群臣只好在这里葬下他的衣冠。"

由于那些声称有神怪奇方的人数以万计，却没有一个能验证的，所以皇上就发出更多的船只，让那些说海中有神山的人去寻求蓬莱仙人。公孙卿说他在夜晚见到了一个人，有几丈高，一走近就不见了，留下的足迹特别大，类似飞禽走兽的足迹。皇上去看了那巨大的足迹，相信是仙人留下的。于是就在海上留宿，又派了更多的方士去求仙。但还是没找到，就回去了。

后来，方士们都说，蓬莱岛等各个神山快要找到了。皇上很高兴，心想也许能够遇到它，就重新来到海上遥望，希望遇见蓬莱仙岛。

春天，公孙卿说在东莱山见到了神仙，隐隐约约听到神仙说，要"见见天子"。天子于是任命公孙卿做中大夫，并且来到东莱，留宿了好几天，可是没有见到神仙，只见到了巨人的足迹。公孙卿说："仙人肯定是可以见到的，但是皇上每次来，都很匆忙，所以才没见着。现在陛下可以在京城建造一座宫观，准备一些果脯枣干，神人肯定是可以招来的。”皇上听从了。

就这样，入海求神的人和寻求神仙的方士，谁也没有见到神仙。然而，皇上还是更多地派人去寻仙，总是相信能遇到神仙。皇上自己到处去祭祀鬼神，遍及天下的所有山山水水。公孙卿等人，还是只能用那巨大的足迹作借口，不过越来越难以说服皇上了。天子开始越来越厌恶方士们，但还是希望遇见真正的神仙。

从这以后，方士们谈论神仙祭祀的越来越多，但它的效果就可想而知了。

第十二章

平准书

中国历史名著文库

为富不仁由此而始

汉朝兴起之初，延续秦朝的衰败局面，成年男子都去参军打仗，年老体弱的也被抓去转运粮草，事务繁多，但财政匮乏，就连皇帝的车子也配不齐四匹相同颜色的马，将军、宰相有的人不得不乘坐牛车，平民百姓更是连粮食都不够吃。当时，因为秦朝铸造的钱币太重，流通起来有些较困难，所以汉朝就改令百姓新铸榆荚钱，又规定一方寸黄金的重量为一斤。但是那些不守规矩、惟利是图的人，囤积货物，控制市价，贱买贵卖，导致物价粮价飞涨，一石米卖到一万钱，一匹马就卖到一百金。

天下平定以后，高祖下令，不许商人穿丝织的衣服，不准乘车，并且加重租税，来羞辱和惩罚他们。孝惠帝、高后执政的时候，因为天下刚刚安定，所以就放松了抑制商人的条令，但是商人的子孙仍然不许做官。

到孝文帝的时候，榆荚钱越来越多了，由于分量过轻，所以就改铸为四铢钱，钱面上标着“半两”的字样。百姓自己也可以随便造钱。因此，吴国虽然只是一个诸侯国，但因为靠近铜山，可以采矿铸钱，所以不久就富得可以和皇帝相比，后来终于凭仗富有造反了。邓通，是个大夫，也靠铸造铜钱发了财，其富有要胜过诸侯王。当时，吴国和邓通铸的钱通行全国。为了国家的安定，汉朝便制定了禁止私人铸钱的法令。

匈奴多次侵入汉朝北部边境地区进行掠夺。为了防范匈奴，汉朝驻扎在边境的官兵特别多，边境出产的粮食供应不足。于是，凡是能给边境驻军捐献和运输粮食的人，都可以授予爵位，最高的，可以达到大庶长爵位。

孝景皇帝在位的时候，上郡西边地区遭遇旱灾，影响了汉朝的粮食储备。于是，又重新修订了出卖爵位的法令，降低了爵位

的价格，以此来吸引人们购买；另外，囚犯也可以通过向官府交纳粮谷赎罪。

汉武帝登位以后，汉朝已经建国七十多年了，其间，国家基本没有战争，太平无事，百姓富足，国都和边镇的粮仓里面都装满了粮食，国库的钱财也有大量剩余。京城国库的钱积累成堆，穿钱的绳子腐烂了，钱币散落无数。国家粮仓的谷物年年堆积，粮库装不下了，只好在外边露天堆积，达到腐烂不能吃的地步。普通百姓家里，都养了马，田野上牛马成群。连守大门的人都有细粮和肉食吃。做官吏的，儿子孙子都长大了还接着做官，有的官吏干脆就用官名作了自己的姓氏或称号。因为国家富裕，所以人人自爱，不轻易触犯法律，都去做好事，而不屑于干那些耻辱的勾当。在这个时期，法网宽疏，百姓富有，于是有的人倚仗钱财骄奢放纵，有的甚至兼并土地，成为豪强恶党等一类人。从皇帝宗亲到诸侯和公卿大夫等人，都争着比奢侈，房室、车马、衣服的规格经常超过上级，没有限制。

任何事物，只要达到鼎盛，就必然要衰败，这是必然的变化规律！

后来，严助、朱买臣等人向南越和闽越进军，江、淮地区一下子就动荡耗尽了。唐蒙、司马相如开拓西南夷，凿山开道一千多里，用来扩展巴、蜀地区的疆域，于是，巴、蜀地区的百姓也都疲惫不堪了。彭吴开道进入秽貊、朝鲜，设置了沧海郡，燕齐一带也就都发动起来了。再后来，与匈奴打仗，战争不断，行军出征的人带着干粮，后方民众负责继续运送粮草，中原内外骚动不安，不断供应军需物资，百姓贫穷而疲劳，只好弄虚作假逃避责任。就这样，国家的钱财货物被消耗殆尽，但还是不能满足需求。

这样一来，只要捐献物资的就可以充补官额，能出得起钱的就可以免除罪刑，渐渐地，选拔用人的制度就名存实亡了，无耻之徒开始充当清廉的王侯，强暴的人也被举荐任用。从此，以权谋私的朝臣开始出现了。

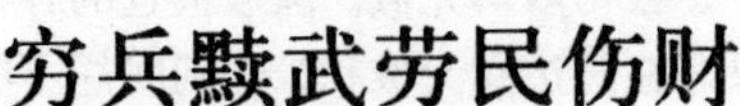

穷兵黩武劳民伤财

从这以后，汉朝每年都要率领几万骑兵出关，去打击匈奴，直到车骑将军卫青夺回了被匈奴强占的地区为止。同时，汉朝还在开辟通西南夷的道路，参加劳动的有好几万人，从千里以外挑着担子去运送粮食，出发时十多钟(一钟六石四斗)的粮食，运到时只能剩下一石。于是，就散发钱币在附近地区收集粮食。就这样干了许多年，往西南夷的道路还是没有修通。蛮夷部族趁机多次发动进攻，当地官府就发兵杀敌。因为消费巨大，所以，即使巴蜀地区的租赋收入全部都拿出来，也不够用来支付这些费用。于是就招募百姓去南夷地区去屯田耕种，收获的粮食必须要交给当地官府。又发动十多万人修筑城池保卫北方边疆，车运水运都非常遥远，从太行山以东广大地区的民众，都深受劳苦。整个工程耗费了几十亿甚至上百亿的巨资，国库越来越空虚了。于是，百姓中能交奴婢的，可以终身免除劳役；做官的如果交奴婢出来，就可以提高等级；能交纳羊群的可以做官，所有这些，都是从这时候开始的。

四年后，汉朝派大将军卫青率领六位将军，军卒十多万人，去攻打匈奴的右贤王，杀敌无数，俘虏了一万多人。第二年，卫青率领六位将军再次出关攻击匈奴，获得敌人首级和俘虏九千多人，赏赐士兵的黄金共有二十多万斤，俘虏来的几万人也都得到了优厚赏赐，衣食全靠汉朝廷提供。汉朝军队的战士、马匹死亡的有十多万，兵器、盔甲的费用，水陆运输的耗费还不算在内。于是，国库已经消耗光了，赋税收入也已经中断，所有财物还不够用来维持战士的需要。主管官员建议说：“请设置一种赏官，可以称作‘武功爵’。每级卖十七万，总共可以卖三十多万金。那些买武功爵第五级‘官首’以上的，可以试用为候补官吏，以后可以优先录用；买第七级武功爵‘千夫’的，可以相当于过去爵位制度的‘五大夫’级别；可以卖出的最高爵位是‘乐卿’。用这种方式，可以奖励从军立功的人。”实际上，当时从军有功的人早就已经被授予超级爵位了，功大的封侯或卿大夫，功小的也当了郎官之类。从此，做官的途径越来越多，而且杂乱无章，官职因而也就荒废了。

公孙弘用《春秋》的义理约束臣僚下属，取得了丞相职位；张汤运用苛刻的法律条文处理案件，当了廷尉；从此之后，根据多种罪名进行的追根刨底的案子就多起来了。有一年，淮南、衡山、江都王阴谋造反，走漏了风声，公卿们便开始寻找名目穷究这个案子，挖出全部同伙，受牵连被处死的达到了好几万人。主管官吏越来越严苛，法令也越来越详细。

当时，公孙弘身为汉朝宰相，盖着粗布被子，只食用简单的饭菜，想成为天下人学习的榜样。但是，对扭转奢侈的风俗并没

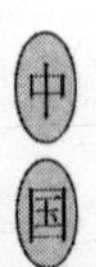

有起到任何作用，整个社会越来越致力于追逐功利了。

又一年，骠骑将军霍去病再次出塞去抗击匈奴，获得四万首级。这年秋天，匈奴浑邪王带领几万人来投降，汉朝很高兴，出动两万辆车去迎接他们。回到首都长安以后，所有有功的将士都受到奖赏。这一年，耗资总共一百多亿。

过去的十多年里，黄河不断决口，沿河一带郡县修筑堤坝堵塞河水。修好之后不久，就又冲坏了，耗费的钱财没法计算。后来，又修通汾水和黄河的渠道用来灌溉田地，调用了几万人；开凿从长安到华阴的直渠，这个工程用了几万人；北方也修水渠，动用了几万人：各项工程都是动辄二三年，但都没成功。各项耗费，都达十多亿。

天子为了讨伐匈奴，大力倡导养马，带到长安来饲养的马有几万匹。后来，关中的马卒不够用，就只好征调外地的百姓。同时，投降过来的匈奴人都靠政府供给衣食，政府越来越吃力，天子就减少自己的膳食费用，解下自己车驾上的马，还拿出皇宫的储蓄来供养他们。

第二年，崤山以东地区遭受水灾。百姓没有饭吃，于是天子派人掏空国库的粮食，都用来赈济灾民。还不够用，就征募豪门富户的粮食，借给灾民。还是不能解救水灾饥民，于是就把灾民迁移到函谷关以西地区，或者迁到朔方以南的新秦中地区。整整七十多万人口，衣服食物都要靠政府供给。在头几年里，政府借给他们生产工具，让他们去耕种土地，还派人去分区编组，管理他们，各级官吏一批接着一批，往来不断。这种耗费也要用亿来计算，简直无法计量。这样一来，国库就完全空虚了。

但是，富裕的奸商和巨商，趁机囤积钱粮，奴役贫穷百姓，转运几百辆车的粮食买进卖出，抓住时机发国难财，连受皇上封赏的诸侯也要低头服软，倚仗他们供应钱粮。他们炼铜铸钱、烧水煮盐，有些人积累了万金家财，但是却不肯帮助国家。于是，天子与公卿大臣们商议，改用新钱，重造货币，同时打击巧取豪夺的商人。

自从孝文帝改造四铢钱以来，到这时已经有四十多年了，政府靠着多铜的矿山造钱，民间也偷着造钱，钱多得无法计算。钱越多越贬值，东西越少越贵。当时，皇上游猎的宫苑里面，养了很多白鹿。主管官员建议说："古代有一种皮钱，诸侯在皇帝献礼时使用。金属有三个等级，黄金是上等，白银是中等，红铜是下等。现在的半两钱，法定的重量是四铢，但有些奸商偷着打磨钱背，取铜屑再造钱，这样，钱就越来越轻，越来越薄，东西也越来越贵了。再说，铜币麻烦，不实用。"于是，就用白鹿皮一尺见方，四边绣上水草图案，做成皮币，价值四十万。规定王侯宗室给天子进贡的时候，必须要用这种皮币垫着璧玉献上，然后礼仪才可以举行。

又把银锡合在一起，铸成"白金"。人们认为，天上飞的，没有什么能比得上龙，地上跑的，没有什么比得上马，人间使用的东西，没有什么比得上龟，所以，白金被分为三等：第一等重八两，圆形，上面的图案是龙，名叫"白选"，每枚价值三千钱；第二等重量稍轻，方形，上面的图案是马，价值五百钱；第三等又小一些，椭圆形，上面的图案是龟，价值三百钱。随后，下令官府销毁以前的半两钱，改铸成三铢钱，面值和实际重量相等。又立下严格规定，只要是偷造金钱的，都是死罪。但是，官吏和百姓中偷铸白金的人还是很多，数也数不过来。

盐铁之争

在盐铁经营方面，汉朝任命东郭咸阳、孔仅为大农丞，主管盐铁事务；桑弘羊善于计算，被任命为侍中。东郭咸阳是齐地最大的盐商，孔仅是南阳最大的炼铁商，都善于生财，有千金家财。桑弘羊，是商人的儿子，凭着非凡的心计，仅仅十三岁就做到了侍中。

法律越来越严苛，官吏中许多人被免职。多次发动战争，百

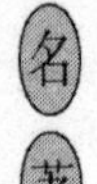
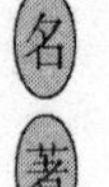

姓大多数人都出钱买到五大夫爵位，以便免除劳役，所以，能征调的士卒越来越少。于是让千夫、五大夫爵位的人来为政府工作，不愿意的拿出马匹来顶替；过去的官吏都被免职，让他们去上林苑里伐木除草，修建昆明池。

第二年，大将军卫青、骠骑将军霍去病率大军出塞，攻打匈奴，获得匈奴首级和俘虏八九万，赏赐有功的官兵总共五十万金，汉朝军队光是战马就死了十多万匹，水陆运输和战车盔甲的费用还不算在内。国家财政匮乏之极，军队里的将士经常拿不到俸禄钱。

主管货币的官员说三铢钱太轻，容易被奸商伪造，于是请求下令改铸五铢钱，钱的外沿有一道边，使人无法磨取铜屑再重新造钱。

主管盐铁的孔仅和东郭咸阳建议说：“山海，是大地贮藏万物

的宝库，应该供皇帝私用，皇上可以用它来补贴赋税收入。希望皇上允许百姓自己出费用，借用公家的器具煮盐，粮食和煮盐的盆可以由公家提供。不劳而获的商人和贵族，总是想擅自垄断山海出产的东西，奴役利用平民百姓，因此，他们总是想方设法阻止官营盐铁，到处胡说八道，毫无道理的话多得听都听不过来。必须制止他们，如果谁还胆敢私自铸造铁器或者煮盐，要严惩他们，没收他们的器具物品。那些不出产铁的郡县，可以设置铁官炼废铁，日常事务归所在的县管理。”皇上同意，派孔仅、东郭咸阳乘着驿车，视察全国的盐业和铁业，设置专门机构，任用那些过去因为经营盐铁而富起来的人当官。官场仕途于是就更加复杂了，不经过选举就当官的商人多起来了。

商人趁着货币改铸的机会，囤积货物，谋求暴利。公卿于是建议皇上：“皇上您减少了自己膳食标准，节省各项费用，拿出自己的积蓄来赈济天下百姓，并且放宽放贷利率和赋税等级，真是够仁义的啦！但是百姓呢，却并不全都从事生产，经商做买卖的人一天比一天多。过去，商人纳税都有比例等差，现在也应该按照过去的规定征他们的税。从事赊贷买卖的，囤积各种货物待时而卖的，和经商谋利的人，即使没有在市场上登记入册，也应该根据他们的货物征税。手工行业，铸造业，也应该按照营业额来征税。另外，经商做买卖的人，车也要纳税；有船五丈以上的，也要纳税。隐瞒财产，或者申报不详实的，一经发现，罚守边一年，没收全部资产。有能告发的，可以拿出被告财产的一半奖给他作为奖赏。商人和他的家人亲属，都不许购买田产，以免伤害农民利益。谁敢违犯这个法令，就没收他的田产和僮仆。”

天子又想到了卜式的建议，就召来卜式，任命他为中郎，赐爵左庶长，赏良田十顷，颁布通告天下，让大家都知道这事。卜式是河南人，本来以种田、畜牧为业。父母死后，卜式和弟弟分了家，只要了一百多头羊，其余田地住宅财物等全都给了弟弟。分家之后，卜式进山放羊，放了十多年，羊群达到了一千多头，重新置办了田地住宅。但是，他弟弟当时败光了分得的家产，卜式就又分给了弟弟一些。这时候，汉朝多次出击匈奴，卜式上书给

天子，希望能拿出自己家产的一半给国家资助边防。

天子派使者问卜式："你想当官吗？"卜式回答说："我从小放羊，没学过做官，不想当官。"使者又问："是不是你家有什么冤案，你想要申诉什么吗？"卜式回答说："不，我和别人没有纠纷。我家乡的人，谁贫穷，我就借贷给他，谁心地不善，我就教导他，在我住的地方，大家都愿意听从我的话，我卜式怎么会有冤屈呢？没什么要申诉的。"使者又问："既然如此，您这样做是为什么呢？"卜式回答："天子讨伐匈奴，贤能的人，都应该在边疆尽忠效死，有钱的人，都应该捐献钱粮来支援国家，如果大家都这样做，那么匈奴就可以消灭了。"使者回到朝廷，把卜式的话原原本本地讲给天子听。天子又把这些话对丞相公孙弘讲了。

公孙弘说："这不合乎人之常情。他肯定是不守本分、想越轨的人，不能把他作为教化的榜样，否则会扰乱正常的法度，希望陛下不要批准他。"皇上于是没有接受卜式的请求。

卜式回到家乡，继续耕种田地，放牧牛羊。一年后，汉朝军队多次出征，浑邪王等匈奴人来投降，钱粮消耗太大，国库彻底空了。第二年，灾民大规模迁移，全靠政府供给，供应不上了。卜式拿出二十万钱，交给河南太守，让他作为移民的费用。河南太守向朝廷报告资助贫民的富人名单，天子看到卜式的名字，想起了他："这不是从前要捐献一半家产资助边防的那个人吗？"于是就赏赐卜式四百人戍边的费用钱(每人三百钱)。卜式把这些钱又全部交给了政府。

当时，富豪们都忙于隐瞒藏匿财产，只有卜式一再捐献钱财帮助国家。天子于是相信，卜式的确是个忠厚有德的长者，因此就把他作为榜样，来诱导百姓。

起初，卜式不愿意做官。皇上说："我养了一些羊在上林苑，你去放牧它们吧！"卜式这才上任，做了郎官，穿着麻布衣服和草鞋放羊。一年以后，羊都长得很肥壮，繁殖得又多。皇上路过，看见了他放的羊，就高兴地夸奖他。卜式说："牧羊不简单，其实，治理百姓与牧羊很相象。都是要让他按时起居，按时劳作，按时休息；出现了坏种就把他淘汰出去，不要让他带坏了一大群。"

皇上听了，觉得卜式是个奇人，就任命他做缑氏县令，想考验考验他。结果，缑氏县的民众都感到他很有能力。又调任成皋县令，管理那里的水运，也是成绩非凡。于是就任命他做齐王的太傅。

孔仅倡导天下铸造铁器，三年后升任为大农令，列于九卿。而桑弘羊作了大农丞，主管各种统计事务。

自从造白金五铢钱以后，五年过去了，官吏百姓中因为私下偷铸金钱，被判为死罪的，有几十万人。没有被发现的，更是无法计算。自首的罪犯有一百多万人，然而这个数目还不到罪犯实际人数的一半。可是，所有这些被发现和自首的人，基本都得到了赦免。于是，所有人都开始无忧无虑地私铸金钱。犯罪的人多，官吏不可能把他们全部逮捕杀头，于是派人到各郡国查办，检举揭发那些兼并他人财产的，以及太守、国相中非法获利的人。当时，御史大夫张汤正处兴隆显贵时期，职掌大权；义纵、尹齐、王温舒等人因为执法残酷严厉，被升为九卿。

大农官颜异被杀掉了。当初，颜异任济南亭长，因为廉洁正直，逐渐升到了九卿的地位。后来，皇上和张汤制造出白鹿皮货币，征求颜异的意见。颜异说："现在诸侯王朝见天子，献礼都用黑色的玉璧，价值只不过几千钱；但是玉璧下面垫着的皮币反而价值四十万，主要的和次要的有些不相称。"天子听了，有点不高兴。张汤和颜异有矛盾，所以，等到有人因为其它问题告发颜异时，张汤就利用职务之便，报复颜异。颜异曾跟客人谈话，客人说，某一法令中有些不便利的地方，颜异没有回答，只是稍微动了动嘴唇。张汤便上奏天子说，颜异身为重臣，发现法令有不妥当的地方，不在朝廷上讲出来，却在心里诽谤，应当判处死刑。从这以后，便有了叫做"腹诽（心里诽谤）"的刑法条文。公卿大夫们为了避祸，于是开始谄媚阿谀，讨取皇帝的欢心。

天子已经颁布税收条款，并且尊崇卜式，可是百姓还是不能分出财产帮助政府。于是，告发商人隐瞒财产的税收案就越来越盛行。

各地郡国大多数不依法铸钱，钱的重量往往很轻，公卿请求

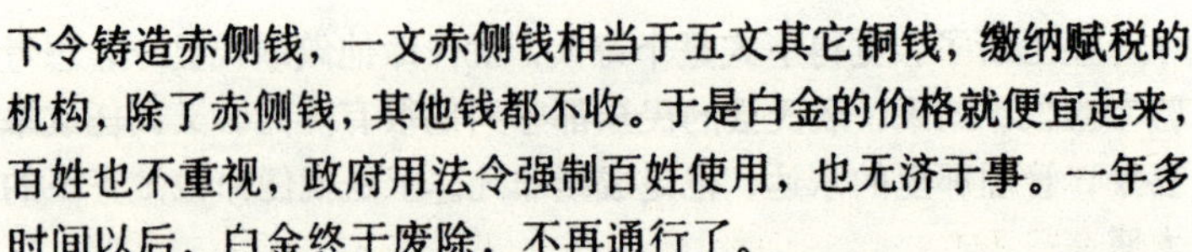

下令铸造赤侧钱，一文赤侧钱相当于五文其它铜钱，缴纳赋税的机构，除了赤侧钱，其他钱都不收。于是白金的价格就便宜起来，百姓也不重视，政府用法令强制百姓使用，也无济于事。一年多时间以后，白金终于废除，不再通行了。

二年后，赤侧钱也贬值了，不久也作废不用了。于是全面禁止各地郡国，不许它们铸造钱币，只允许上林苑所属的三官铸造钱币。因为当时在全国流通的钱太多了，所以中央就颁布命令，禁止流通三官以外所造的钱；各地郡国先前铸造的钱币，全部作废，并且销毁，把那些铜交给上林苑的三官。这样，百姓中铸造钱币的越来越少了，只有真正善于铸钱的工匠和大奸商才能偷着制钱。

卜式后来作了相国，他颁布了处理隐瞒财产的法令，于是中等财产以上的人家基本上全都遭到告发。杜周审理此类案件，判案准确，很少能翻案。于是，政府收缴来的钱财物资要用亿来计算，奴婢要用千万来计算。这样，中等以上的商人差不多全都破产了。政府因为有了盐铁和税收，越来越富足了。

当初，大农主管的盐铁官太多了，于是就设置了水衡都尉，让它主管盐铁事务；后来，税收的案子增多，没收的财产迅速增多，上林的钱财物品就多起来了，于是就下令水衡都尉去主管上林。上林装满之后，要扩充规模。这时候，南越要和汉朝进行水战，于是汉朝就扩建昆明池，又修造楼船，高打十多丈，船上插满各种旗帜，十分壮观。天子很兴奋，就又建造了柏梁台，高达几十丈。从此以后，宫殿房室的修建一天比一天华丽。

水衡、少府、大农、太仆都分别设置农官，常常让他们组织人到刚没收来的田土上去耕种。没收来的奴婢，则分派到皇家园苑中去养狗、马、飞禽走兽，或者分给各地官署使用。各种官署越来越杂，越来越多，罪徒奴婢也越来越多，每年经由黄河水运来的粮食达四百万石，但还是不够吃。

崤山以东遭受黄河水害，几年到头都没有收成，人吃人的现象开始出现。天子很怜悯他们，下诏说："江南一带，可以火烧野草种田，水灌田地耕作，挨饿的百姓可以迁移到江淮一带就地取食谋生，想留在那里的人，可以住在那里。"派使者护送贫民迁移，并运来巴蜀的粮食赈济灾民。

第二年，天子巡行天下，视察各个郡国。向东渡过黄河，河东太守没预料到天子会来，没来得及办好接待事务，自杀了；天子又巡行西方，越过了陇山，陇西太守因为天子来得突然，没让天子的随从及时吃上饭，陇西太守也自杀了。皇上随后北出萧关，带着几万骑兵，到新秦中打猎，检阅了边防军队以后回京。在新秦中，有的地方千里之内都没有设置哨卡，于是皇上杀了当地太守以下的官吏，并且下令百姓，允许他们在边境地区各县养畜放牧。还减免税收，用这种方法充实新秦中。

一年，南越反叛，西羌侵犯边境。于是天子动用南方的楼船军队二十多万人，去打击南越；同时，发动几万骑兵打击西羌；又派几万人渡过黄河修建令居城。在边境安置了负责侦察警戒的士卒，一共有六十万人，一边驻守一边种田。中原地区修筑道路和运输军粮的，远的三千里，近的一千多里，全都靠大农供给。边境武器不够用，就拿出国家武库中的兵器用来满足需要。战车和骑兵所用的马不够，国家钱少，买不起那么多马，于是就制定法令，规定从封君以下一直到三百石以上的官吏，都必须按照等级向乡亭缴纳母马，各地乡亭都要畜养母马，政府每年都按照马匹繁殖的情况来考察乡亭的成绩。

相国卜式上书天子说："主上有忧虑，就是臣子的耻辱。现在南越反叛，我愿意带着儿子和齐地善于驾船的人，到南越去同它决一死战。"皇上感动，下诏说："卜式亲身种田放牧，不以此谋取私利，只要有剩余财物，就捐给国家。现在天下不幸有了危难，卜式父子自愿去决一死战，虽然现在还没去参战，但是内心的忠义已经表现出来了。赐他为关内侯，赏黄金六十斤，良田十顷。"通告全国，可是全国人一个响应的都没有。当时的诸侯多得数以百计，但谁也不愿意参军去攻打西羌和南越。九月，诸侯朝见时，少府检查诸侯进贡的金子成色，因为进贡的分量不足，失去爵位的有一百多人。于是任命卜式为御史大夫。

卜式上任，发现国内多数人认为政府制作盐铁不合适，铁器质量不好，百姓深受其苦，而且卖的价格又贵，甚至还有的强令

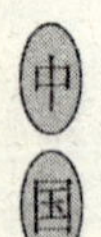
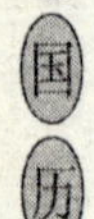

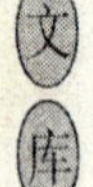

百姓买卖。因为船要上税，所以用船运货的就少了，物价变得越来越昂贵。卜式上书反映了这种情况，皇上因此就不再喜欢卜式了。

汉朝连续两年出兵，打败了西羌，灭亡了南越，在那一带设置了十七个新郡，并且根据那里原来的风俗治理，不征收赋税。南阳、汉中以南各郡，都要根据各自的地理位置，就近供给新郡官吏士卒的俸禄、粮食、货币、物资，以及驿传所用的车马和被服器具等等。但新郡总是有些小叛乱，杀害了不少政府官吏，汉朝发动南方的官兵去平叛，每两年就得去一万多人，全部费用都由大农承担。大农调整盐铁收入和税收，勉强能供应这笔费用。然而军队所经过的各县，只能根据需要供给一点点，勉强够用而已，无法做到按照常规税法办事。

元封元年，卜式被贬官，做太子太傅。桑弘羊主管大农事务，全权取代孔仅，管理全国盐铁。桑弘羊看到，因为诸多官府各自买卖，争权夺利，弄得物价飞涨，而各地送交的赋税物资，有的还不够用来补偿运输的费用。于是，桑弘羊奏请设置大农部丞几十人，分别主管各地郡国的大农事务。在京城则设置平准机构，统一管理全国各地运来的物资。大农所属的各官署控制着全天下的货物，价格贵就卖，价格贱就买。这样，富商大买卖人就再也没有机会牟取暴利了。于是就敦促他们回去务农，物价也不再浮动上涨了。由于抑制了天下物价，所以叫做“平准”。天子认为这样很不错，允许实行“平准法”。

桑弘羊又奏请皇上，让官吏可以通过捐献粮食补官，犯罪的人可以交纳粮食来赎罪。下令百姓，能缴纳粮食到甘泉宫的，可以免除终身赋税徭役。命令下达后，仅仅一年，太仓、甘泉宫的粮仓就装满了。边境有了多余的粮谷和各种物资。老百姓的赋税负担减轻，天下重新富饶起来了。于是天子赐桑弘羊为左庶长，赏黄金二百斤。

第十三章

吴太伯世家

中国历史名著文库

季札让位

吴太伯，还有太伯的弟弟仲雍，都是周太王的儿子，季历的哥哥。季历贤能，而且儿子昌也很有德行，所以太王想立季历为王，以便将来传位给昌。为了不影响太王的计划，太伯、仲雍二人就逃到了荆蛮地区，在身上刺了花纹，剪短了头发，表示不会去继承王位，来避让季历。季历果然继位为王，他的儿子昌因而也得以继位成为周文王。当时，太伯住在荆蛮地区，自称句吴。荆蛮人认为他有德行，主动归附他的有一千多家，拥立他为吴太伯。

太伯去世，弟弟仲雍继位，就是吴仲雍。好多代过去了，寿梦继位。寿梦在位时期，吴国开始逐渐强大，自称为吴王。二十五年，吴王寿梦去世。寿梦留下了四个儿子，长子名叫诸樊，次子名叫馀祭，三子名叫馀昧，四子名叫季札。其中季札最贤能，寿梦想让他继位，但季札谦让推辞，于是只好立长子诸樊，处理日常政务，掌握国家权力。

诸樊元年，诸樊服丧期满，于是就脱去丧服，让位给季札。季札辞让说："曹宣公死的时候，诸侯和曹国人都认为曹君杀害了太子，夺取王位，是不道义的；于是准备拥立子臧为王，可是子臧逃离了曹国，以便让曹君能够继续在位，君子们称赞子臧'严守节操'。你是合法的继承人，谁敢冒犯你呢！当国君，并不是我的志向。我季札虽然没有什么才能，但是愿意像子臧那样严守节操。"吴国人坚决要求拥立季札，季札无奈，就离开了王宫，去乡下种田，吴国人见了，也就不再勉强他继位了。

吴王诸樊去世，遗言要传位给弟弟馀祭。他想把王位依次传下去，一定要传给季札才算完，以了却父王寿梦的心愿；他赞美季札让国的节操，希望兄弟们能够依次相传，最后把君位传给季札。但是，季札被封在延陵，号称延陵季子。

吴王派季扎出使鲁国，听了各种音乐，感触很多。离开鲁国之后，又去出使齐国。他劝晏平仲说："您应该尽快把封地和政权都交出来。没有了封地和政权，才能避开祸患。齐国的政权肯定会归属于某一个人，在没有确定归属之前，肯定是灾祸不断，难以终止。"晏子于是把封地和政权都交了出来，因此在后来的政治斗争中避免了祸难。

季札又离开齐国，出使郑国。见了子产，就像老朋友重逢一样亲切。他对子产说："郑国当权者荒淫无度、贪婪而奢侈，他们的灾难就要到来了，最后政权必然要归于您。您掌握了政权之后，一定要谨慎地以礼治国。不这样，郑国肯定会被毁掉。"

又离开郑国，到了卫国。季札对蘧瑗、史狗、公子荆、公叔发、公子朝说："卫国是君子的天下，不会有任何祸患的。"

季札又前往晋国，正准备休息的时候，听到了钟声，说："真是奇怪啊！我听说，背叛别人，不修德行，肯定要遭杀身之祸。可是孙文子呢，得罪了君王，竟然还敢住在这里；恐惧还来不及，竟然还有心思敲钟奏乐？孙文子住在这里，就像燕子在幕布上筑巢一样危险啊！君王的尸体还没有埋葬，这时候怎么可以敲钟奏乐呢？"说完，季札就马上起身离开了。孙文子听说了季札的话，终生再也没有听音乐。

到达晋国之后，季札对赵文子、韩宣子、魏献子说："晋国的国政，将来恐怕要集权到你们三家吧？"离开晋国之前，又对叔向说："你好好努力吧！晋国虽然国君荒淫奢侈，但是却有许多良臣，大夫们也都很富有，最后的政权会归属于三家。您为人正直坦率，一定要注意别让自己遭到什么祸难。"

季札开始出使的时候，在北上途中曾经拜访过徐君。徐君特别喜欢季札的宝剑，却不好意思说出来。季札心里知道他的想法，但因为要戴着宝剑出使中原各国，所以就没把宝剑献给他。出使完毕，返回时回到徐国，可是徐君已经去世了，季札于是就解下自己的宝剑，把它挂在了徐君墓旁的树上，然后离去。随从说："徐君已经死了，何必还把宝剑挂在这里呢？"季札说："你这么说就不对了。当初，我心里已经把宝剑暗许给他，难道能因为他死了，

就违背当初的心意吗？”

吴王馀祭去世，弟弟馀昧继位。馀昧去世之前，想传位给弟弟季札。季札辞让一番，然后逃走了。吴国人说：“先王留下了遗

嘱，哥哥去世，弟弟就立为王，一定要把王位传给季子。现在季子辞让逃走了，那么馀昧就是最后一个继位的君王。他去世了，应该由他的儿子接替王位。”于是就把馀昧的儿子僚立为吴王。

吴王僚二年，公子光去攻打楚国，吃了败仗，把先王的乘船丢掉了。公子光很害怕，重新回军偷袭楚军，夺回了先王的乘船，才敢回来。

五年，楚国外逃的大臣伍子胥前来投奔吴国，公子光对他以礼相待。公子光是吴王诸樊的儿子。他一直认为：“我的父辈有兄弟四人，王位本应传给季子。季子不愿接受国政，所以我的父亲最先继位。如果以后不传给季子，那么继承王位的应当是我。”于是他就暗中招纳贤能人士，想找机会刺杀王僚。

八年，吴国派公子光攻打楚国，打败了楚军。乘胜北伐，又打败了陈国、蔡国的军队。

九年，公子光再次攻打楚国，占领了居巢、钟离。此前，楚国边邑的少女与吴国边邑的妇女因为采桑叶而发生了争执，两家相互仇杀，两国边邑的长官听说这件事之后，都很生气，就打了起来，结果是楚国吞并了吴国的边邑。吴王大怒，所以派兵攻打楚国，占领了这两个城邑才撤兵。

伍子胥刚刚投奔吴国时，劝说吴王僚，说攻打楚国可以获得很多利益。公子光暗地里说：“伍子胥的父亲和兄长都被楚王杀掉了，他现在只是想借机公报私仇而已。跟楚国打仗，对吴国没什么好处。”伍子胥敏感到公子光别有企图，就找到勇士专诸，把他引荐给公子光。公子光很高兴，于是就开始很恭敬地对待伍子胥。

十二年冬天，楚平王去世。

十三年春天，吴国趁楚国办丧事的机会，去攻打楚国，派公子烛庸、盖馀出兵。同时，派季札到晋国，观察其他诸侯国的反应。楚国发兵，断了吴兵的退路，吴兵无法退回。这时候，公子光说：“这么好的机会，可不能丢失啊！”他告诉专诸说：“这时不动手要等到何时！我是真正的王储，应该继位，我想趁这个机会取得王位。即使季子回国，也不会废掉我！”专诸说：“刺杀王僚，现在可行。现在的国内，只有他的老母幼子，他的两个公子都率兵攻打楚国去了，而且已经被楚兵断了后路。现在的吴国，外面已经被楚军围困，国内没有他们的忠诚臣子，对我们肯定是无可奈何。”

公子光深以为然。于是在地下室里埋伏了士兵，邀请王僚前来宴饮。王僚在路上安排了士兵，从王宫一直到公子光的家，外门、台阶、内门、坐位，到处都布满了王僚的亲兵，所有人都手持两刃短刀，严阵以待。公子光假装脚疼，来到地下室，让专诸把匕首藏在煮熟的鱼肚子里去上菜。鱼一端上来，专诸就抽出匕首刺向王僚，杀掉了王僚。这样，公子光终于取得了王位，就是吴王阖庐。阖庐任命专诸的儿子为卿。

吴越争霸

季子回到吴国之后，王僚已经死了，阖庐成了吴王。季子说：“如果能让先王的祭祀不断绝，让人民不至于没有君王，让社稷的神得到供奉，那就可以说是我的君王了。我能责怨谁呢？只能哀悼死去的，侍奉活着的，听从上天安排。变乱不是我挑起的，谁是君王我就应该顺从谁，这是前辈的常规。”随后，季子到王僚墓前汇报出使晋国的情况，并哭祭王僚。然后，季子回到自己的岗位上，恭候阖庐交待任务。

吴公子烛庸、盖馀二人被困在楚国，听说公子光杀了王僚，成了吴王，就率军投降了楚国，楚国把他们封在舒邑。

吴王阖庐元年，让伍子胥参与国家大事。楚国杀了伯州犁，伯州犁的孙子伯嚭逃到吴国，吴国任命他为大夫。

三年。吴王阖庐带着伍子胥和伯嚭去攻打楚国，攻占了舒邑。吴王想趁势攻占郢都，将军孙武不同意：“百姓太疲劳，现在不行，等以后有机会再说吧！”

五年，讨伐越国，打败了越军。

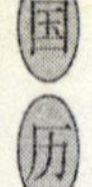

九年，吴王阖庐询问伍子胥、孙武：“当初你们都说郢都很难攻进去，现在进攻，依你们看，怎么样？”两人回答说：“楚国大将子常生性贪婪，唐国和蔡国都跟他有仇，对他恨之入骨。如果君王非得大举讨伐楚国，那么必须得到唐国、蔡国的援助才行。”

阖庐采纳了他们的意见，调动了全国军队，与唐国、蔡国军队一齐西进，去讨伐楚国，到了汉水沿岸。楚国也发兵抵挡吴军，两军隔着汉水摆开阵势。吴王阖庐的弟弟夫概想抢先发动进攻，阖庐不同意。夫概说：“君王您已经把军队都交给我指挥，现在只要能够取胜就行，还等什么呢？”于是就率领五千人突袭楚军，楚军大败，落荒而逃。吴王立刻下令追击，一直追到郢都，交战五次，楚军败了五次。楚昭王逃离郢都，投奔到了郧县。郧县县令的弟弟想杀掉昭王，于是郧县县令就带着昭王投奔到了随国。吴国军队开进郢都。伍子胥、伯嚭挖出了楚平王的尸体，用鞭子抽

打，以报杀父之仇。

十年春天，越王听说吴王阖庐还在郢都，国内空虚，就趁机来攻打吴国。吴国派兵攻打越国。楚国见状，觉得有机会反扑吴国，就向秦国求援，秦国派军前来救助楚国，攻打吴军，吴军战败。阖庐的弟弟夫概见秦军、越军几次打败吴军，可是吴王仍然留在楚国不走，夫概就自己逃回吴国，自立为吴王。阖庐听说后，马上率军回国，攻打夫概，夫概战败，逃奔楚国。

楚昭王又回到郢都，把夫概封在了堂溪，称为堂溪氏。

十九年夏天，吴国攻打越国，越王勾践迎击吴军。越王派出敢死队前去挑战，敢死队排成三行冲向吴军，一边跑一边高声大喊，然后拔剑自刎而死。吴军看到敢死队自杀的壮举，目瞪口呆，越军趁机突袭他们，在姑苏大败吴军，还打伤了吴王阖庐的手指，吴军后退了七里。没多久，吴王阖庐伤口感染，病发而死。临终之前，立太子夫差为王，对他说："是勾践杀死了你父亲，你能忘记吗？"夫差回答："不敢！"三年过去，他就率军找勾践报仇。

吴王夫差元年，任命大夫伯嚭为太宰。专心训练军队，整天作战射箭，念念不忘向越国报仇。

二年，吴王夫差出动了所有精兵猛将，去征伐越国，打败了越军，报了姑苏战败之仇。越王勾践带着甲兵五千人退到会稽据守，然后派大夫文种找到吴国的太宰伯嚭，表示愿意向吴国求和，愿意委身于吴国，作吴王的奴仆。

吴王夫差准备答应他，伍子胥劝止说："从前，有过氏灭了夏的相帝；相帝的妃子有孕在身，逃到有仍国，生下了少康。少康担任了有仍国的牧正官。有过氏还想杀掉少康，少康于是又投奔到有虞国。有虞氏感戴夏朝的恩德，于是就把自己的两个女儿嫁给少康，封他在纶邑，据有方圆十里的土地，臣民有五百人。后来，少康招集夏朝的遗民，恢复了夏朝的官制，然后派人引诱有过氏，最后终于消灭了有过氏，重新恢复了夏禹的业绩，也恢复了夏朝原有的土地。现在的吴国，远不如有过氏强盛，而勾践的势力呢，却比少康强大了不知道多少倍。如果现在不趁机消灭他，反而还要宽容他，这可是养虎为患啊！况且，勾践这个人，最能

忍辱负重，现在如果不灭了他，将来您必定要后悔！”吴王不听，却听从了太宰伯嚭，答应同越国讲和，与越国签订了盟约，撤兵离去。

七年，齐景公去世，大臣们争权夺利，而新即位的国君年幼，不知如何是好。吴王夫差听说了，马上兴师北伐齐国。伍子胥劝止说：“越王勾践现在吃饭不讲味道，穿衣不注意色彩，整天吊唁死人，慰问病人，想利用他的民众达到某种目的。这个人不死，就是吴国最大的祸患。越国是我们的心腹大患啊！君王不先除掉他，反而要费力兴兵去讨伐齐国，这不是很荒谬吗！”

吴王不听，还是兴师北伐齐国，在艾陵打败了齐军。随后，到了缯邑，召见鲁哀公，要求他提供牛、羊、猪祭品一百套。季康子派子贡前来，用周朝的礼节劝说太宰伯嚭，吴王才停止了索求。此后，吴王坐镇齐国、鲁国的南边，四处略取土地，又两次打败齐国。

越王勾践率领部下朝见吴王，带来了丰厚的礼物奉献给他，吴王很高兴。只有伍子胥心怀忧虑，劝谏吴王说：“越国是我国的心腹大患。现在即使夺得了齐国，也没有什么用途。对于心存逆反的坏家伙不要留下活口，商朝就是这样兴盛起来的。”吴王听了很生气，就把伍子胥派到齐国去出使。伍子胥把他的儿子托付给了齐国的大夫鲍氏，然后就赶回国内，向吴王报告出使情况。吴王听说后，勃然大怒，赐给伍子胥宝剑叫他自杀。死前，伍子胥悲痛地说：“请在我的墓旁种上梓树，长大以后可以做棺材，给吴王用。再挖出我的眼睛，放在吴国的东门，让我看看越国是怎么来灭亡吴国的！”

十三年，吴王征召鲁国、卫国的国君会盟。十四年春天，吴王北上和诸侯会盟，想称霸中原。六月，越王勾践攻打吴国。越军五千人和吴军交战，俘获了吴军太子友，攻进了吴国的都城。吴人把战败的消息告诉给吴王夫差，夫差不愿意让诸侯知道这件事。可是偏偏有人泄漏了消息，吴王大怒，就在帐前杀掉了七个人。七月，吴王与晋定公争当盟主。晋定公说：“晋国当过霸主。”吴王说：“我祖先的辈分最大。”晋国的赵鞅怒不可遏，马上就要发兵攻打吴军，吴王无奈，只好让晋定公当了盟主。

吴王和诸侯签订盟约之后，与晋定公告别，率军回国。当时，吴国太子被俘，国内力量空虚，吴王在外的时间太长了，士兵们全都疲惫不堪。于是，吴王派使者携带重金去越国讲和。

十八年，越国更加强盛。越王勾践率领军队再次打败吴军。二十年，再次讨伐吴国。二十一年，围攻吴国的都城。二十三年，越军彻底打败吴国。越王勾践想把吴王夫差迁到甬东，封给他一百户民家的地盘，让他在那里安度晚年。吴王说："我年纪太大了，不能再侍奉君王了。我只是后悔啊，当初没有听从伍子胥的劝告，把自己弄到如此凄惨的境地。"说完就自杀了。

越王灭掉了吴国，还杀了吴太宰伯嚭，因为他不忠于自己的国家。

第十四章

齐太公世家

中国历史名著文库

姜太公钓鱼

吕尚，是东海人。祖先曾经做过四岳的官，辅佐夏禹治水，立下了大功。在虞舜、夏禹时期，被封在吕地，也有的被封在申地，姓姜。夏、商两代，在申、吕两地，有的地方封给了旁支子孙，有的子孙变成了平民，吕尚就是他们是后代子孙。吕尚本来姓姜，后来以他的封地为姓，所以称做吕尚。

吕尚曾经穷困潦倒，年纪很老的时候，因为钓鱼而结识了周西伯。当时，西伯准备出去打猎，卜了一卦，卦辞说："你要收获到的，既不是龙也不是螭，既不是虎也不是罴，而是霸王的辅佐。"于是周西伯就出发打措，果然在渭水北面遇见了太公，交谈一番之后，西伯非常高兴，说："我的先君太公曾经说过'会有圣人来到周家，周家会因此而兴盛'。先生您就是他所说的这个圣人吧？我家太公盼望先生很久啦！"所以就称吕尚为"太公望"，西伯请他一同坐车回去，封他为军师。

有人说，太公望见闻广博，曾经侍奉过商纣王，但是因为纣王暴虐无道，所以太公就离开了他，去周游列国，劝说各位诸侯，但是很多年都没有遇到知己的君王，最后，终于遇到了周西伯。也有人说，吕尚本来是个隐士，在海滨隐居。周西伯被纣王囚禁时，散宜生、闳夭知道吕尚有能力，所以招请他出来帮忙。吕尚说："我早就听说西伯贤明，而且还能慈善地赡养老人。为什么不去帮他呢？"三人于是合谋，替西伯到处搜寻美女和宝物，进献给纣王，用来赎买西伯。西伯终于被释放，回到了故国。以上种种关于吕尚归周的说法，虽然各不相同，但都说他是周文王、周武王的军师。

周西伯从囚禁中脱身归来之后，就暗中与吕尚修行德政，为推翻商朝作准备。吕尚想出了很多用兵的权谋和奇妙的计策，所以，后世在谈论起兵策以及周代的秘密权术的时候，都认为太公是最初的开创者。周西伯施政公平，还和平地解决了虞芮两国的争端，诗人感叹，称道西伯是受了天命的文王。西伯又讨伐崇国、密须、犬夷，大规模地兴建丰邑。当时，全天下三分之二的诸侯都归顺了周朝，功劳大半应归于太公的计谋。

文王逝世之后，武王继位。第九年，武王想发扬文王的事业，准备去讨伐商纣王，先要试探诸侯是否响应。部队出发之前，被尊为“师尚父”的吕尚左手持黄钺，右手持白旄，隆重誓师。还没到达盟津，诸侯不约而同前来会集的已经达到了八百个。诸侯们都说：“可以讨伐纣王了。”武王却说：“时机还不成熟。”于是回师。

两年后，纣王杀死了自己的王子比干，还囚禁了箕子。武王准备讨伐纣王，可是占卜显示的卦象，说是不吉利，还说暴风雨快要来了。公卿大臣都很害怕，劝止武王。但是太公的态度很坚决，极力劝说武王起兵，武王听从，出师讨伐。十一年正月，在牧野誓师，攻打商纣王。纣王军队溃败散逃。纣王逃回了朝歌，登上鹿台，在那里被武王的追兵斩杀。次日，武王站在土地神社前，公卿大臣们捧着清水，卫康叔在地上铺了彩席，师尚父牵着祭祀用的牲畜，史佚诵读策文，向神祇禀告武王伐纣的原由经过。随后，散发了鹿台的存钱，发放了巨桥的存粮，用来赈济贫民。另外，又扩大了比干的坟地，增培了墓土，释放被囚禁起来的箕子。又把象征天子大权的九鼎迁往别处，整顿周朝的政治，与天下万民共同开创新纪元。以上这些，大多是由师尚父谋划的。

武王平定了商朝，称王于天下，把师尚父封在了齐国的营丘。吕尚东行去封国，路上停下来住宿，走得很慢。旅舍里有人说：“我听说，时机难得，容易流失。客人住宿在这里，不紧不慢，神态安然，实在不像是要到封国就职的人。”太公听了这话，马上起来穿衣，马上连夜启程，天亮到达封国。正好遇上莱侯率军前来攻打，与太公争夺营丘。营丘跟莱国接壤，莱人是夷族，趁着商纣的失败和混乱，而周朝刚刚建立，还没来得及安抚远方各族，所以就来和太公抢夺国土。

太公一到齐国，就按照当地的习俗，简化了各种礼仪，沟通了农工商各业，发展鱼盐生产，很快就安抚了当地人民，不久，齐国就成为了大国。后来，周成王年幼即位，管叔、蔡叔想趁机作

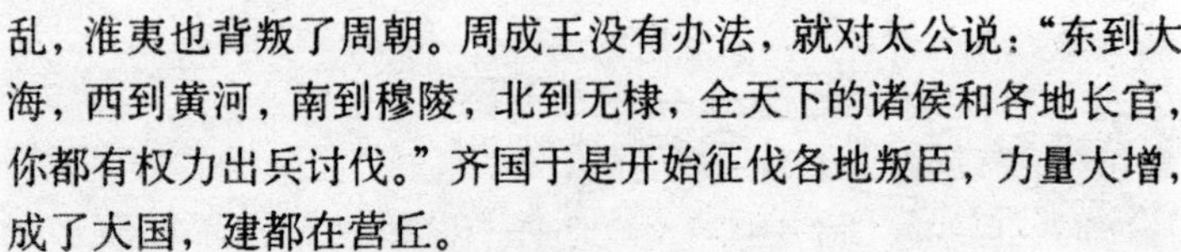

乱，淮夷也背叛了周朝。周成王没有办法，就对太公说：“东到大海，西到黄河，南到穆陵，北到无棣，全天下的诸侯和各地长官，你都有权力出兵讨伐。”齐国于是开始征伐各地叛臣，力量大增，成了大国，建都在营丘。

太公去世时，大约有一百多岁。儿子即位。就这样，过了几代，哀公继位。哀公的时候，纪侯在周王面前诽谤他，周王相信了那些话，于是杀了哀公，而立他弟弟静，就是胡公。胡公把都城迁到了薄姑，这件事发生在周夷王时期。

哀公的同母小弟跟胡公有仇，就率领营丘人杀死了胡公，夺取了君位，这就是献公。

献公去世，儿子武公继位。武公九年，周厉王逃亡出境。十年，周王室内乱，大臣代行政事，号称“共和”。二十四年，周宣王即位。

二十六年，武公去世，儿子厉公无忌继位。厉公残暴，昏庸无道，于是胡公的儿子趁机重回齐国，齐国人想拥立胡公的儿子为王，于是就跟他一起攻打厉公。在战斗之中，胡公的儿子被打死。齐国人于是就把厉公的儿子立为国君，这就是文公。文公一即位，就处死了参与攻杀厉公的七十个人。

文公在位十二年去世，儿子成公继位。成公在位九年去世，儿子庄公继位。

齐桓公称霸

几代以后，襄公即位。襄公还是太子的时候，曾经与另外一个宗室后代公孙无知争斗，等到即位之后，襄公就降低了公孙无知应该享有的等级，公孙无知于是怀恨在心。

四年，鲁桓公携夫人到齐国办事。齐襄公过去曾经与鲁夫人关系暧昧。鲁夫人，是襄公的妹妹，嫁给了鲁桓公为妻。鲁桓公这次携夫人来齐，襄公又和鲁夫人通奸。鲁桓公察觉到了，怒斥夫人，夫人告诉了齐襄公。齐襄公于是招来鲁桓公宴饮，灌醉了鲁桓公，然后派力士彭生把他抱上车，趁机掐死了鲁桓公，桓公下车时就已经没气了。鲁国人知道了这件事，就严厉谴责襄公，襄公于是杀死彭生，向鲁国表示道歉。

襄公派连称等人去戍守葵丘，约定瓜熟时节必须前往，等到来年瓜熟时节，再派人去接替他们。没想到，他们在葵丘戍守了一年，瓜熟时节到了，襄公并不派人去接替他们。有人替他们向襄公请求替换，襄公就是不准许。他们非常愤怒，就找到公孙无知，一起谋划叛乱。连称有个堂妹，是襄公的妃子，但是不受宠爱，连称于是就让她偷偷打探，看什么时候谋杀襄公最合适，向她许诺说："事成之后，你可以成为无知的夫人。"

冬天十二月，襄公在沛丘射猎。碰到了一头野猪，随从说野猪是"彭生"。襄公大怒，拔箭想要射杀野猪，野猪突然站起来号叫。襄公惊恐万分，从车上摔了下来，崴伤了脚，把鞋也弄丢了。回宫之后，他鞭打了管鞋的官三百下。管鞋的官很憋气，忿忿地走出王宫。公孙无知、连称等人知道襄公受了伤，于是就率人来袭击襄公，在宫门口正巧碰上管鞋的官，后者说："注意别惊动了宫中的人员，惊动他们可就不容易进去了。"无知不相信他能协助自己，很怀疑，管鞋的官于是露出身上的鞭痕，无知这才相信了他。

无知等在宫外，叫管鞋的官先进去。那个官一进王宫，立即就把襄公拉到门后，藏起来了。过了很久，无知等人怕有变故，就直接闯进宫中。管鞋的官带领宫中卫士以及襄公的幸臣，全力攻打无知等人，但没有取胜，全都被杀掉了。无知进宫之后，怎么也找不到襄公。有人看到门后露出来一只脚，推开门一看，原来是襄公，就把他杀掉了。无知于是就立自己当了齐君。

齐桓公元年春天，齐君无知去雍林游玩。雍林人跟无知有旧仇，趁他前往游玩，就杀掉了他，然后通告齐国的大臣们说："无知杀害襄公，自立为国君，我已经把他杀了。希望各位大夫另立公子中可以继位的人，我一定从命。"

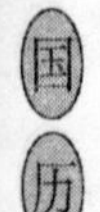

当初，襄公灌醉了鲁桓公，然后杀死了他。而且，襄公还与桓公的夫人通奸，不讲道义，还胡乱诛杀臣民，沉湎女色，多次欺侮国家重臣，他的弟弟们怕受他牵连，都逃亡到了国外。二弟纠逃到了鲁国。纠的母亲是鲁国的公主，管仲、召忽辅佐他。三弟小白逃到了莒国，鲍叔辅佐他。雍林人杀死无知后，准备要拥立新君。于是有人暗中到了莒国，召小白回国。

鲁国人听说无知已死，也派兵护送公子纠回国，并派管仲另外率兵去阻拦小白回国，射中了小白腰带上的钩子。小白装死，管仲信以为真，马上派人回鲁国报喜。鲁国松了一口气，于是护送公子纠的部队就慢了下来，走了六天才到齐国。这时小白已经捷足先登，成了国君，就是桓公。

桓公被射中腰带钩，装死骗了管仲，随后马上乘坐罩了帐幕的车子飞奔，加上有人作内应，所以能够抢先回国登位，并发兵

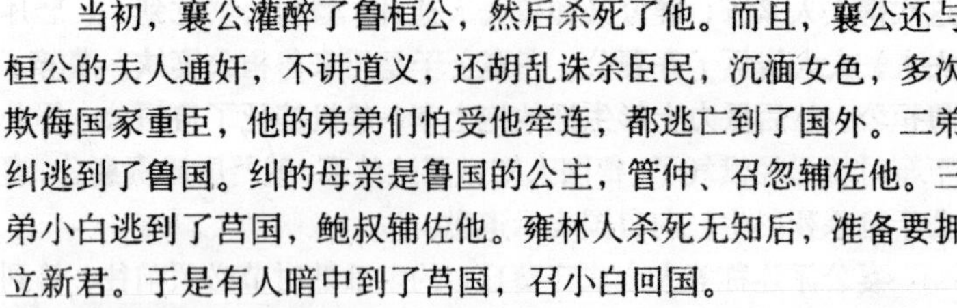

阻挡鲁国护送公子纠的部队。秋天，和鲁国交战，鲁国败退，但是被齐军截断了后路。齐君写信给鲁君说："公子纠是我的兄弟，我不忍心亲自去杀他，就请鲁国把他杀了吧！召忽、管仲是我的仇人，请把他们两人送回来，让我剁成肉酱，以解心头大恨。不然，我就派兵去攻打鲁国。"鲁国人惧怕齐国，就杀了公子纠。召忽自杀身亡，管仲甘作阶下囚，被送回了齐国。

桓公登位以后，兴兵攻打鲁国，打算杀掉管仲。鲍叔牙劝止说："我很幸运，能跟随您，您现在终于继承了君位。您现在已经尊贵无比了，我没有能力让您更加尊贵。君王您如果要治理齐国，靠我叔牙和高傒就差不多了。可是如果您还打算称霸天下，那非管仲辅佐不可。管仲在哪个国家，哪个国家就强盛，这个人杀不得啊！"桓公听从了鲍叔牙的劝告，于是就假装要召回管仲剁成肉酱，报仇雪恨，实际上是想重用他。管仲明白桓公的意思，所以就请求遣送回国。鲍叔牙亲自去迎接管仲，一到堂阜就解除了管仲的脚镣手铐，沐浴更衣之后去拜见桓公。桓公用隆重的礼仪接见管仲，任命他为大夫，主持全家政务。

管仲和鲍叔、隰朋、高傒一起，全力整顿齐国政治，推行以五家为基层单位的军事组织，发展商业，提高鱼盐生产，赈济贫民，选拔任用各种贤能之士。齐国欣欣向荣，全民鼓舞。

二年，齐国消灭了郯国，郯君逃亡到莒国。原先，桓公流亡的时候，曾经路经郯国，郯君对他无礼，所以现在来讨伐它。

五年，讨伐鲁国，鲁国军队战败。鲁庄公请求割让遂邑讲和，桓公同意，与鲁国在柯地签约。鲁君刚要签约，这时候曹沫手持匕首在坛上劫持了桓公说："马上把你们侵占的鲁国领土还给我们！"桓公迫不得已，只好答应。随后，曹沫丢掉匕首，面朝北站在臣子的位置上。桓公反悔，不想退还鲁国土地，还想杀死曹沫。管仲说："被劫持时许诺，而现在却要违背诺言，还想杀他。这样的话，虽然您出了一口气，但是在诸侯面前失去了信用，以后会失掉天下的援助，不能这样做。"于是就把曹沫三次战败所丧失的土地全都归还给了鲁国。各位诸侯听说了这件事，都觉得齐国可信，都愿意归附它。

七年，诸侯和齐桓公在甄地会盟，从此，齐桓公开始称霸。

田氏代齐

陈厉公的儿子叫做陈完，号为敬仲，前来投奔齐国。齐桓公想要任命他为卿，陈完推辞，于是桓公让他出任管理百工的工正。他就是田成子田常的祖先。

二十九年，桓公和夫人蔡姬在船上闹着玩儿，蔡姬熟悉水性，故意晃荡船只吓唬桓公，桓公害怕极了，求蔡姬不要再摇，但蔡姬任性，还是继续摇晃。下船之后，桓公一怒之下，把她赶回了蔡国娘家，但并没有离婚。蔡君见女而被赶回来了，气坏了，就把蔡姬改嫁给了别人。桓公知道后，大怒，马上出兵去讨伐蔡国。

三十年春天，齐桓公率领诸侯攻打蔡国，蔡国溃败。联军于是乘势讨伐楚国。楚成王出兵抗敌，责问道："为什么侵略我的国土？"管仲回答说："从前，召康公曾经授权给先君太公，说：'天下各地的诸侯和官员，你都有权征伐他们，来辅佐周室。'召康公赐给我先君的权力，范围很大：东到大海，西到黄河，南到穆陵，北到无棣。楚国没有按照规定交纳贡品，影响了周王的祭祀，所以特来问罪。"

楚王说："贡品没有献上去，是有这回事，这是我的罪过，下不为例，今后再也不敢啦！"可是齐军仍然进驻楚国。夏天，楚王派屈完率军，抵抗齐军，齐军退到了召陵。桓公向屈完炫耀齐军兵多将广。屈完说："你得讲正道才行。要不然，楚国以方城山为城堡，把长江和汉水作为沟壕，你有再多的兵将，又怎么可能前进一步？"桓公听了，觉得有理，就跟屈完签订了盟约，然后带兵离去。路过陈国的时候，陈国有人欺骗齐军，叫他们从东方绕远道走，齐军发觉了，很生气。秋天，齐国出兵讨伐陈国。

二十五年夏天，齐桓公在葵丘与诸侯会盟。周襄王派宰孔把

祭文王、武王用的祭肉、红色的弓和箭、还有大路车赏赐给桓公，并且允许他免除跪拜的礼节。桓公想要答应，管仲说："不可以。"于是桓公跪拜接受赏赐的物品。秋天，又在葵丘与诸侯会盟，齐桓公更加显出傲慢的神态。周王派宰孔前来赴会。诸侯中有人开始叛离桓公。晋国的国君因为生病了，来晚了一些，在半路上遇见了宰孔。宰孔冲他摆手说："齐侯太傲慢，不要去了。"晋侯听从了他的话。这一年，晋献公去世，秦穆公送夫人的弟弟夷吾回晋国即位。桓公于是借口讨伐晋国的内乱，出兵晋国，到了高梁之后，派隰朋前去扶立晋君，然后率军归国。

当时，周室微弱，只有齐国、楚国、秦国、晋国强盛。晋国刚刚参加完会盟不久，献公就去世了，国内无主，陷入了混乱。秦穆公地处偏僻的西方，所以没有参与中原各国的会盟。楚成王刚刚征服了荆蛮地区，认为自己也是个夷狄国家，所以也没有去会盟。当时齐国比较强大，主持了中原各国诸侯的会盟，而且，桓公能够实施德政，所以各位诸侯都愿意响应。桓公非常自豪，宣扬说："我向南打到召陵，眺望熊山；向北打到了山戎、离枝、孤竹；向西打到了大夏，远到流沙；还驾车登上了太行山，直到卑耳山才回头。没有哪位诸侯敢违抗我。我先后三次主持军事会盟，六次主持和平会盟，九次会合诸侯，一次安定周室。从前夏、商、周三代奉天承命时，有什么地方能超过我呢？我想封泰山祭天，禅梁父祭地，一切按照天子的规格。"管仲极力劝阻，桓公坚决不听。没办法，管仲只好对桓公撒谎说，要封祭天地，必须要先得到远方的珍奇怪物，否则就无法进行。桓公这才罢休。

三十八年，周襄王的弟弟与人合谋，袭击周王，齐桓公派管仲赶到周地，平息了祸乱。周王感激，想用对待上卿的礼仪来接待管仲，管仲叩头辞谢说："我是诸侯的臣子，怎么敢当！"推让再三，才勉强接受了用下卿的礼仪拜见周王。

三十九年，周襄王的弟弟来投奔齐国。齐桓公派仲孙到周，请求周襄王宽容，赦免他弟弟的罪过。襄王怒气难消，不肯听从。

四十一年，管仲、隰朋先后离世。管仲生病的时候，桓公问他："众臣之中，谁有能力担任相职呢？"管仲回答说："了解臣

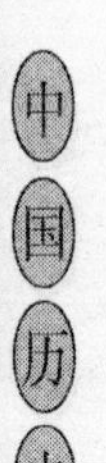

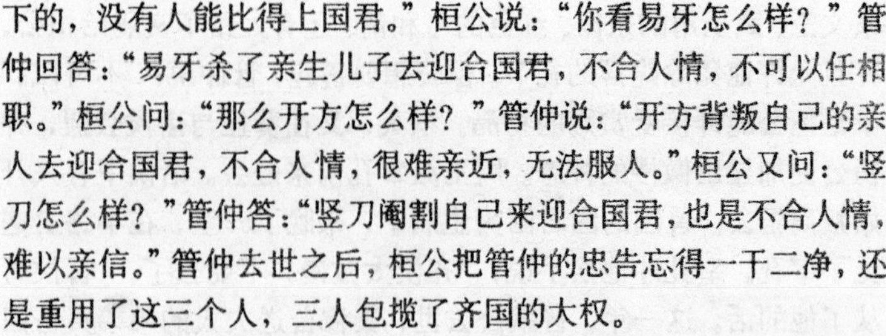

下的，没有人能比得上国君。”桓公说：“你看易牙怎么样？”管仲回答：“易牙杀了亲生儿子去迎合国君，不合人情，不可以任相职。”桓公问：“那么开方怎么样？”管仲说：“开方背叛自己的亲人去迎合国君，不合人情，很难亲近，无法服人。”桓公又问：“竖刀怎么样？”管仲答：“竖刀阉割自己来迎合国君，也是不合人情，难以亲信。”管仲去世之后，桓公把管仲的忠告忘得一干二净，还是重用了这三个人，三人包揽了齐国的大权。

四十二年，戎人攻打周室，周室向齐国求援，齐桓公命令诸侯分别发兵去守卫周室。这一年，晋公子重耳来到了齐国，桓公把宗室的女儿嫁给了他。

起初，齐桓公有三位夫人，分别叫做王姬、徐姬、蔡姬，三人都没有生儿子。桓公喜好女色，养了许多宠爱的姬妾，地位跟夫人相当的共有六位：长卫姬，生了无诡；少卫姬，生了惠公元；郑姬，生了孝公昭；葛嬴，生了昭公潘；密姬，生了懿公商人；宋华子，生了公子雍。桓公和管仲把孝公托付给了宋襄公，把他立为太子。易牙受到长卫姬的宠信，又通过宦官竖刀，送厚礼给桓公，桓公高兴，于是也比较宠爱长卫姬，因此就答应立无诡为太子。管仲去世之后，五位公子都想要成为太子，就互相争斗。冬天，齐桓公去世。易牙进入宫中，与竖刀勾结，笼络了宫中的宠臣，杀掉了许多不顺从的官吏，最后拥立公子无诡为国君。太子昭失势，逃奔宋国。

桓公患病的时候，五位公子各自拉帮结派，争当太子。桓公去世之后，几个人就互相攻击，致使宫中空虚混乱，没有人敢来装殓桓公。桓公的尸体因此在床上停放了六十七天，尸体的蛆虫都爬到了门外。十二月，公子无诡即位，才发布讣告，举行了丧礼。

桓公一共有十多个儿子，后来做了国君的有五人：无诡即位三个月就被杀死，没有谥号；其次是孝公；其次是昭公；其次是懿公；其次是惠公。孝公元年三月，宋襄公率领诸侯军队，护送齐太子昭回国。齐国人大为恐惧，杀了国君无诡，迎立太子昭为国君。四公子的手下闻言，马上前来攻打太子，太子逃亡到了宋国，宋国就和齐国四公子的军队打了起来。五月，宋国打败了四公子的军队，拥立太子昭，这就是齐孝公。宋国之所以要帮助太子，是因为桓公和管仲曾经将太子托付给它，所以它才讨伐四公子。

十年，齐孝公去世，孝公的弟弟杀死孝公的儿子夺取君位，就是昭公。昭公，也是桓公的儿子，他的母亲名叫葛嬴。

昭公元年，晋文公在城濮打败了楚国的军队，随后会见诸侯，朝见周天子，周天子让晋国当霸主。

十九年五月，昭公去世，儿子舍继位。舍的母亲不受昭公宠爱，所以齐国人都不怕他。昭公的弟弟商人，在桓公死时争夺君位失败，便暗中交结贤士，抚爱百姓，深得百姓人心。等到昭公去世，儿子舍继位，势孤力单，商人就和徒众趁舍祭坟时把他杀死，商人自立为君，这就是懿公。懿公，也是桓公的儿子，他的

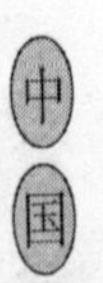

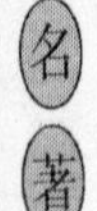
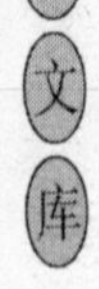

母亲叫密姬。

原先，懿公还是公子时，和丙戎的父亲打猎，争夺猎物没有赢。等到即位后，就砍断了丙戎父亲的脚，而让丙戎作他的仆人。庸职的妻子长得美丽，懿公把她收入内宫，让庸职陪同自己乘车。五月，懿公到申池游玩，丙戎和庸职一块洗澡，互相开玩笑。庸职说："断脚人的儿子！"丙戎回敬说："被抢走妻子的丈夫！"两个人都觉得击中了自己的痛处，就集怨恨于懿公，于是便谋划邀请懿公到竹林里游玩，然后两人把懿公杀死在车上，弃尸于竹林而逃走。

懿公登位后，骄横无道，所以百姓不喜欢他。他死后，齐国人不立他的儿子，而到卫国迎接公子元，立为国君，这就是惠公。惠公，也是桓公的儿子。他的母亲是卫国公主，叫少卫姬。因为躲避齐国内乱，所以住在卫国。

十年，惠公去世，儿子顷公继位。

顷公六年春天，晋国派郤克出使齐国，齐侯让母夫人在帷幕后观看。邵克走来，母夫人见他身残，就忍不住笑起来。邵克说："不报此仇，誓不再渡黄河！"回国后，请求讨伐齐国，晋君不答应。齐国派遣使臣出使晋国，郤克绑架了齐国的四位使臣，把他们都杀了。

八年，晋国讨伐齐国，齐送公子强到晋国作人质，晋军退走。

十年春天，齐国讨伐鲁国、卫国，鲁国、卫国的大夫到晋国请求派军队援助。晋国派邵克率领八百辆兵车为中军将领，士燮率领上军，栾书率领下军，来援救鲁国、卫国，讨伐齐国。六月，和齐侯的军队相遇，两军在鞍地对阵。逢丑父是齐顷公的卫士，站在戎车的右边。顷公说："冲入敌阵，打败晋军后会餐庆功。"齐军射伤郤克，血流到鞋上。郤克想退回营垒，为他赶车的人说："我刚上阵，就有两处受伤，不敢说疼痛，怕的是士卒受惊影响士气，希望你也能忍耐点。"于是继续战斗。战斗中，齐军危急，逢丑父怕齐顷公被晋军俘获，所以二人交换了位置。战车被树枝挂住，不能前进。这个时候，晋国的小将韩厥来到了齐顷公战车的前面，说："寡君派臣来救鲁国、卫国。"嘲笑齐顷公。逢丑父故意叫顷公下车取水喝，顷公趁机逃脱，回到齐军。晋国郤克想杀逢丑父，逢丑父说："能代替国君牺牲的反而被杀害，以后做臣子的就再没有忠于国君的人了。"郤克赦免了他，逢丑父因而逃回齐国。

晋军追击齐军到了马陵。齐顷公请求呈献宝器谢罪，晋不答应，一定要得到嘲笑郤克的萧桐叔的女儿，并要求齐国把田间的道路一律改为东西走向。齐国回答说："齐君的母亲犹如晋君的母亲，将军想怎么处置她呢？况且将军打的是正义的旗号，而最后却显示出暴行，这怎么向人解释？"于是晋军就答应了，并令齐国归还侵占的鲁国、卫国的土地。

十七年，顷公去世，儿子灵公环继位。

十年，晋悼公讨伐齐国，齐送公子光到晋国作人质。

十九年，立公子光为太子，高厚辅佐他，并且让他到钟离与诸侯会盟。

起初，齐灵公娶鲁国的公主为夫人，生了公子光，立为太子。灵公的夫人还有仲姬、戎姬。戎姬深受灵公宠爱，仲姬生了公子牙，托付给戎姬抚养。戎姬请求立公子牙为太子，灵公答应。仲姬说："不可以。公子光立为太子，已经参与诸侯会盟，现在无缘无故地废掉他，你一定会后悔的。"灵公说："这事由我决定。"于是把太子光放逐到东部边疆。然后，让高厚辅佐公子牙为太子。灵公生病，崔杼迎回原来的太子光拥立他为国君，这就是庄公。庄公杀死戎姬。五月，灵公去世，庄公继位，捉住了太子牙，杀死了他。八月，崔杼杀死高厚。晋国听说齐国发生内乱，出兵伐齐，一直打到高唐。

崔杼的妻子和庄公通奸，庄公多次到崔家，还偷拿崔杼的帽子送人。崔杼非常生气，想趁庄公讨伐晋国的时候，跟晋国合谋偷袭齐国，但一直没有找到机会。庄公曾经鞭打宦官贾举，然后又让贾举重新侍候他，贾举便暗中替崔杼窥探庄公的行踪，找机会报仇。

五月，莒君朝见齐庄公，庄公设宴招待他。崔杼谎称生病，不去上朝，后来，庄公亲自来看望崔杼的病情，其实是借机来看崔杼的妻子。崔杼妻子走进屋里，和崔杼关上门不出去。庄公进不

去，就倚着屋柱唱起歌来。宦官贾举把庄公的随从拦在大门外，关上了大门，然后崔杼的家丁拿着兵器一拥而上。庄公爬上高台，请求和解，众人不允；请求签订盟约，众人仍不允许；请求到祖庙里自杀，众人还是不允许。家丁们都说："你的臣子崔杼病得太重，无法亲自前来听从你的命令。而你的臣子崔杼的臣属们只知道要捉拿淫徒，不能听从其他人的命令。"庄公爬墙想逃，被射中大腿，摔了下来，被崔杼的党徒杀死了。

当时，晏婴站在崔杼的门外，说："国君为国家而死，那么臣下应该随他去死；为国家而流亡，那么臣下也应该随他一起流亡。但是如果为了私事或死或逃，那么除了他的亲信，谁能心甘情愿为他效死呢！"大门打开，晏婴进去，扑在庄公尸体上痛哭，非常哀痛，然后走出崔家。有人建议崔杼："应该杀掉他。"崔杼不同意："晏婴是众望所归的人啊，放了他才可以赢得民心。"

崔杼拥立庄公的异母弟弟杵臼为君，就是景公。景公即位，任命崔杼为右丞相，庆封为左丞相。左右二相担心国民起来反抗，就警告国人："不与崔氏、庆氏合作的，一律处死！"晏婴不肯合作。庆封想杀了晏婴，崔杼说："这是个难得的忠臣，还是放了他吧！"

齐国太史记载国家变故，写道："崔杼杀害了国君庄公。"崔杼不爱听，杀了他。太史的弟弟还是这样写，崔杼又杀了他。太史的小弟弟再次照样记述，崔抒只好释放了他。

起初，崔杼有两个儿子，一个叫做崔成，一个叫做崔强。他们的母亲去世后，崔杼娶了东郭家的女儿，又生了崔明。东郭女让她前夫的儿子无咎还有自己的弟弟偃去辅佐崔氏。崔成犯了罪，无咎和偃趁机要建立自己的势力，就迅速惩治了崔成，然后立崔明为太子。崔成请求准许自己到崔邑去养老，崔杼答应，可是无咎和偃不听从，说："崔邑，是祖庙的所在地，不能让他去。"崔成、崔强愤怒之极，向庆封告状。庆封跟崔杼之间本来就有嫌隙，恨不得崔家马上败亡，于是就唆使崔成、崔强杀掉了无咎和偃。崔杼很愤怒，让一个宦官赶车，去见庆封，庆封说："崔成和崔强太不象话了，让我替你杀掉他们！"于是就派崔杼的仇人攻打崔家，杀掉了崔成、崔强，灭了崔氏几乎所有的人，崔杼的妻子悲恸欲绝，自杀了。崔杼无家可归，也自杀了。庆封作了相国，独揽大权。

庆封杀了崔杼，更加骄横，整天喝酒打猎，不理政务。为了应付差事，就让他的儿子庆舍代理政务，父子间慢慢产生了嫌隙。田文子见状，对桓子说："看来，大动乱不远啦！"果然，田氏、鲍氏、高氏、栾氏四家合谋，一起对付庆封。庆舍首先发兵围攻，四家一起攻占了庆封的官邸。庆封回来，进不了家门，就逃往鲁国。齐国人谴责鲁国，庆封就又逃到了吴国。吴国把朱方封给庆封，并把他的族人也搬来住在那里，庆封比在齐国时还富有。这年秋天，齐国人迁葬庄公，把崔杼的尸体陈列在街上示众，来讨百姓喜欢。

三十一年，鲁昭公躲避季氏的叛乱，逃到了齐国。齐王准备封给他二万五千户。有人劝阻昭公，齐国于是出兵去讨伐鲁国，夺取了郓城送给昭公居住。

三十二年，有彗星出现。景公坐在柏寝台上，叹息说："唉，富丽堂皇！可是谁能长久享用呢？"

大臣们闻言，都伤心得落泪，晏子却笑了起来。景公见状大怒，晏子解释说："我笑，是因为群臣阿谀奉承太过分了。不是笑您。"景公消了点气，说："彗星在东北方出现，那正是齐国的地域，我是为这件事而忧虑。"晏子说："你身居高台深池，总想加重赋税，加重刑罚，长此以往，连更可怕的天象也会出现，彗星有什么可怕呢？"

景公问："能通过祈祷来消除灾殃吗？"

晏子说："如果祈祷可以把神招来，那么祈祷当然也可以把神赶走。心怀怨恨的百姓数以万计，你一个人祈祷，怎能胜过那么多人的诅咒呢？"当时，景公喜好修建宫室，声色狗马，生活极其奢侈华贵，而对民众来说，则是赋税繁重，刑法苛刻，所以晏子用这些话来劝谏他。

四十七年，鲁国的阳虎攻打自己的国君，战败，逃到齐国，请求齐国帮忙出兵去攻打鲁国。景公把阳虎抓了起来，关进牢房。阳虎逃了出来，又投奔到晋国。

四十八年，与鲁定公举行友好会盟。有人给景公出主意说："孔丘懂得礼法，但胆量太小。趁这个会盟的机会，您可以让莱人演奏乐曲，借机抓住鲁君，让他不得不满足我们的要求。"景公担心孔丘担任鲁相，怕鲁国称霸，所以就听从了这个计策。会盟的时候，景公让莱人上场来演奏乐曲，可是孔子命令执法官捉住莱人，杀掉了，然后还依据礼法责备景公。景公感到惭愧，就归还了从鲁国侵占的土地，并表示道歉，结束盟会离去。这一年，晏婴去世。

五十五年，范氏、中行氏在晋国反叛国君，战斗猛烈，缺少粮草，便来齐国请求借粮。田乞正准备叛乱，想结交各国叛逆的臣子，建立自己的党羽，于是就劝景公说："范氏、中行氏对齐国有恩，不可不救。"于是景公让田乞前往援救，还送给了他们很多粮食。

五十八年夏天，景公夫人燕姬的嫡子死了。景公的宠妾芮姬生了儿子荼，荼年幼，他的母亲微贱，行为又不端正。大夫们都怕荼继承君位，就说，应该从诸子中选择年长而贤能的，立为太子。景公年老，忌讳说继承人的事，又宠爱荼的母亲，所以想立荼为太子，但又不想自己说出来，于是就对大臣们说："你们尽管尽情娱乐吧，国家还怕没有君主吗？"秋天，景公生病，立小儿子荼为太子，把其他公子驱逐出城。景公去世，荼继位，这就是晏孺子。冬天，景公还没有下葬，众位公子怕被杀害，都逃亡出去，荼的异母哥哥公子寿、驹、黔投奔卫国，公子驵、阳生投奔鲁国。

晏孺子元年春天，田乞借口打击两位辅佐晏孺子的大臣，来打击晏孺子。晏孺子的军队战败，田乞的党徒紧追不舍。之后，田乞派人到鲁国去召回公子阳生。阳生回到齐国，隐藏在田乞家里。十月，田乞请求诸位大夫说："我儿子田常的母亲举行菲薄的祭礼，请各位赏脸到舍下共饮几杯。"聚会宴饮时，田乞把公子阳生装到袋子里，放在座位中央，然后解开袋子放出阳生，说："这才是齐国的君主哩！"大夫们都伏地拜见。田乞准备和大夫盟誓，立公子阳生为王。当时鲍牧喝醉了，所以田乞欺骗大夫们说："我和

鲍牧商议过了，都想拥立阳生。”可是鲍牧愤怒地说：“你忘了景公的遗命吗？”大夫们面面相觑，想反悔。这个时候，阳生上前叩头说：“可以就立我，否则就算了。”鲍牧怕招来灾祸，又改口说：“都是景公的儿子，为什么不可以！”就参与盟誓，拥立公子阳生，这就是悼公。悼公进入宫中，派人把晏孺子迁往骀城，杀死在帐幕中，并且驱逐了晏孺子的母亲芮姬。芮姬出身卑贱，而且孺子年幼，所以没有权威，齐国人也不重视他们母子。

鲍子和悼公有仇。吴国、鲁国讨伐齐国的时候，鲍子杀害了悼公，还把讣告送到吴军那里。齐国人共同拥立悼公的儿子壬，这就是简公。

当初，简公和他父亲阳生都在鲁国避难时，监止很受宠信，等到简公即位后，就让监子主持国政。田成子怕他对自己不利，上朝时屡次察言观色。田鞅对简公说：“田、监不可并用，你应该作出选择。”简公不听。监止晚上处理政务时，田逆杀人，被监子碰上，就把他逮捕入狱。田氏家族非常和睦，于是让囚犯田逆装病，家人借探视机会把狱卒灌醉杀死，田逆逃走。监子来到田氏家族，与田氏讲和。

原先，田豹作过监子的家臣，而且深受监子的宠幸。监子对田豹说：“我把田氏其他人都赶走，用你当族长，你看怎么样？”田豹回答说：“我是田氏的远裔子孙。况且，违背你意志的不过只有几个人，何必都赶走呢！”田豹把这些话通报给田氏。田逆说：“监止得到国君的宠信，我们不先动手，他必定害您。”于是田逆到宫里居住。

夏季，田成子兄弟乘坐四辆车到简公住处，关上宫门，杀死宦者。简公和妇人们正在檀台饮酒，田成子把他们赶到寝宫。简公拿起武器，想刺杀田成子，太史子余说：“他们是为你除害的。”田成子出宫，住进武器库，听说简公还在发怒，就准备逃走。田逆拔剑说：“迟疑，是成功的大敌。你若出逃，不杀你，我就不姓田。”田成子只好留下来。

监子召集徒众攻打宫中的大门和小门，都不能取胜，就退出来了。田氏族人紧追不舍，杀死了监子。后来，田常在徐州逮住简公。简公说："我如果早点听从田鞅的话，不至于像现在这样。"田常杀了简公，然后拥立简公的弟弟骜，这就是平公。平公即位，田常辅佐他，实际上专揽齐国的大权，割占齐国安平以东的土地作为田氏的封邑。

二十五年，平公去世，儿子宣公继位。宣公在位五十一年去世，儿子康公继位。康公二年，韩、魏、赵开始被封为诸侯。十九年，田常的曾孙田和开始成为诸侯，把康公迁移到海滨。二十六年，康公去世，田氏攫取了齐国。

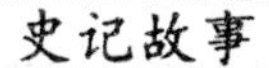

第十五章
鲁周公世家

中国历史名著文库

舍己为人的周公旦

周公旦，是周武王的弟弟。文王在世的时候，旦作为儿子，恭敬孝顺、忠厚仁慈，胜过别的儿子。武王即位以后，旦经常辅佐保护武王，处理了大量政事。武王九年，向东打到盟津，周公随行。十一年，讨伐商纣王，打到牧野，周公辅佐武王。攻破商都，占领了商朝的王宫。杀死商纣王以后，周公手持大斧，召公手持小斧，一左一右保护武王，杀牲畜祭祀社神，并向上天以及商朝百姓禀告纣王的罪恶。随后，释放了在囚禁中的箕子。封纣王的儿子武庚禄父为君，派管叔、蔡叔辅佐他，以便延续商朝香火。然后又遍赏功臣、同姓和亲戚。周公被封到曲阜，号为鲁公。但是周公并没有到封地去，而是留在京师辅佐武王。

武王灭商两年后，天下还是没有安定下来。又碰上武王生病，总也不好转，群臣们都很忧虑。太公、召公去文王庙占卜吉凶。周公说："还是不要烦扰我们的先王啦！不要让他们太担忧！"于是就用自己的生命做担保，设立三坛，然后向北站着，胸前挂着璧，手里拿着圭，向太王、王季、文王祈祷。史官替他宣读祷告词：

"你们的长孙武王，积劳成疾。三王在上，如果你们能够帮忙，就让我来顶替武王的身体吧！我机灵强干，多才多艺，善于侍奉鬼神；可是武王不像我这样多才多艺，不懂怎样去侍奉鬼神。他刚刚成为天子，保有四方，能够活在世上安定你们的后代子孙，天下百姓没有不敬仰他的。请不要耽误了上天赐给周家的宝贵使命！现在我听命于天，你们如果答应我的请求，我就把这些璧和圭带回去，等候你们的吩咐；如果不答应，我就把璧和圭收藏起来。"周公让史官把祈祷文念给太王、王季、文王，要代替武王去死，于是就到三王灵位前占卜。占卜的人都预言说吉利，打开占卜书一看，果真吉利。

周公非常高兴，马上打开装卜兆书的管子，里面的卜辞也说吉利。周公于是进宫向武王道贺说："您没什么大问题。我刚刚领受了三王的命令，他们让你为周家作长久的打算，让你好好考虑天子的职责是什么。”随后，周公回家，把策书收藏在金属匣子里，密封好，告诫看守人不准张扬。第二天，武王的病就彻底好了。

武王逝世的时候，成王年幼，还在襁褓之中。周公担心天下知道武王逝世而叛乱，就自己登上王位，暂替成王行使王权，主持国政。管叔和弟弟们见了，纷纷散布流言说：“周公心怀叵测，肯定要危害成王。”周公知道了，就向太公望和召公奭解释说：“我之所以不避嫌疑，代替成王治理国家，实在是怕天下人背叛周朝，无法向先王太王、王季、文王交待。三王为天下忧劳那么多年，到现在才算成功。武王去世早，成王太小，为了完成周朝大业，所以我不得不这样做。”就这样，周公辅佐成王治国，而派儿子伯禽代替自己去鲁国接受封地。伯禽出发前，周公告诫说：“我是文王的儿子，武王的弟弟，成王的叔父，在整个天下，我的地位也算不低了。然而我非常忧虑，待人非常谦卑，害怕失掉天下的贤人。你到鲁国之后，可千万不要因为是国君就看不起人！”

管叔、蔡叔、武庚等果然反叛。周公便奉成王的命令，出兵东征，杀掉了管叔，处死了武庚，流放了蔡叔。收伏殷代遗民，把康叔封在卫地，把微子封在宋地，叫他们接续殷商的香火，安抚东方蛮族，两年后，安定了东方各地。诸侯都来朝拜周室，尊奉周王为宗主。

成王七年二月，成王在镐京步行朝见武王庙，然后到达丰京，派太保召公到洛邑考察风水。三月，周公来到洛邑，规划建筑成周，占卜选择建都地点，最后把洛邑定为国都。

这时候，成王已经长大，能处理政事了。周公于是就把国家大权归还给成王，成王开始亲自临朝执政。周公代替成王主持国政期间，背靠屏风，面南背北接受诸侯朝见。七年过去了，周公把执政大权归还给了成王，回到了臣子的位置上，非常恭敬谨慎，一副小心翼翼惟恐犯错的样子。

成王还年幼的时候，曾经生病。周公把指甲剪掉，丢到河里，对河神祈祷说：“成王年幼，还不懂事，违反神命的人是我，不是他。”然后把这份祈祷原文藏在内府，不久，成王病愈。后来，成王主持国政，有人诬告周公不忠，周公于是逃到楚地避难。成王

打开内府档案，见到了周公向神祈祷的原文，感动得失声痛哭，立即派人去迎回了周公。

周公回到朝中，担心成王年轻气盛，会荒淫放荡，于是作了《多士》和《毋逸》两篇文章。

《毋逸》篇说："做父母的，艰难创业，吃的苦无法形容，而子孙们往往骄纵奢侈，把父母创业的辛苦置于脑后，致使家业衰败，做儿子的不能不引以为戒！所以，从前的殷王中宗，恭顺严谨地敬重天命，自己严守法度，并以法治国，兢兢业业，从来不敢荒废国事，也不敢贪图安逸。正因为这样，所以中宗执政长达七十五年。到了高宗，因为他曾经长期生活在民间，跟百姓一起生活和劳作，所以即王位后，全天下的百姓都很拥戴他，他也不敢荒废国事、贪图安逸，而是努力地安定殷家，做到让百姓和贵族都没有怨言，所以高宗执政达五十五年。到了祖甲，他觉得超越兄长做王违背道义，所以就长期逃亡在民间，于是深知百姓的喜怒哀乐，因此能保护百姓并施恩于民，所以祖甲执政长达三十三年。"

《多士》篇说："从商汤开始，直到帝乙，殷代没有不虔诚地祭祀鬼神、讲求德政的，那么多帝王，没有一个敢于违背天命的。可是到了纣王，骄奢淫逸，置上天和百姓的愿望于不顾。纣王的百牲们都不约而同地认为他该死。……而周文王勤于国政，每天一直要工作到太阳偏西，还抽不出时间吃午饭，所以当政五十年。"

周公用这些话劝诫成王。

成王居住在丰京，天下安定。不过，周朝的官制和各级组织还没有制度化，于是周公作了《周官》，明确了各级官吏的职责范围。又作了《立政》，用来便利百姓。

周公患病，在弥留之际，留言说："请把我葬在成周，不要让我离开成王。"周公死去，成王很谦让，把周公葬在毕邑，埋葬在文王旁边，表示不把周公当作自己的臣子看待。

周公去世的时候，尚未秋收，突然暴风雷乍起，庄稼全部被吹倒，大树也被连根拔起。周朝上下一片恐慌。成王与大夫们穿上朝服，打开金属套着的密封匣子，这才看到了周公祈祷说愿意代替武王死的简书。太公、召公和成王询问当年跟随周公的官员，官员回答说："是有这件事，但周公生前有命令，不许说。"

成王手捧祈祷书哭泣，说："周公生前，为王室呕心沥血，当时我年幼无知。现在上天显示了威严，表彰周公的大恩大德，我应该郊祭迎接天神，从国家的礼仪来考虑，也应该这样做。"随后，成王到郊外祭天，天空马上放晴，大风反过来刮，庄稼全都重新站立起来。太公、召公命令百姓，凡是被刮倒的大树，都必须扶起来培土。当年，全天下都获得了大丰收。成王感激上天，特许鲁国郊祭上天，还可以立庙祭文王。鲁国之所以能享用天子的礼乐，原因就在于褒奖周公的大德。

宫廷内耗

周公去世之前，儿子伯禽已经受封为鲁公。他最初受封到鲁国，过了三年，才向周公报告治理鲁国的情况。周公问："为什么这么慢才来汇报？"伯禽回答说："改变那里的习俗，休整那里的礼仪，要三年才行，所以迟了。"

当时，太公受封到齐国，仅仅用了五个月，就回来向周公报告了治理齐国的情况。周公问："怎么这样快呢？"太公说："我简化了君臣之间的烦琐礼仪，尽量依照当地的习俗办事。"周公很满意。不久，伯禽前来报告在鲁国的治理情况，周公就叹息说："唉，鲁国后世的继承人，看来以后要侍奉齐国了！处理政事不简化不平易，老百姓不可能会亲近；如果政令平易近人，老百姓必然归顺。"

伯禽做了鲁国国君之后，管叔、蔡叔等人起来反叛，淮夷，徐戎也兴兵叛乱。伯禽率军讨伐他们，讨平了徐戎，安定了鲁国。

伯禽去世之后，过了几代，武公继位。

武公九年春天，武公和长子括、少子戏去朝见周宣王。宣王

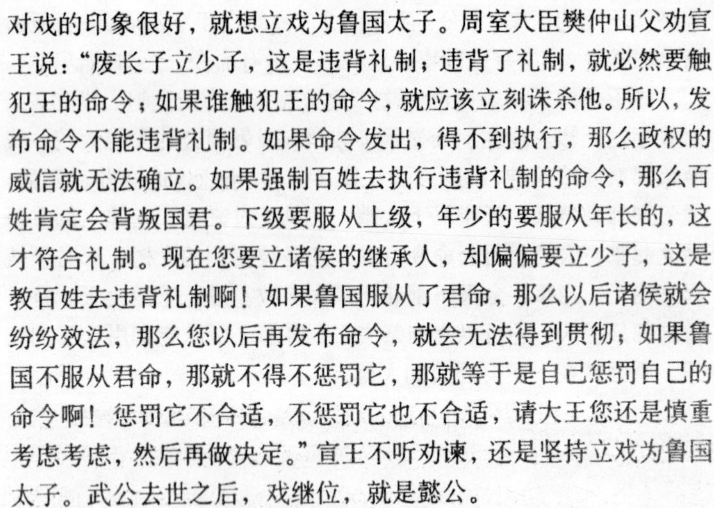

对戏的印象很好，就想立戏为鲁国太子。周室大臣樊仲山父劝宣王说："废长子立少子，这是违背礼制；违背了礼制，就必然要触犯王的命令；如果谁触犯王的命令，就应该立刻诛杀他。所以，发布命令不能违背礼制。如果命令发出，得不到执行，那么政权的威信就无法确立。如果强制百姓去执行违背礼制的命令，那么百姓肯定会背叛国君。下级要服从上级，年少的要服从年长的，这才符合礼制。现在您要立诸侯的继承人，却偏偏要立少子，这是教百姓去违背礼制啊！如果鲁国服从了君命，那么以后诸侯就会纷纷效法，那么您以后再发布命令，就会无法得到贯彻；如果鲁国不服从君命，那就不得不惩罚它，那就等于是自己惩罚自己的命令啊！惩罚它不合适，不惩罚它也不合适，请大王您还是慎重考虑考虑，然后再做决定。"宣王不听劝谏，还是坚持立戏为鲁国太子。武公去世之后，戏继位，就是懿公。

懿公九年，懿公哥哥括的儿子伯御联合了鲁国人，杀掉了懿公，然后立伯御为国君。伯御在位十一年后，周宣王前来讨伐鲁国，杀了鲁国国君伯御，然后在鲁国公子中挑选能够领导诸侯的人，让他当鲁君。樊穆仲说："鲁懿公的弟弟，为人稳重，待人恭谨，能敬奉天道鬼神；处理各项事务，或者执行刑罚，都能遵循先王的遗训和成规；只要是别人指出过的错误，绝不再犯，凡是考察过的，绝不违反。"宣王说："不错，这样的人一定能治理好他的百姓。"于是就立鲁懿公的弟弟为鲁君，这就是孝公。从此以后，诸侯越来越不愿意服从周王的命令。

过了几代，到了惠公时期。惠公的原配夫人没有儿子，而他的贱妾生了儿子息。息长大成人后，惠公给他娶了宋女。宋女到了鲁国，惠公见她美丽非凡，就夺为己妻，生下儿子允，惠公高兴，就把宋女提升为夫人，把允立为太子。

惠公去世之后，因为允还年幼，所以鲁国人让息代理国政，但没有明说他是即位。息就是隐公。

公子挥向隐公谄媚说："既然百姓都拥护你，你干脆就正式即位得了！我可以为你杀死太子允，你让我当相国就行。"隐公说："我们要听从先君的命令。我是因为允还年幼，所以才代理君权，主持国政。现在允已经大了，我正在营建居室，准备养老，不久就会把政权交还给允。”挥自讨没趣，又害怕自己的话会被太子允知道，招来杀身之祸，于是就反过来对太子允诋毁隐公：“隐公正在准备正式登位，马上就要除掉你，你应当想想怎么对付。请让我替你杀了隐公吧！”太子允答应了。挥派人杀死隐公，拥立太子允为君，这就是桓公。

桓公三年，派挥到齐国迎接齐女为夫人。三年后，夫人生了个儿子，生日与桓公相同，所以起名叫做同。同长大之后，被立为太子。

十六年，桓公和诸侯会盟，讨伐郑国，护送郑厉公回国。

十八年春天，桓公携夫人一起去齐国。桓公夫人与齐襄公通奸，桓公怒斥夫人，夫人向齐襄公诉苦。齐襄公宴请桓公，并且灌醉了桓公，然后派彭生把桓公抱上车，乘机把桓公杀死在车上。

鲁国人很生气，向齐国要求说："我们的国君尊重你们，所以远道而去，进行友好访问。礼仪尽到了，而人却有去无回，连责罪谁都不知道。希望你们能交出彭生，这样才能在诸侯之间消除这种丑闻。"齐国人于是就杀了彭生，来讨鲁国人的原谅。鲁国没了国君，就立太子同为君，称为庄公。庄公的母亲留在了齐国，不敢再回鲁国。

八年，齐国公子纠前来投奔鲁国。九年，鲁国想把他送回齐国即位。但齐国公子小白捷足先登，成了齐桓公，然后发兵攻打鲁国，鲁国形势危急，就杀了公子纠向齐桓公谢罪。齐桓公通知鲁国，让他们把管仲活着送回齐国。鲁国大臣施伯告戒庄公说："齐国要得到管仲，并不是想杀他，而是想用他，一旦他被重用，就是鲁国的祸患。还是杀了他好，然后把他的尸体送给齐国。"庄公不听，还是把管仲抓了起来，送给了齐国。齐国人任命管仲为相国。

十三年，鲁庄公带着曹沫跟齐桓公会盟，曹沫用刀劫持了齐桓公，要求归还被齐国侵占的鲁国土地。随即订立盟约，然后曹沫放了齐桓公。桓公脱身，马上就要背弃盟约，大臣管仲谏止，于是如约归还了土地。

十五年，齐桓公开始称霸。

当初，庄公曾到党氏家，见到了党氏的女儿孟任，慢慢就爱上了她，发誓要娶她为夫人。孟任感动，割破手臂与庄公盟誓。孟任生了儿子斑。斑长大后，喜爱梁氏的女儿，前去看望她。养马人荦从墙外和梁氏女戏耍。斑发怒，鞭打荦。庄公听说后，说："荦很有力气，应该就此杀掉他，不可以鞭打后还留着他。"可是斑没有来得及去杀掉荦，庄公恰好生病，于是这件事就放下了。

庄公有三个弟弟，长弟叫庆父，次弟叫叔牙，三弟叫季友。庄公娶齐国女子为夫人，叫哀姜。哀姜没有儿子。哀姜的妹妹叫叔姜，生了儿子开。庄公没有嫡子，宠爱孟任，想立她的儿子斑为太子。

庄公病重时，向二弟叔牙询问继承人的事。叔牙说："父死子继，兄终弟及，是鲁国的常规。庆父还在，可以继位，你有什么忧虑呢？”庄公害怕叔牙立庆父，所以又问季友。季友说：“请让我拚死拥立斑为国君。”庄公说：“刚才叔牙要立庆父，怎么办？”季友便用庄公的名义，强迫叔牙喝毒酒，并说：“喝了此酒，还有后代为你祭祀；否则，你死了而且会没有后代。”叔牙于是喝毒酒而死。庄公去世，季友终于立公子斑为鲁君，一如庄公所愿。

先前庆父和哀姜通奸，想立哀姜妹妹的儿子公子开为君。等到庄公去世，季友立公子斑为君。十月，庆父派养马人荦杀死了公子斑。季友逃到陈国。庆父终于立公子开为君，这就是泯公。

泯公二年，庆父和哀姜通奸日益频繁。哀姜和庆父共谋，想杀掉泯公而立庆父为君。庆父派人袭杀了泯公。季友听到后，从陈国和浩公的弟弟申到达邾国，请求鲁国把他们接回国。鲁国人想杀庆父。庆父恐慌，逃到莒国。于是季友拥戴公子申回到鲁国，立他为国君。哀姜恐惧，逃到邾国。季友贿赂莒国，要求引渡庆父，庆父被遣送回国，季友派人去杀庆父，庆父请求让他出国流亡，季友不答应，让大夫奚斯哭着前去答复庆父。

庆父听到奚斯的哭声，就自杀了。齐桓公听说哀姜和庆父通奸而危害鲁国的安宁，就从邾国把她召回杀死，把尸体送给鲁国示众。

季友的母亲是陈国人，所以他逃亡在陈国，陈国因此帮助送季友和公子申回到鲁国。季友将出生时，父亲鲁桓公让人占卜，卜辞说：“是男孩，他的名字叫‘友’，将来会站在两社之间，成为王室的辅佐。季友亡去，鲁国就不可能昌盛。”等到他降生，手掌上有个“友”字，就用“友”作他的名，号为成季。他的后代称为季氏，庆父的后代称为孟氏。

鲁难不已

鲁襄公三十一年，襄公去世。同年，太子去世。鲁国人把从齐国归来的公子稠立为国君，就是昭公。

昭公当时只有十九岁，还很幼稚。穆叔不想立他，说："太子死了，可以立同母弟弟；如果没有同母弟弟，就应该立庶子中的长子。如果年龄相同，那就选择贤能的，如果德义也一样，那就通过占卜决定。现在稠并不是嫡子，况且，他在守丧期间，不仅一点都不哀伤，反而喜形于色，如果立他为君，以后必定带来大祸。"季武子不听劝告，还是让他登了君位。不久之后，安葬襄公，新君态度随便，竟然换了好几次丧服。君子们见了，都说："唉，他肯定不能善终。"

昭公三年，昭公度过黄河去朝见晋君，遭到晋平公谢绝，不得不灰溜溜地返回，鲁国人觉得蒙受了耻辱。四年，楚灵王在申邑聚会诸侯，昭公托病没去。七年，季武子去世。八年，楚灵王庆贺章华台建成，召见昭公。昭公前往祝贺，楚灵王赐给昭公一些珍宝，不久后悔，又骗了回去。十二年，再次朝见晋君，到了黄河，又遭晋平公谢绝。十五年，又去朝见晋君，晋国留鲁昭公一起为晋昭公送葬，鲁国人感到非常羞耻。二十一年，又去朝见晋君，又遭谢绝。

季氏与后氏斗鸡，季氏在鸡毛上撒了芥末，后氏在鸡爪上裹了金属利爪。季平子大怒，出兵占领了后氏的土地，后氏的昭伯恨得咬牙切齿。臧昭伯的弟弟臧会撒谎诬陷臧氏，然后偷偷藏在季氏家里，臧昭伯因此抓了几个季氏家里的人。季平子很不平，也抓了几个臧氏家里的大臣。于是，臧氏跟后氏都去向昭公告状。昭公前来讨伐季氏，打进了他的私邑。季平子登台辩解说："君王您被谗言骗了！还没察清我有没有罪过，就来杀我！"请求允许自己迁居到沂水边去，但没有获得允许。请求把他囚禁起来，仍不允许。请求带五辆车子逃亡，还是不许。有人对昭公说："您应该答应他。国家大权，很久以来就是出自季氏，他的党羽太多了，如果杀了他，他的众多党徒肯定会合谋来对付你。"昭公不听。后氏在旁边田油加醋说："一定得杀了他！"

叔孙氏的家臣戾对自己的手下说："从我们自己的利益出发，是有季氏好，还是没有季氏好？"大家都回答说："没有季氏，就等于没有叔孙氏。”戾说：“那好，我们去救季氏！”于是出兵，打败了昭公的军队。孟懿子听说叔孙氏战胜，也起来响应，把后氏的昭伯杀了。然后，三家联合起来，一起去攻打昭公。昭公逃走，到了齐国。齐景公说：“我可以送你二万五千户，好好侍奉你。”昭公想答应，但是大臣子家劝昭公说：“放弃周公的大业，却来作齐国的臣子，怎么能行？”于是没有接受。子家又说：“齐景公不讲信义，不如早点去晋国避难。”昭公不听。

二十六年春天，齐国攻打鲁国，占领了郓邑，把昭公安置在那里。夏天，齐景公打算送昭公回国，下令大臣们不准接受鲁国的贿赂。可是，鲁国大夫申丰、汝贾却暗中找到齐臣子将等人，许给他们八万斗粟。于是子将对齐景公说：“鲁国群臣没有能力侍奉鲁君，而现在的鲁国，又有些异兆。当初，宋元公为了鲁国而到晋国，想送鲁君回国，结果死在了路上。叔孙昭子也想接回昭公，

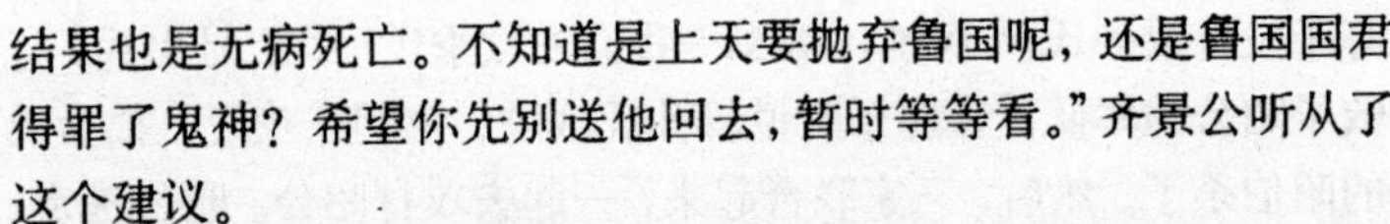

结果也是无病死亡。不知道是上天要抛弃鲁国呢，还是鲁国国君得罪了鬼神？希望你先别送他回去，暂时等等看。”齐景公听从了这个建议。

二十八年，昭公到了晋国，请求送他回国。季平子偷偷买通了晋国的六卿，六卿谏阻晋君，晋君作罢，让昭公住在乾侯。二十九年，昭公又回到郓邑。齐景公派人送信给昭公，自称“主君”。昭公觉得太丢脸，一怒之下又回到了乾侯。

三十一年，晋君想送昭公回国，召见季平子来一起商量。季平子穿着布衣服，光着脚走来，通过晋国六卿向晋君谢罪。六卿替他对晋君说：“我们晋国是想送昭公回国，但是鲁国的民众不听从啊！”晋君于是作罢。

三十二年，昭公死在了乾侯。鲁国人拥立昭公的弟弟为国君，就是定公。

定公登位，赵简子问史官蔡墨：“依你看，季氏会不会灭亡？”蔡墨答：“不会的。季友对鲁国立有大功，被封在都邑，位列上卿，一直到文子、武子，世世代代都在扩充基业。现在还兴盛得很。”

十年，定公和齐景公在夹谷公盟，孔子代为国相。齐国想趁机杀掉鲁定公，孔子依据礼仪，登台诛杀了齐国演奏淫乐的人，齐侯畏惧，打消了杀掉鲁定公的念头，并且归还了侵占来的鲁国土地。

十五年，定公去世，儿子哀公继位。

哀公十一年，齐国讨伐鲁国，季氏立下了战功，孔子从卫国重回鲁国。

十四年，齐国的田常杀了自己的国君简公。孔子请示哀公去讨伐齐国，哀公不听。

悼公的时候，季氏强盛，鲁君就像一个很小的诸侯，势力比季氏微弱得多。

顷公的时候，秦国占领了楚国的郢都，然后攻打鲁国，占领了徐州。几年后，楚王灭掉了鲁国。顷公逃跑，在国外的一个小邑安家，成了平民百姓，鲁国的祭祀从此灭绝。后来，顷公死在了柯邑。

鲁国从周公开始，直到顷公，总共三十四代。

第十六章
管蔡世家

中国历史名著文库

楚灭蔡国

管叔鲜、蔡叔度，都是周文王的儿子，周武王的弟弟。

武王的同母兄弟一共有十个。母亲叫做太姒，是文王的正妻。她的大儿子叫做伯邑考，二儿子是武王发，三儿子是管叔鲜，四儿子是周公旦，五儿子是蔡叔度，六儿子是曹叔振铎，七儿子是成叔武，八儿子是霍叔处，九儿子是康叔封，十儿子是冉季载。兄弟十人中，贤能的只有武王发和周公旦，辅佐在文王左右，所以后来文王废掉了弃伯邑考，立发为太子。文王逝世之后，太子发继位，就是武王。在此之前，伯邑考已经去世了。

武王灭了殷纣王，平定了天下，分封功臣和各位兄弟。叔鲜被封在管，叔度被封在蔡。并且命令他们两人辅佐纣王的儿子武庚禄父，管理殷朝遗民。叔旦封在鲁，但命令他留在京师辅佐周王，就是周公。叔振铎封在了曹，叔武封在了成，叔处封在了霍。当时的康叔封和冉季载都还太小，所以没有封。

武王逝世的时候，成王尚且年幼，所以周公旦独揽了王室大权。管叔、蔡叔怀疑周公对成王不利，就挟持武庚一起叛乱。周公旦秉承成王的命令，平定了叛乱，灭了武庚和管叔，流放了蔡叔。然后，周公把殷朝遗民分成两部分：一部分封给微子启，建立了宋国，接续殷代香火；另一部分封给康叔，让他作卫国君，就是卫康叔。季载被封在冉。冉季、康叔都有仁慈善良的德行，所以周公推荐康叔担任周朝司寇，让冉季担任周朝司空，一起辅佐周成王治理国家。

蔡叔度在流放中死去。他的儿子叫做胡。胡改变了他父亲的行为方式，遵从德政，施行善道。周公听说这些情况，就推荐胡出任鲁国的卿士，把鲁国治理得很好。周公于是再向成王进言，把胡封在蔡，让他供奉蔡叔的香火，这就是蔡仲。其余的五叔，都守在各自的封国，没有出任周天子的官吏。

几代过去，到了蔡哀侯时期。哀侯娶了陈国女子为妻，息侯也娶了陈国女子为妻。息夫人出嫁时，路过蔡国，蔡侯待她很不礼貌，还故意刁难。息侯大怒，找到楚文王说："你来攻打我国吧！你来打，我就向蔡国求救，蔡国肯定会来援救，然后楚军就可以趁机攻打它，肯定能取胜。"楚文王采纳了他的建议，果然战胜，还俘获了蔡哀侯。哀侯被抓到了楚国，被拘留九年，最后死在了楚国。哀侯去世后，蔡国人拥立他的儿子继位，就是穆侯。

穆侯把他妹妹嫁给了齐桓公。有一年，齐桓公和蔡夫人在船上闹着玩，夫人摇晃船只，桓公害怕，阻止，但夫人继续摇晃，桓公很生气，就把蔡夫人赶回了蔡国，但并没有断绝夫妻关系。蔡侯也很生气，就把妹妹另嫁给了别人。齐桓公大怒，出兵讨伐蔡国，打败了蔡国军队，还俘获了穆侯。不久，各国诸侯都来替蔡侯谢罪，齐桓公就把蔡侯释放回国。

二十九年，穆侯去世。几代过去，到了景侯时期。景侯替太子般娶了一位楚国女子，而景侯自己则与她通奸。太子般杀掉了景侯，自己登位，这就是灵侯。

灵侯二年，楚国公子围登上王位，这就是楚灵王。楚灵王因为灵侯杀了亲生父亲，所以把蔡灵侯诱骗到了申地，埋伏士兵，设置酒宴，灌醉并且杀死了蔡灵侯，还杀光了他七十多个随从。随后，楚灵王命令公子弃疾去围攻蔡国。十一月，灭了蔡国。公子弃疾灭蔡有功，被封为蔡公。

三年后，公子弃疾杀了楚灵王，夺取王位，就是平王。平王找到蔡景侯的小儿子庐，立为蔡君，就是平侯。那时候，楚平王刚刚即位，想跟诸侯搞好关系，所以才立了陈国、蔡国的后代。

平侯在位九年后去世。他去世之后，灵侯般的孙子东国打败了平侯的儿子，登位，就是悼侯。悼侯在位三年就去世了，弟弟昭侯申继位。

有一次，昭侯去拜见楚昭王，带了两件贵重的裘皮大衣，一件想献给楚昭王，另一件昭侯准备自己穿。楚国丞相子常也想得到一件裘皮大衣，但是昭侯没给。子常心里不舒服，就向楚昭王进献谗言，诬陷蔡侯，楚王因而把蔡侯扣留在了楚国，时间长达三年之久。三年后，蔡昭侯才知道了自己被扣留的原因，马上就把自己的裘皮大衣献给了子常。子常终于拿到了裘皮大衣，就再向楚昭王进言，建议放蔡侯回国。蔡侯一回国，马上就前往晋国，请求和晋国共同攻打楚国。

昭侯十三年春天，与卫灵公会盟。蔡侯暗中收买周大夫苌弘，想让蔡同在盟约上的地位高出卫国；卫国不甘示弱，派了史官去申述卫国始祖康叔的大功大德，结果是卫国的地位高于蔡国。夏天，蔡国帮晋国灭了沈国，楚国不高兴，发兵蔡国。蔡昭侯把儿子送到吴国作人质，请求吴国帮忙，一起迎战楚国。冬天，蔡国和吴王阖闾打败了楚军，攻进了郢都。蔡侯非常怨恨子常，子常心里知道，所以非常害怕，就逃到了郑国。

昭侯十四年，吴军撤出楚国，楚昭王恢复了自己的国家。

昭侯十六年，楚国令尹念念不忘楚国的民众曾经遭受吴、蔡的杀戮，心里很伤心，很愤怒，于是谋划要用武力报复蔡国，蔡昭侯心里忐忑不安。

昭侯二十六年，孔子来到蔡国。楚昭王攻打蔡国，蔡国向吴国告急。吴王觉得蔡国的都城离吴国太远了，就建议蔡国把都城迁到离吴国近一些的地方，以便救援。昭侯自己答应了，但是没有跟大夫们商量。吴军前来救援蔡国，趁机就把蔡国的都城迁到了州来。

二十八年，蔡昭侯要去拜见吴王，大夫们怕他再次擅自迁都，就派人杀了昭侯。不久，大夫们又杀了那个人，来推卸自己的罪责。然后，拥立昭侯的儿子朔，就是成侯。

蔡侯四年，楚惠王消灭了蔡国，蔡侯逃亡，蔡国于是断绝了香火。

短暂的曹国

曹叔振铎，是周武王的弟弟。武王灭掉殷纣王之后，把叔振铎封在了曹地。

几代过去，共公即位。

晋公子重耳在外逃亡的时候，曾经路过曹国，曹君没把重耳当回事，对他很无礼，听说重耳的肋骨是连在一起的，就很想看一看。釐负羁觉得这样太过分，就进言劝阻，但曹君不听。釐负羁觉得重耳前途无量，就偷偷结交重耳，两人关系和好。后来，重耳回国，登了位，成了晋文公，就前来讨伐曹国，抓住了曹公，把他带回了晋国，并下令晋军，不许骚扰釐负羁家族。有人劝止晋文公说：“从前，齐桓公跟诸侯会盟，致力于恢复异姓国家。现在您呢，却要囚禁曹君，准备消灭同姓国家。这样做事，以后怎么号令天下诸侯呢？”晋文公于是释放了曹公，让他回国。

几代过去了，转眼到了声公时期。声公五年，平公的弟弟通杀死声公，取而代之，登上君位，这就是隐公。隐公四年，声公的弟弟又杀死了隐公，登了君位，就是靖公。靖公在位四年，去世之后，儿子伯阳继位。

伯阳三年，曹国有人做了个怪梦，梦见很多君子围在祭祀土地神的社宫里，商议要灭掉曹国，曹叔振铎劝阻他们，让他们别急，等公孙强来了之后再说，君子们答应了。怪梦披露，于是曹国就在全国寻找公孙强，没找到这个人。做梦的人对此耿耿于怀，告诫自己的儿子说："我死以后，如果你听到公孙强当政，那就必须离开曹国，免得遭受国破家亡的灾祸。"

伯阳喜欢打猎。曹国有个乡下人，名叫公孙强，也爱打猎，有一次，公孙强打到了一只白雁，献给了伯阳，并跟伯阳一起谈论打猎的学问和经验，伯阳借此向他请教政事。两人谈地很愉快，伯

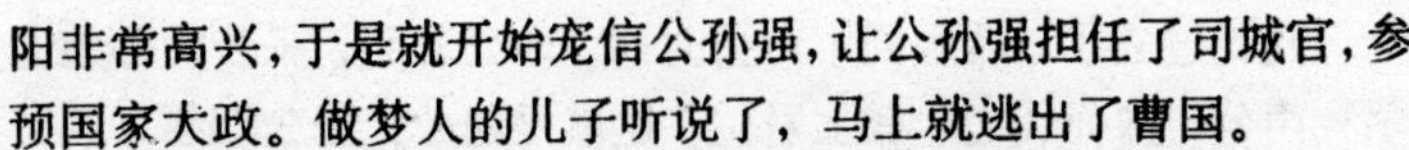

阳非常高兴，于是就开始宠信公孙强，让公孙强担任了司城官，参预国家大政。做梦人的儿子听说了，马上就逃出了曹国。

公孙强向曹伯建议，应该尽快称霸。曹伯听从了他的建议，于是就背叛了晋国，去攻打宋国。宋景公反击曹国，打败了曹国，晋国在旁边看热闹，不救援。不久，宋国灭了曹国，抓获了曹伯阳和公孙强，带回到宋国之后，就杀掉了他们。曹国于是断了香火，国家灭亡。

第十七章

陈杞世家

中国历史名著文库

颛顼的后代

陈国的胡公满，是舜帝的后代。很久很久以前，舜还只是个平民百姓的时候，尧帝把两个女儿嫁给了他，让他们住在妫地，因此，他的后代子孙就用地名作姓氏，姓妫。舜去世后，把天下传给了夏禹。舜的儿子商均被封为诸侯，建立了侯国。到了夏朝的时候，商均的封国时断时续。周武王灭了殷纣王之后，寻找舜的后代，找到了妫满，封他在陈地，来延续舜帝的香火，这就是胡公。

胡公去世，儿子申公继位。

很多代过去了，到了桓公时期。恒公执政三十八年，去世。

桓公有个弟弟叫做佗，母亲是蔡国人。蔡国人为了帮助佗，就协助他杀了桓公的太子，立佗为君，就是厉公。桓公病重的时候，就开始内乱，国人四处奔逃，国家混乱不堪，所以讣告发了两次。

厉公二年，儿子敬仲完刚刚出生。当时，恰好周太史路过陈国，陈厉公就请他用《周易》为儿子算卦，得到的卦是从《观》变成《否》："这是将要据有国家的吉兆啊！看来，他以后将会替代陈氏来统治国家。如果不在陈国，那就是在其他国家。如果不是他自己做王，那就是他的子孙后代做王。如果是在其他国家，那么肯定是姓姜。姜姓，是太岳的后代。任何事物都不能同时两强，可能要等陈国灭亡了，他才会强盛起来。"

厉公娶了一位蔡国女子为妻，蔡女跟蔡国人淫乱，厉公也多次到蔡国去跟别的女人淫乱。厉公曾经杀了桓公的太子，太子有三个弟弟，大的叫做跃，中间的叫做林，小的叫做杵臼，三人合谋，让蔡国人用美女引诱厉公来到蔡国，然后跟蔡国人一起杀死了厉公，然后拥立跃为国君，就是利公。

利公在位五个月就去世了，弟弟林继位，就是庄公。庄公在

位七年，去世之后，小弟杵臼继位，就是宣公。

宣公十七年，周惠王娶陈国女子为王后。

四年后，宣公后娶的宠妃生了个儿子，名叫款，宣公想立款为太子，于是就杀掉了太子御寇。厉公的儿子完向来跟太子御寇关系很好，现在太子御寇被杀，完害怕祸及自身，就逃往齐国。齐桓公想任命陈完为卿，完推辞说："我只不过是个流亡的臣子，侥幸得以免除劳役，这已经是您的恩典啦，我实在不敢再奢望高位。"桓公于是就任命他为工正官。齐国的懿仲想把女儿嫁给陈完，但拿不定主意，就去占卜，卜辞说："凤凰比翼双飞，和鸣之声铿锵有力！妫姓的后代，将在姜姓的国家里发展壮大。五世以后，将会繁荣昌盛，地位相当于正卿。八世以后，就无人能比了。"

三十七年，齐桓公讨伐蔡国，打败了蔡军；随后向南攻打楚国，一直打到了邵陵；回师时，路过陈国。陈国大夫辕涛涂很不

喜欢桓公路过陈国，就欺骗齐兵，让他们走东边的道路。东边的道路很破烂，越走越难走，桓公气坏了，一怒之下，把辕涛涂抓了起来。

陈灵公元年，楚庄王登位。六年，楚国攻打陈国。十年，陈国向楚国讲和。

灵公和他的大夫孔宁、仪行父都跟夏姬通奸，甚至还穿着她的内衣在朝廷上炫耀逗乐。泄冶实在看不惯，劝谏说："如果君主和大臣都淫乱好色，不加节制，那么让百姓去效法谁呢？"灵公把这话转告给孔宁和仪行父，二人听了，主张杀掉泄冶，灵公默许，于是就杀死了泄冶。

十五年，灵公和孔宁、仪行父在夏家饮酒作乐，灵公跟孔宁、仪行父开玩笑说："徵舒长得真像你们啊！"二人回敬说："也像你！"徵舒在旁边听了，非常生气，于是就在马房门口埋伏了射手，等灵公喝完酒出来，就射杀了灵公。孔宁、仪行父知道大事不好，都逃到了楚国，灵公的太子午逃到了晋国。徵舒立自己为陈侯。

徵舒，本来是陈国的大夫。夏姬是御叔的妻子，是徵舒的母亲。

成公元年冬天，楚庄王借口夏徵舒杀害灵公，率领诸侯前来讨伐陈国。他们宽慰陈国人说："别害怕，我只是来杀夏徵舒的，是来帮助陈国的！"杀了夏徵舒之后，他们占领了陈国，把它改成了县。群臣都来祝贺。

当时，申叔时刚从齐国出使回来，只有他一人不表示祝贺。庄王问他怎么了，申叔时回答："俗话说，牵牛践踏人家的田地，是过错，但是如果田主因此就要把牛夺走，那就更不合适。踩踏田地当然有罪，可田主夺走他的牛，不也太过分了吗？现在你因为夏徵舒杀了国君，所以才向诸侯征集军队，打着正义的旗号去攻打他；可是你随后又强占了陈国，贪图陈国的土地，这样下去，今后怎么向天下人发号施令呢！所以，我不祝贺！"

庄王说："讲得好！"于是就从晋国迎回了灵公的太子午，立为国君，让他治理陈国，这就是成公。后来，孔子阅读史书，看

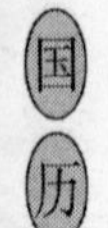

到庄王恢复陈国的时候，感叹说："贤明啊，楚庄王！宁可舍掉一个千乘大国，而重视大臣的一番良言。"

楚庄王在位八年之后去世。过了一些年，陈国背叛了与楚国订立的盟约。楚共王于是出兵陈国。同年，成公去世，儿子哀公继位。楚国念到陈国办丧事，撤军回国。

哀公三年，楚军重来围攻陈国，可是不久，又重新撤除了围攻。

二十八年，楚国公子围杀害了国君，登上王位，这就是灵王。

陈哀公的妻子，都是郑国人。长姬生了太子师，少姬生了儿子偃。哀公还有两个宠妾，长妾生了儿子留，少妾生了儿子胜。哀公喜欢留，就把留托付给自己的弟弟司徒招。哀公病重的时候，司徒招杀死了太子，立留为太子。哀公大怒，想杀掉招，招发兵围困哀公，哀公自缢身死。最后，招立留为陈国国君。然后，派使者前往楚国报丧。楚灵王听说陈国内乱，觉得是个好机会，就杀了陈国使臣，派公子弃疾去攻打陈国，陈君留见大事不好，就逃到郑国。九月，楚国围攻陈国，两个月后灭了陈国。楚灵王任命公子弃疾做陈公。

招杀太子的时候，太子的儿子吴逃到了晋国。晋平公向自己的太史咨询："陈国是不是要灭亡了？"太史回答："陈国是颛项的后代，从远古的时候起，一直传到瞽瞍，从来都没有谁违抗天命，都是以完美的德行统治国家。到了胡公时期，周朝赐给他姓氏，让他祭祀帝舜。既然他们是盛德帝王的后代，那么肯定可以传继百世。舜的后代不会已到末世，也许他会在齐国兴起。"

楚灵王灭陈国五年以后，楚公子弃疾杀掉了灵王，自登王位，这就是平王。平王即位之初，想争取诸侯的支持，就找到原陈国太子的儿子吴，立他为陈侯，这就是惠公。惠公即位之后，向前追溯，把哀公去世的那年做为元年，当时，君位已经空缺五年了。

惠公十五年，吴王僚讨伐陈国，占领了胡、沈二地。二十八年，吴王阖闾和伍子胥攻打楚国，攻入郢都。同年，惠公去世，儿子怀公继位。

怀公元年，吴国打进楚国，然后召见陈侯。陈侯想去，大夫劝止说："吴王最近万事顺心，想拉拢你。可是，现在楚王虽然逃亡在外，但是陈国毕竟跟他有旧交，不能背叛他。"怀公于是称病，婉言谢绝了吴王。三年后，吴王再次召见怀公。怀公害怕了，只好前往吴国去答谢。吴王对怀公上次谢绝召见的事很不高兴，所以这次就扣留了他。最后，怀公死在了吴国。陈国人拥立怀公的儿子，就是湣公。

湣公六年，孔子来到陈国。吴王夫差攻打陈国，夺走了三座城邑。十三年，吴王再次前来讨伐，陈国向楚国求援，楚昭王派兵救援，吴军撤退。

十六年，吴王夫差来攻打齐国，打败了齐军，然后派人召见陈侯。陈侯害怕自身难保，跑到吴国去了。没过多久，楚国又来讨伐陈国。二十四年，楚惠王登位，率兵杀死了陈湣公，灭了陈国，占有了陈国，陈国灭亡了。

禹的子孙

杞国的东楼公，是夏禹的后代。殷代时，禹的后代子孙有时受封，有时绝国。周武王灭商以后，到处寻找禹的后代，找到了东楼公，封他在杞地，供奉夏后氏的香火。

东楼公生了西楼公，西楼公生了题公，题公生了谋娶公，谋娶公生了武公。

武公在位四十七年，去世后由儿子靖公继位。

几代过去，到了湣公时期。湣公十五年，楚惠王灭掉了陈国。一年后，湣公的弟弟杀了湣公夺得君位，就是哀公。

哀公在位十年去世，儿子敕继位，就是出公。出公在位十二年，然后由儿子简公继位。简公即位一年后，被楚国灭掉。杞国比陈国灭亡的时间晚了三十四年。

杞国太微小了，它的事迹没什么值得记述的。

[illegible]

[illegible]

[illegible]

[illegible]

[illegible]

[illegible]

[illegible]

[illegible]

第十八章
卫康叔世家

中国历史名著文库

周公代政

卫国康叔名叫封，是周武王的同母小弟。康叔下边还有冉季最小。

周武王灭了殷纣王以后，把殷代的余民封给纣王的儿子武庚禄父，他的地位和诸侯相等，以便供奉他祖先的祭祀，世世代代永不断绝。因为武庚尚未彻底归顺，周武王恐怕他怀有异心，所以，就让他弟弟管叔、蔡叔辅佐武庚禄父，来安抚他的百姓。武王逝世之后，成王年幼，周公旦代替成王治理，主持国家的政治。

管叔、蔡叔怀疑周公，就联合武庚禄父发动叛乱，想攻打成周。周公奉成王的命令兴师讨伐殷国，攻杀武庚禄父、管叔，流放了蔡叔，把武庚禄父的殷代余民封给康叔，叫做卫国，居住在黄河、淇水一带旧商朝的废墟上。

周公旦担心康叔年纪小不能肩负大任，于是告诫康叔说，“一定要寻访殷地的贤人君子和德高望重的老年人，向他们了解殷代兴起的原因、灭亡的缘由，要致力于爱护百姓。”告诉他纣所以灭亡是因为沉溺于酒，好酒贪杯造成过失，导致宠信妇人，所以纣的乱亡是从饮酒开始的。又写了《梓材》，揭示君子施政可以效法的准则。这些文告被称为《康诰》、《酒诰》、《梓材》，用来教育康叔。康叔到达封国，根据周公的教导，安抚他的百姓，百姓非常喜悦。

成王长大后，亲自处理政治。周公推举康叔为周朝的司寇，成王赐给卫国很多宝器、祭器，以表彰康叔的功德。

康叔去世，儿子康伯接续继位。几代过去，顷侯继位。顷侯用重金贿赂周夷王，夷王于是策命卫国为侯爵。顷侯在位十二年去世。

武公时期，修复康叔时的政令，百姓和睦安宁。四十二年，犬戎杀死周幽王，武公率兵前往帮助周室平定戎乱，功劳很大，周平王策命武公为公爵。五十五年，武公去世，儿子庄公扬继位。

亲族残杀

庄公最初娶了齐国女子为夫人，夫人长得很漂亮，但没有生儿子。又娶了陈国女子为夫人，生了个儿子，但不久就夭折了。陈夫人的妹妹也得到了庄公的宠幸，生下了儿子完。完的母亲死得早，庄公就让来自齐国的夫人抚养他，还立他为太子。另外，庄公还有其他宠妾，有个宠妾生了儿子州吁。州吁长大后，喜好兵事，庄公因此任命他为将领。有大臣劝谏说：“州吁喜欢打仗，要是让他做将领，肯定以后会兴起祸端。”庄公不听。

庄公去世后，太子完继位，就是桓公。

桓公二年，弟弟州吁蛮横霸道，生活奢侈放肆，所以桓公罢免了他的将职，并准备追究他。州吁于是外逃出国。十三年，郑伯的弟弟段进攻自己的哥哥，没能取胜，也逃亡在外，州吁跟他同命相连，就和他结成好友。十六年，州吁收罗了一些卫国的逃犯，一起去攻击桓公，杀掉了他，然后，州吁自立为卫国国君。登位之后，为了帮助郑伯的弟弟段，州吁打算出兵讨伐郑国，于是请求宋国、陈国、蔡国配合他，跟他一起行动，三国答应了州吁。

州吁刚刚登位，喜好打仗，还杀了桓公，所以卫国人都不喜欢他。大臣们假装服从州吁，把他骗到了郊外，杀死了州吁。然后，大臣们从邢国迎回桓公的弟弟晋，立他为君，就是宣公。

宣公最宠爱夫人夷姜，夷姜生了儿子，就把他立为太子，让右公子教导他。右公子替太子娶来一个齐国女子，还没等成亲，宣公看见了这个将要成为儿媳的齐国女子，觉得她实在是太漂亮了，非常喜欢，就自己娶过来，然后替太子另娶了别的女子。宣公得到齐国女子后，生了子寿、子朔两个儿子，派左公子教导他们。

太子的母亲去世以后，宣公的正夫人和儿子朔一起用谗言陷害太子。宣公几年前夺了太子妻，心里一直防范太子，总想废掉他。现在听到诋毁太子的谗言，就势大发脾气，派太子出使齐国，并暗中命令盗贼在国界拦截太子，杀掉他。太子临行前，宣公送给他一面带有白旄标志的旗子，随后，宣公偷偷告诉在边界上待命的盗贼，只要看见手持白旄的人，就立刻杀掉他。

子朔的哥哥子寿，是太子的异母弟弟，知道子朔陷害太子，而且宣公要谋害太子，于是就劝止太子说：“有人在边界等着杀你，只要一看见你的白旄旗，就会杀你。太子可千万不要去啊！”太子回答说：“违抗父命，贪生怕死，不能这样做。”还是坚持起程。寿见太子不听劝告，就偷拿了他的白旄旗，抢先赶到了边界。边界上的盗贼见有手持白旄旗的人到来，立即射上了他。寿刚刚断气，太子赶到，对盗贼大喊道：“该杀的是我呀！你们怎么胡乱杀人！”盗贼于是又杀掉了太子，然后去向宣公汇报。宣公得知，立刻立子朔为太子。

宣公去世后，太子朔继位，就是惠公。

左、右公子对子朔的继位感到愤愤不平。四年后，两人起兵，攻打惠公，拥立太子的弟弟黔牟为国君，惠公逃到了齐国。

卫君黔牟在位八年之后，齐襄公率领各路诸侯，奉承周王的命令，一起来讨伐卫国，并把惠公护送回国，杀了左、右公子。卫君黔牟逃亡到周，惠公复位。

惠公对周室接纳黔牟很不满，就跟燕国联合起来，攻打周室。周惠王逃到了温地，于是卫国和燕国拥立惠王的弟弟颓为周王。

卫惠公去世之后，儿子懿公赤继位。

懿公喜欢养鹤，生活上奢侈荒淫。九年后，翟人前来进攻，懿公想发兵抵抗，士兵们听说要打仗，都纷纷叛离。大臣们也很气

愤，说："国君喜欢养鹤，就让鹤去抗击翟人吧！"卫国无人抵抗，翟人很顺利地攻占了卫都，杀掉了懿公。

当初，懿公登位的时候，百姓和大臣都不愿意。而且，懿公的父亲惠公朔取得君位，靠的是谗杀太子，然后传位给懿公，所以，百姓和大臣们一直都想推翻他。现在，惠公的后代终于下台了，于是大家就立黔牟的弟弟的儿子为国君，这就是戴公。

戴公上台不久，就去世了。齐桓公见卫国变乱频频，就率领诸侯讨伐翟人，趁机替卫国修筑楚丘，并拥立戴公的弟弟为卫君，这就是文公。文公曾经因为内乱而逃到了齐国，齐国人把他送回了卫国。

文公登位后，减轻了赋税，公平断案，还亲自参加劳作，与百姓们同甘共苦，以此收揽卫国民心。

十六年，晋国公子重耳路经卫国，文公没有以礼相待。二十五年，文公去世，儿子成公继位。

成公三年，晋国向卫国借道，去援救宋国，成公没有答应。晋国只好改从南河渡过，前去搭救宋国。晋国又向卫国借调军队，卫国大夫准备答应，可是成公不肯。于是，大夫发兵攻打成公，成公出国逃亡。晋文公重耳趁机率兵来攻打卫国，把卫国的一些土地划给了宋国，以此报复当初成公对自己的无礼，还有不救宋国的无情。

卫成公逃到了陈国。两年后，成公请求周室护送自己回国，并与晋文公会面。晋国派人来毒杀卫成公，成公得知了内情，就贿赂周室负责下毒的人，让毒性淡一些，得以不死。不久以后，周室替他请求晋文公原谅，终于护送他回到了卫国。成公一回到卫国，就杀了大夫，卫君瑕逃亡出国。

七年，晋文公去世。十二年，成公拜见晋襄公。三十五年，成公去世，儿子穆公继位。穆公去世后，儿子定公继位。定公在位十二年，去世之后，儿子献公继位。

献公十三年，献公让曹乐师教宫妾弹琴，宫妾不好好学，曹乐师很生气，就鞭打了她。妾倚仗献公的宠爱，就在献公面前用恶毒的坏话诋毁曹乐师，献公信以为真，就狠狠地鞭打了曹乐师三百下。过了五年，有一次，献公邀请孙文子和宁惠子一起吃饭，二人如约前往，在指定地点恭恭敬敬地等候献公。等了很久，天黑了，献公还是没有召他们吃饭，却说要去苑囿射雁。二人只好跟他到苑囿去，献公若无其事，连射服也不脱，就跟他们谈话。二人心里越来越憋气。这时候，曾经被献公鞭打的曹乐师从中点火，刺激孙文子。孙文子果然大怒，跟宁惠子一起攻打献公，把献公赶到了齐国，齐国把卫献公安置在了聚邑。

随后，孙文子、宁惠子拥立定公的弟弟秋为卫君，这就是殇公。殇公登位后，封孙文子在宿邑。

十二年，宁喜跟孙文子争宠，互相争斗，殇公站在宁喜那一边，让他攻打孙文子。孙文子逃到了晋国，请求晋国护送原来的卫献公回国。晋国早就想得到卫国的土地，于是就诱骗卫国订立了盟约。签约之后，召见卫殇公，趁机逮捕了他和宁喜，并护送卫献公回国。献公在外流亡了十二年后，终于重新回国。

献公一回国，马上就杀掉了宁喜。

三年后，吴国的延陵季子出访，路过卫国，肯定地说："卫国的君子太多了，这个国家决不会有什么大的变故。"经过宿邑的时候，孙文子为他奏乐，他皱眉说："乐曲不快乐，声音太悲伤太凄凉。看来，卫国要出乱子了。"当年，献公去世，儿子襄公继位。

九年，襄公去世，灵公即位。

蒯聩复国

太子蒯聩跟灵公的夫人南子关系很不好，想杀死南子，就在一次上朝时，让手下动手，可是手下没有动手。蒯聩不停地向他使眼色，被夫人察觉到了，非常恐惧，大声喊到："太子要杀我啦！"灵公于是大怒，太子蒯聩知道大事不好，立刻逃到宋国，不久之后又跑到晋国投靠赵氏。

四十二年春天，灵公怨恨太子蒯聩逃亡国外，就对小儿子郢说："我准备立你为太子。"郢回答道："我无才无德，恐怕会耽误这么大一个国家，君父还是另选他人吧！"夏天，灵公去世，夫人准备立郢为太子，命令说："这是灵公的命令！"郢拒绝说："太子蒯聩虽然逃亡了，但是他的儿子辄还在国内，我不敢当太子。"卫国于是就立辄为君，就是出公。

六月，赵简子准备护送蒯聩回卫国。卫国人得知后，出兵阻击蒯聩。蒯聩无法回卫国即位，只好退回宿邑自保。

当初，孔文子娶了太子蒯聩的姐姐，生下了儿子悝。孔家的仆人浑良夫长得很英俊，孔文子去世后，孔悝的母亲就和浑良夫通奸。当时，太子蒯聩住在宿邑，孔悝的母亲派浑良夫去看望太子。太子对浑良夫承诺说："如果你能想办法帮我回国即位，我肯定会重重报答，允许你乘坐大夫的车子，并且免你三种死罪，把

穿紫色、袒裘、带剑从死罪中除去。”不仅如此，太子还答应把孔悝的母亲嫁给他。浑良夫很高兴，就带着太子蒯聩回了卫国，先是藏在孔家的外园里。天黑后，两人穿上妇女的衣服，用头巾蒙了脸，坐在车上，让宦官赶车，到孔家去。

孔家家臣栾宁盘问他们，宦官就撒谎说是姻亲家的妾，得以进入孔院，住到孔悝母亲的住处。吃过饭后，孔悝的母亲手持长矛赶到孔悝住处，太子蒯聩带了五个甲兵，用车载了一头公猪跟随。孔悝的母亲把孔悝逼到墙角，强迫他发誓配合自己，然后劫持他登上高台，召集卫国群臣。当时，栾宁正准备喝酒，下酒的肉还没烤熟，突然有人跑来说发生了叛乱，于是立刻派人通知孔家邑宰仲田。随后，由大夫护驾，驾着马车，一路边喝酒边烤肉，把出公辄送到了鲁国。

孔悝等人拥立太子蒯聩为卫君，就是庄公。庄公蒯聩，是出公的父亲，长期在国外避难，一直怨恨大夫们谁都不去接他回国。现在庄公终于回国即位了，想杀光大臣泄愤，很生气地对大臣们说：“我在国外住了很多年，你们都听说过吧？”群臣听了，觉得自己危在旦夕，就联合起来，准备作乱。庄公一见，只好服软。

三年后，庄公登上城墙，遥望戎州，问左右大臣：“戎虏为什么要建这座城呢？”戎州的戎人听了，很害怕，就向赵简子求援，赵简子于是出兵攻打卫国。十一月，庄公再次出逃，公子斑师被卫国人拥立为君。齐国出兵打败了卫国，抓走了斑师，改立公子起为卫君。

卫君起元年，大臣反叛，起逃到了齐国。卫出公辄从齐国返回，再次即位。出公复位后，立刻重重赏赐随他流亡的手下。出公在位十一年，去世之后，他的叔父黔打败了出公的儿子，夺得了君位，就是悼公。

悼公在位五年，去世后由儿子敬公继位。敬公在位十九年去世，儿子昭公继位。当时，晋国的韩、赵、魏三家非常强盛，相比之下，卫国就像个小侯，从属于赵氏。

成侯十六年，卫国被贬低爵号，称为侯。嗣君五年，再次贬爵号，称为君，地盘只剩下了濮阳。怀君三十一年，到魏国去朝拜，魏国囚禁并杀掉了怀君，随后改立嗣君的弟弟，就是元君。元君是魏国的女婿，所以魏国拥立他。

十四年，秦国占领了魏国的东部地区，把卫君迁到了野王县。

君角九年，秦统一了天下，嬴政登位，成为始皇帝。二十一年，秦二世废掉了君角的爵号，贬为百姓，卫国从此断绝了香火。

第十九章

宋微子世家

中国历史名著文库

微子逃亡

微子启，是殷朝帝乙的长子，纣王的哥哥。纣登位之后，昏庸无能，荒淫无道，政治混乱，微子多次进谏，纣王不听。大臣祖伊看到周西伯推行德政，害怕大祸降临，就去劝谏纣王。纣王却说："我一降生，不就有王命在天吗？西伯能把我怎么样！"

微子看到这种情况，估计纣王至死也不会听从劝告，就想以死解除烦恼，或者离开纣王。犹豫不决，就去问太师、少师，很苦恼地说："殷朝政治不清明，无法真正治理四方百姓。我们的祖先建立了功业，可是纣王沉湎于酒，听信妇人的话，败坏了商汤的盛德。殷朝王室宗亲，现在无论是大是小，都喜欢干抢劫、偷盗等违法乱纪的事，政府官员们也争相仿效。违法乱纪、人心险恶，所以他们根本就无法维持自己的爵禄，也无法教导百姓；百姓们也像他们一样，竞相兴起争斗，互为仇敌。现在殷朝的国典制度已经损失得差不多了！殷朝已经离灭亡不远了！"接着又问："太师、少师，你们说，我是应该远走高飞呢，还是留下来保卫国家免遭灭亡？如果你们不指点我，如果我陷入不仁不义的泥坑，那可怎么办哪？"

太师这样回答微子："王子，上天降重灾给殷朝，而纣王竟然毫不畏惧上天的惩罚，也不听从长老们的劝告。现在的殷朝，连小民百姓都敢亵渎神灵！如果我们真的能使这样一个混乱的国家得到治理，让天下太平，那么即使自己死了，也没什么遗恨的。但是，如果殉死之后，国家还是得不到治理，那倒不如离去。"微子听了，就出国逃亡。

纣王有个亲戚，叫做箕子。纣王刚开始用象牙作筷子时，箕子叹息道："现在想到用象牙作筷子，那以后肯定会制作玉杯；如果要制作玉杯，必然会想得到远方各地的珍奇异宝，供自己使用。

这样下去，在车马宫室等各个方面，就会越来越豪华奢侈，就再也无法振作了。”纣王果然越来越荒淫奢侈，耽于逸乐，箕子进言劝谏，他还是不听。有人劝箕子说：“现在你该离开纣王了，即使留下来，也帮不了他！”箕子无奈地说：“唉，作臣子的，如果因为谏争不听，就要离去，会更加增大君王的过失，而自己却取悦于民心。我不忍心这样做啊！”于是就披头散发，假疯卖傻去当奴隶，从此不再过问政治。有时候，借弹琴来抒发心中悲愤，后世把他流传下来的琴曲记载下来，称做《箕子操》。

王子比干，也是纣王的亲戚。他看到箕子诚心谏争，但无法得到采纳，只好去当奴隶，就感叹说：“君王有过失，如果大臣不拚死谏争，那么百姓可就遭殃了！”于是他找到纣王，直言进谏。纣王大怒道：“据说，圣人的心有七个孔，果真有那么多吗？”随后，就命人杀死比干，剖开他的胸腔，挖出心脏来验证。

微子说：“父子之间，有骨肉亲情；君臣之间，凭道义结合。所以，如果父亲有了过错，子女三次谏争之后，仍然不听，那么就可以随之号哭；做臣子的，如果三次进谏，而君王毫不听从，那么从道义上说，臣子就可以离去了。”于是太师、少师劝微子离去，微子也离开了。

周武王攻打纣王，灭了殷朝。微子带着殷朝的祭器来面见周武王，自己袒露了臂膀，向后捆绑了自己的双手，让左边的随从牵着羊，右边的随从拿着茅，跪行来求告周武王。周武王感慨微子的忠诚，就亲自替他解开绳子，恢复了他原来的爵位。

随后，周武王去访问箕子。一见到箕子，武王就说：“唉！上天安定百姓，让大家和睦相处，但是默不作声，我弄不清楚，上天安定百姓靠的是什么样的常法伦理。您知道吗？”

箕子回答说：

从前，鲧堵塞洪水，打乱了五行的次序，天帝大怒，不让他知道治理国家的大法，常法伦理从此败坏，鲧因此被处死。禹继承了父亲的治水大业。取得了成功。上天于是赐给他九种大法，从此，常法伦理有了次序。

大法有九种。第一叫五行，第二叫五事，第三叫八政，第四

叫五纪，第五叫皇极，第六叫三德，第七叫稽疑，第八叫庶征，第九叫劝导用五福，劝诫用六极。

五行：一是水，二是火，三是木，四是金，五是土。水的本性是滋养万物，向下沉，火的本性是燃烧，向上升；木的本性可曲可直；金属的本性可以延伸变形；土壤可以种植五谷。水是咸味，火是苦味；木是酸味；金是辣味；土是甜味。

五事：一是仪表，二是言语，三是观察，四是倾听，五是思考。仪表神态要庄严恭敬，言语要正确，值得遵从，观察事物要清楚而透彻，倾听意见要明辨是非，思考问题要全面。仪表端庄，心就严肃；言语正确，就值得遵从，国家就可以得到治理；观察事物清楚透彻，就可以辨别真伪；倾听意见，就能辨别是非，处理事务就会恰当；思考问题全面，就会通达。

八政：一是抓农业生产，二是抓商业流通，三是祭祀鬼神，四是掌管土木营建，五是掌管教育，六是搞好治安，七是搞好诸侯朝见的礼仪，八是掌握军队。

五纪：一是年，二是月，三是日，四是星辰，五是历法。

最高准则：君主应该建立准则，施恩给百姓，这样百姓才会拥护这些准则，君主于是就能要求百姓贯彻这些准则。凡是属于你的百姓，如果有谋略、有操守，那么你就要牢牢地记住他，以备录用。凡是正直的人，你就应当赐给他们爵禄，让他们富贵。如果你不给他们以为国效力的机会，他们就可能走上犯罪的道路。

在解决疑难问题的时候，要选择任用精通占卜的人，并建立相关机构，让他们担任官职。对一件事，如果三个人占卜，就以两个兆纹相同的为准。如果你遇到疑难问题，首先要独自思考，不行就跟大臣商量，跟百姓商量，如果还是不行，就用占卜决定。如果你赞成，占卜也赞成，大臣赞成，百姓赞成，那就是大同，那么你肯定会强健，子孙也会兴旺、吉利。如果你赞成，占卜赞成，大臣反对，百姓也反对，也算吉利。如果大臣赞成，占卜赞成，你反对，百姓也反对，这也算吉利。如果百姓赞成，占卜赞成，你反对，大臣也反对，还勉强算是可行。如果只有你自己赞成，其他各项基本反对，那么在境内办事吉利，到境外办事凶险。如果所有方面都反对，那么还是什么都不做才好，只要有所举动就必然凶险。

在天象方面，下雨，天晴，暖和，寒冷，刮风，都应该合乎时令。如果五种气象都齐全，并且按照它们该有的次序发生，那么各种植物就都会茂盛。如果某一种气象太多，就会发生灾难。某一种气象太少，也会发生灾难。如果君王敬天敬地，雨水就会按时滋养万物；如果君王政治清廉，阳光就会按时普照大地；如果君王明智，气候就会温暖得当；如果君王有谋略，就会寒冷适度；如果君王圣明，就会风调雨顺。如果君王行为不检点，甚至有恶行，那么天象也会变得险恶。如果年、月、日的时令都正常，那么百谷就会丰收，政治就会清明，贤人就会得到重用，国家就会太平无事。如果时令颠倒错乱，就会颗粒无收，国家就会混乱，贤人就会被压抑。

五种幸福的事是什么呢？一是长寿，二是富有，三是健康，四是有美德，五是善终。

六种灾祸：一是夭折，二是多病，三是忧愁，四是贫穷，五是丑陋，六是懦弱。

武王听了，觉得豁然开朗，于是就把箕子封在朝鲜，不把他当臣子看待。

后来，箕子朝见周王，路过殷都的废墟，看到宫室毁坏，杂草丛生，内心感到非常伤感，想放声大哭，但又有所顾及，于是作了《麦秀之诗》，借诗歌来抒发内心深处的伤感："麦芒尖尖啊，禾黍绿油油！谁让那个狡诈的孩子，不跟我亲近！"狡诈孩子，指殷纣王。殷朝的遗民听到这首诗，无不为之垂泪。

武王逝世后，成王尚且年幼，所以周公代政。管叔、蔡叔怀疑周公有私心，就联合武庚一起叛乱，攻打成王和周公。周公杀掉了管叔，流放了蔡叔。然后，命令微子启取代武庚供奉殷朝祖先，让他在宋地建国。微子本来就仁义能干，代替了武庚之后，很受殷代遗民的爱戴。

从礼让到“射天”

微子启去世之前，扶立了自己的弟弟衍，这就是微仲。

转眼到了宣公时代。宣公病重，想把君位让给弟弟和，说：“如果父亲死了，那么儿子继位，哥哥死了，那么弟弟即位，这是天下的通义，我要立和为国君。”弟弟推让多次，最后接受了帝位，这就是穆公。

穆公病重，召来大司马孔父，留下遗嘱说：“先君宣公没有把君位传给太子与夷，却传给了我，我一直念念不忘。等我死后，你们一定要立与夷为国君。”孔父道：“可是，群臣都希望能立公子冯。”穆公说：“不能立他！我不能辜负宣公。”于是，穆公把公子冯派到郑国去住。八月，穆公去世，他哥哥宣公的儿子与夷即位，就是殇公。君子们听说这件事之后，都说：“宋宣公可算是知人善任啦！传位给他弟弟，成全了道义，最后自己儿子还能重新享有君位。”

殇公元年，卫国公子州吁杀了自己的国君，自己登位，为了获得诸侯的承认，派使者跟宋国说：“公子冯要是在郑国，肯定有一天会作乱，我国愿意帮你们一起讨伐他。”宋君答应了，与卫国一起攻打郑国，一直打到郑国的东门。

第二年，郑国前来讨伐宋国，来报复东门之战。从此以后，诸侯们多次前来讨伐宋国。

九年。大司马孔父的漂亮妻子外出游玩，半路上碰见了太宰华督，华督喜欢她的美貌，就直钩钩地盯着她看。看了之后还觉得不过瘾，想霸占她，于是就派人到处扬言说：“殇公即位，还不到十年，却打了十一次仗，百姓痛苦不堪，这都是孔父造成的，我要杀掉他来安定百姓。”过了一年，华督果然杀掉了孔父，夺取了他的妻子。殇公大怒，华督就又杀掉了殇公，从郑国迎回穆公的儿子冯，立为国君，就是庄公。

庄公元年，华督当了丞相。十九年，庄公去世，儿子泯公继位。泯公七年，齐桓公即位。九年，宋国水灾，鲁国派臧文仲前来慰问。泯公自责道："唉，都是因为我不会侍奉鬼神，政治上也不够清明，所以才发生水灾。"臧文仲听了这些谦虚的话，非常赞赏。实际上，这些话都是公子鱼教泯公的。

十年夏天，宋国攻打鲁国，鲁国活捉了宋国的南宫万。在宋国的强烈请求下，鲁国放回了南宫万。一年后，泯公和南宫万一起出去打猎，因为下棋发生争执，泯公恼羞成怒，侮辱南宫万说："如果不是我把你当回事，把你从鲁国要回来，那么你今天不过是鲁国的俘虏。"南宫万听了，非常生气，就抓起棋盘，砸死了泯公。大夫仇牧闻讯，带兵攻打南宫万，南宫万反抗，杀掉了仇牧。南宫万一不做二不休，干脆又杀了太宰华督，改立公子游为国君。诸位公子纷纷逃到萧邑，公子御说逃到了亳邑。南宫万的弟弟南宫牛率兵去围攻亳邑。冬天，萧邑的大夫和宋国的各位公子联合起来，一起攻杀南宫万，并杀掉了宋君游，迎立泯公的弟弟御说，这就是桓公。南宫万战败逃亡，到了陈国。宋国拿出重金，贿赂陈国。陈国心动，派妇女用醇酒灌醉了南宫万，用皮革把他包裹起来，交给宋国。宋国把南宫万剁成了肉酱。

桓公二年，各位诸侯联合讨伐宋国，一直打到了国都郊外。三年，齐桓公开始称霸。二十三年，宋桓公从齐国迎来一位卫公子，立他为卫君，就是卫文公。文公的妹妹是宋桓公的夫人。三十年，桓公病重，太子兹甫不准备继位，而是推荐他的庶兄目夷为继位人。桓公虽然觉得太子的想法并不违背道义，但还是没有同意。三十一年春天，桓公去世，太子兹甫继位，就是襄公。襄公登台之后，马上任命他的庶兄目夷为丞相。当时，桓公尚未安葬，正赶上齐桓公在葵丘会合诸侯，所以襄公就赶去赴会。

八年，齐桓公去世，宋襄公想召集各位诸侯会盟。十二年春天，宋襄公跟齐、楚两国在鹿上会盟，请求由楚国出面，邀请更多的诸侯前来会盟，楚国答应了。目夷进谏襄公说："小国与大国争当盟主，后患无穷啊！"襄公不听。秋天，诸侯邀请宋襄公会

盟。目夷预言说："大祸临头啦！君王您的欲望太过了，大国怎么可能容忍你这样干！"果然，楚国扣押了宋襄公，并且起兵讨伐宋国。冬天，诸侯又在亳地会盟，楚国迫于压力，释放了宋襄公。

可是子鱼说："看来，大祸暂时告一段落，还不算完。"十三年夏天，宋国攻打郑国。子鱼说："大祸就在这里了。"秋天，楚国前来攻打宋国，以便援救郑国。宋襄公准备跟楚军开战，子鱼进谏劝止，反对开战，但襄公不听。冬天，宋襄公跟楚成王在泓水拉开阵势，准备交战。当时，楚军还没全部渡河，目夷建议说："楚国人多，我们人少，应该趁他们没有全部过河，抢先发动攻击。"襄公不听。

楚军全部过河之后，正在安排阵势，目夷着急地对襄公说："现在该进攻了！"襄公还是不听，坚持说："等他们排好阵势再打。"楚军终于排好了阵势，宋军于是发动进攻，结果一败涂地，襄公大腿受伤，很严重。宋国人都埋怨襄公，襄公却理直气壮地说："君子不乘人之危，不能攻打没有排好阵势的敌人！"子鱼听了，暗地里说："用兵打仗，就是要取胜，为什么偏偏要墨守庸人的陈词滥调呢！如果非要像你说的那样，那就直接去楚国当奴隶算了，还何必跟他们打仗呢！"

楚成王救了郑国，郑君非常感谢，就盛情款待。楚成王居功自傲，大吃了一番，还娶了郑君的两个女儿，才回国。叔瞻忿忿地说："楚成王如此无礼，肯定不得好死！接受礼宴，还顺便带走公主，这样的人不可能成就霸业。"

这一年，晋公子重耳经过宋国，当时襄公刚刚被楚军打伤，正想得到晋国的援助，所以就恭恭敬敬地厚待重耳，还送给他二十乘马。

十四年夏天，襄公因为受伤，终于病发去世，儿子成公继位。

成公元年，晋文公登位。因为宋襄公对晋文公有恩惠，所以，宋国背叛了和楚国签订的盟约，亲近晋国。四年，楚成王攻打宋国，宋国向晋国求救。晋文公立刻出兵援救，楚军见状撤军。九年，晋文公去世。十一年，楚太子商臣杀了自己的父亲，夺得王位。十六年，秦穆公去世。

十七年，成公去世。成公的弟弟御杀了太子和大司马公孙固夺得了君位。宋国人群起反对并且杀掉了君御，拥立成公的少子杵臼，就是昭公。

昭公暴虐无道，大家都不拥戴他。昭公的弟弟鲍革有才，又能礼贤下士，深得民心。当初，襄公的夫人曾经想跟勾引公子鲍，遭到了公子鲍的拒绝，夫人为了讨好他，就帮他在国内大施恩惠，并借大夫华元的关系，推荐他当了右师。有一次，昭公出去打猎，襄公夫人密令卫伯杀掉了昭公杵臼。于是鲍革即位，就是文公。

文公元年，晋国率领诸侯军队前来讨伐宋国，责问宋国为什么要杀害昭公。但是听说文公已经正式即位，就撤军回国了。第二年，昭公的儿子联合武公、穆公、戴公、庄公、桓公家族的后代一起起兵叛乱，全部被文公杀掉。

四年，楚国唆使郑国去讨伐宋国。宋国任命华元为统帅，出兵抵抗。结果宋军战败，华元被俘。华元在与郑军交战之前，杀羊犒劳士兵，他的车夫没喝着羊汤，心怀怨恨，所以在打仗的时候，就赶着华元的指挥车冲进了郑军阵地，以致宋军战败，华元被俘。宋国拿出了兵车一百乘、良马四百匹，要赎回华元。可是，兵车、良马还没交付完毕，华元就逃回了宋国。

十六年，楚国使臣路过宋国，宋国不忘前仇，把楚国使臣抓了起来。楚庄王于是借机来围攻宋国，围了五个多月，仍然不想解围。宋国城内情况危急，一点粮食都没有了，华元无奈，便趁夜偷偷去见楚将子反，请求子反帮忙求情。子反把华元的话转告给了楚庄王，庄王问："城里形势真的很糟糕？"子反回答："唉，劈人骨头煮饭，交换子女杀着吃！"楚军于心不忍，就解围退兵了。

二十二年，文公去世，儿子共公继位。

华元跟楚将子重关系密切，跟晋将栾书的关系也不错。所以，在共公九年，华元跟楚、晋两国都签订了盟约。十三年，共公去世。当时，华元的官职是右师，鱼石的官职是左师。司马唐山杀了太子肥，又想杀华元，于是华元逃往晋国。鱼石阻止投奔晋国，所以华元到了黄河边之后又返了回来，杀了唐山。随后，两人拥立共公的少子成，就是平公。

平公三年，楚共王占领了宋国的彭城，把它封给了宋国的左师鱼石。一年后，各国诸侯联合在一起杀掉了鱼石，把彭城重新归还给宋国。

四十四年，平公去世，儿子元公佐继位。

元公十年，元公不守信用，使用欺诈手段杀死了诸位公子。大夫华氏、向氏反对这种暴行，于是起兵叛乱。恰好在这个时候，楚平王的太子建前来投奔，见到宋国内乱，只好又离开宋国，逃往郑国。

十五年，鲁昭公在国外流亡，宋元公为了帮助鲁昭公回国，四处奔走，病死在路上。死后，儿子景公继位。

景公十六年，鲁国的阳虎前来投靠，住了不久又离开了。二十五年，孔子路过宋国，宋国的司马跟孔子有仇，想杀掉孔子，孔子只好扮做平民逃离。三十年，曹国背叛了与宋国的盟约，同时还背叛了与晋国的盟约，宋国气不过，出兵讨伐曹国，晋国见状大喜，坐视不救。不久，宋国灭掉并且占领了曹国。

三十七年，火星占据了心宿区，而心宿区正属于宋国的分野。这种天象让景公很担忧。掌管星象的子韦提议到："可以把灾祸转嫁到丞相身上。"景公不干："丞相，好比是我的胳膊和大腿。丢不得啊！"子韦又建议："那么，可以转移给百姓。"景公又不同意："国君依靠的就是老百姓，百姓没了，国君怎么办？"子韦又说："那就转移到年成上吧！"景公说："年成不好，百姓就会贫困，那我依靠谁当国君！"子韦感动，说："上天全知全能，肯定能得知人间小事。你有对得起国君这个地位的三句名言，火星不应该再占据宋国的分野了。"再观察，果然发现火星移出了三度。

六十四年，景公去世。宋公子杀了太子，夺得了君位，就是昭公。当初，景公曾经杀死了昭公的父亲，昭公一直怀恨在心，所以才杀掉太子夺取君位。

几代过去，到了君偃统治宋国的时代。

君偃十一年，自立为王。向东打败了齐国，夺得了五座城邑；向南打败楚国，占领了三百里土地；还向西打败魏国。这样以来，宋国成了齐、楚、魏三国的敌人。

君偃喜欢玩，做了个皮袋，里面装了血，高高悬挂起来，再用箭射击，取个名称叫做"射天"。他贪酒好色，昏庸无道。群臣哪个敢进谏，他就射死谁。诸侯们都说："看来宋国又出了个纣王，不攻打是不行啦！"于是齐湣王带着魏国和楚国一起来讨伐宋国，杀掉了王偃，灭掉了宋国。然后，三国共同瓜分了宋国土地。

第二十一章
晋世家

中国历史名著文库

天赐唐叔虞

晋国的唐叔虞，是周武王的儿子，成王的弟弟。在叔虞出生之前，叔虞的母亲梦见天神对武王说："我让你生个儿子，名字叫做虞，我要把唐地赐给他。"等到儿子出生，果然有"虞"字写在他的手心上，所以就给他起名叫虞。

武王逝世之后，成王继位。唐地出现反叛，周公率军平定了叛乱。成王跟叔虞开玩笑，用桐树叶削成了硅的形状，然后把它送给叔虞，笑着说："就用这个封你吧。"史佚见状，马上请求成王选择吉日，赐封叔虞。成王解释说："我跟他开玩笑呢！"史佚正色道："天子不能随便开玩笑。只要话一出口，史官就必须记载它，礼仪就必须完成它，乐章就应该歌唱它。"于是就把叔虞封在了唐地。唐地在黄河和汾河的东边，纵横一百余里。从此，叔虞被称为唐叔虞，姓姬，字子于。

到了穆侯的时候，穆侯娶了齐国的一个姜姓女子为夫人。生下太子，取名为仇。后来又有了小儿子，取名叫成师。晋国的师服说："真奇怪呀！君王给儿子取名，太子叫仇，仇就是仇敌的意思。小儿子叫成师，是有成就的意思。嫡子、庶子的名字相克，晋国以后肯定会出乱子！"

二十七年，穆侯去世，弟弟殇叔夺位，太子仇出国逃亡。殇叔四年，太子仇率领手下袭击殇叔，夺回了君位，这就是文侯。

三十五年后，文侯去世，儿子昭侯继位。

昭侯元年，把文侯的弟弟成师封在了曲沃。曲沃很大，比晋国国都翼城还要大。成师封到曲沃之后，号称桓叔，让栾宾担任自己的丞相。当时，桓叔已经五十八岁了，德行出众，晋国民众都愿意归顺于他。君子们都说："晋国的乱子肯定会出在曲沃。末枝大于本干，又深得民心，怎么可能不乱呢？"

果然，没过几年，晋国的大臣潘父杀了他的国君昭侯，前来迎接曲沃桓叔。

桓叔想进驻晋国国都，但晋国人发兵来攻打桓叔。桓叔兵败，撤军回到曲沃。晋国人拥立昭侯的儿子平为国君，就是孝侯。孝侯一登位，就杀掉了潘父。

孝侯八年，曲沃桓叔去世，庄伯即位。孝侯十五年，庄伯在翼城杀了自己的国君孝侯。晋国人发兵攻打庄伯，庄伯只好重新回到曲沃。晋国人扶立孝侯的儿子郄为君，就是鄂侯。

鄂侯在位六年去世。曲沃庄伯听说晋鄂侯去世，马上就来讨伐晋国。周平王听说，就派兵来攻打曲沃庄伯，庄伯只好再次退守曲沃。晋国人扶立了鄂侯的儿子光，这就是哀侯。

哀侯二年，曲沃庄伯去世，儿子称继位，就是曲沃武公。哀侯八年，晋国攻打陉廷。陉廷与曲沃武公合谋，在汾水旁打败了

晋国，抓住了哀侯。晋国人于是立哀侯的儿子小子为国君，这就是小子侯。

小子元年，曲沃武公派人杀掉了俘获来的晋哀侯。曲沃的势力越来越大，晋国对它无可奈何。

小子侯四年，曲沃武公诱骗小子侯，杀了他。周桓王派兵攻打武公，武公退回曲沃。晋国人于是扶立晋哀侯的弟弟缗为晋侯。

晋侯二十八年，齐桓公开始称霸。曲沃武公攻打晋侯缗，灭亡了晋国，把晋国的全部珍宝据为己有，然后全都用来贿赂周王。周王高兴，任命武公做晋国国君，封他为诸侯，就这样，晋国的全部土地都归武公所有。

武公在位三十七年，改名号为晋武公。晋武公以前曾在曲沃即位，所以，他在位的时间总共有三十八年。去世之后，儿子献公继位。

骊姬害太子

献公五年，晋国讨伐骊戎，俘虏了骊姬和她的妹妹，两个人都受到献公的宠爱。

八年，有人劝谏献公说：“原来晋国的那一大群公子，人数很多，如果不杀了他们，后患无穷。”于是就派人去诛杀诸位公子，可是，有的公子已经逃亡到虢国。虢国因为诸位公子的缘故，几次来讨伐晋国，但没有打胜。十年，晋国想去攻打虢国，有人说：“先等等，等它发生内乱再说。”

十二年，骊姬生了儿子奚齐。献公喜欢奚齐，就想要废掉太子，于是就找理由说：“曲沃是我祖先宗庙的所在地，蒲邑挨着秦国，屈邑靠近翟族，如果不派各位儿子到那里去镇守，很容易出事。”随后就派太子申生去驻守曲沃，让公子重耳去驻守蒲邑，公子夷吾去驻守屈邑。而献公则带着骊姬的儿子奚齐，驻守在首都

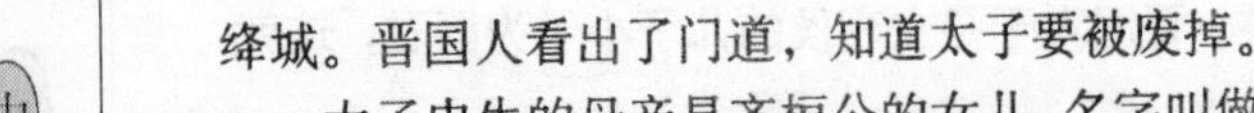

绛城。晋国人看出了门道，知道太子要被废掉。

太子申生的母亲是齐桓公的女儿，名字叫做齐姜，死得早；除了申生，她还有个女儿，做了秦穆公的夫人。重耳的母亲，是翟族狐氏的女子。夷吾的母亲，是重耳母亲的妹妹。献公一共有八个儿子，太子申生、重耳和夷吾都贤能精干，很得父亲赏识。可是，等到献公得到骊姬后，这三个儿子就被疏远了。

十六年，晋献公建立了二军。献公自己率领上军，太子申生率领下军，赵夙驾车，毕万护卫，一起消灭了霍、魏、耿三个小国。回师后，献公给太子修建了曲沃城，把耿地赏赐给赵夙，把魏地赏赐给毕万，还任命他们为大夫。有人劝太子说："您可千万不能要这个位子！把先君的都城分给你，还让你做卿，现在就把禄位提到了人臣的最高点，那你以后怎么继位！您不如赶快逃走，不要等大罪降临。做个吴太伯一样的人，不也不错吗，还落得个好名声。"太子没有听从。

卜偃说："毕万的后代肯定会强大起来。万，是满数；魏，是大名号。还把魏地赐给毕万，等于是让上天开通了他的福祉。天子有兆民，诸侯有万民，现在给他取了个大名，又有个满数，他肯定能拥有民众。"毕万去占卜，询问自己在晋国当官的吉凶，结果是"屯卦"变成"比卦"。辛廖解释卦兆说："吉利。屯卦表示坚固，比卦意味着深入，还有什么比这更吉利的呢！你的后代肯定能繁荣昌盛。"

十七年，晋献公派太子申生去讨伐东山国。大臣里克进谏献公说："太子的职责，是供奉宗庙祭祀，早晚侍奉君王的饮食。君王出行，太子就该留守；如果有专人留守，那么太子就随从君王出行；随从叫做抚军，留守叫做监国，这是古代的制度。如果要统率军队，就必须要能决断，有权力对军队发号施令，这是国君和正卿的职责，不适合太子。统率军队的关键，就是有决定权，如果太子凡事都要向国君请示，那就显得没有威严；而如果独断专行，那就是不孝。所以，太子不能统率军队。您让太子带兵，是个错误的安排；再说，太子没有领兵的威严，怎么能打胜仗呢？"献公说："我有好几个儿子，该立谁为太子呢？"里克没有回答，退了出来。

里克见到太子，太子着急地问：“我是不是要被废掉？”里克回答说：“太子自己勉励自己吧！让你统率军队，怕的是你不能完成任务，为什么要废掉你呢？况且，做儿子的，怕的应该是不孝，不应该总是担心自己不能立为国君。只要你严格要求自己，不责怪他人，就可以避免灾难。”太子于是率军出发，献公亲自给他穿上了左右异色的偏衣。里克借口生病，没跟太子出征。太子只好自己带兵去打东山国。

十九年，献公说：“从前我的先君庄伯、武公平定晋国叛乱的时候，虢国总是帮助晋国反抗我们，还有心窝藏晋国的逃亡公子，对我们国家影响恶劣。如果不讨伐虢国，肯定会给我们的后代子孙留下隐患。”于是就派荀息出使虞裹，献上了屈地出产的名马，向虞国借道。虞君答应了，晋国于是就发兵讨伐虢国，占领了虢

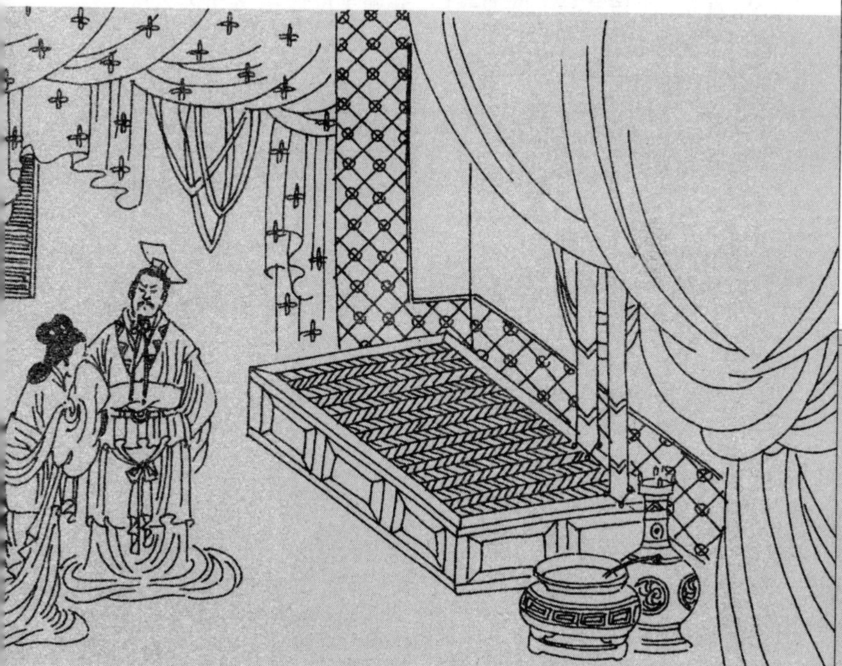

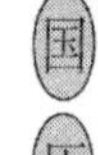

国的下阳。

献公私下里对骊姬说："我准备废掉太子，让奚齐取而代之。"骊姬哭着说："太子的确立，各位诸侯都已经知道了。再说，太子多次率军打仗，百姓都愿意归附他，你怎么能因为我的缘故而废嫡子立庶子呢？如果你非要这样做，妾就自杀！"骊姬假意称赞太子，暗中却叫人谗毁太子，想立自己的儿子奚齐为太子。

二十一年，骊姬骗太子说："君王做梦，梦见了齐姜，你赶快到曲沃齐姜庙去祭祀，然后把祭肉带回来，送给君王。"太子闻言，马上跑到曲沃去祭祀他的母亲齐姜，然后把祭肉带回来给献公。当时献公在外打猎，所以太子就把祭肉放在了宫里。骊姬趁机在祭肉里放了毒药。两天后，献公打猎归来，厨师把祭肉送给献公，献公正准备吃，骊姬从旁百年制止说："祭肉远道而来，应该先试试再吃。"把祭肉放在地上，地面隆起；给狗吃，狗立刻死去；给小宦官吃，小宦官马上倒地身亡。骊姬哭泣道："太子怎么这么残忍！怎么忍心这样做！连自己的亲生父亲都想杀死，何况其他人呢？再说，君王年纪已经老了，活不了多久，可他，竟然等不及，要马上杀死你！"接着又对献公说："太子之所以这样做，肯定是因为我和奚齐。我们母子俩愿意躲到别的国家去，或者干脆自杀算了，免得白白地被太子残杀。当初君王想废掉太子，我还觉得不妥，现在我才发现自己完全错了。"太子听说这件事后，立刻逃到新城保命。献公大怒，杀了太子的师傅。有人劝太子说："放毒药的是骊姬，您为什么不去说明真相呢？"太子回答说："我父王年纪大了，如果没有骊姬，就会睡不安、吃不下。如果我解释清楚，父王肯定会对骊姬感到伤心，所以我不能这样做。"有人给太子出主意说："那就逃到别的国家去吧！"太子回答："唉，带着这种恶名出逃，谁还敢收留我？自杀算了。"十二月，太子申生在新城自杀。

这个时候，重耳、夷吾来拜见献公。有人通知骊姬："两位公子前来，是因为怨恨你进谗言害死太子。"骊姬很害怕，于是又谗毁两位公子说："太子申生往祭肉里放毒，两位公子都知道，但不愿意告诉你。"两位公子听说了，都很害怕，重耳逃往蒲邑，夷吾逃往屈邑，各据城邑防守。从前，献公派人替两位公子修建蒲城和屈城的城墙，总也修不完。夷吾很不高兴，就向献公反映，献公怒责大臣，大臣谢罪说："边境城邑没什么盗寇，建城墙有什么用呢？"说完，就辞职离开了，还唱道："一个国家，三个主人翁，我究竟听谁的呀！"最后，献公派了其他人，还是修完了城墙。太子申生死后，两位公子都出了事，于是就跑回来据守城邑。

两位公子不辞而别，献公很气愤，认为他们真的有谋反意图，就出兵讨伐蒲邑。蒲邑宦官督促重耳自杀谢罪，但重耳不愿，越墙而逃，宦官穷追不舍，还抽刀砍断了他的衣袖。后来，重耳逃到了翟国。献公还派人讨伐屈邑，屈邑坚守，攻不下来。

晋秦之争

晋国为了讨伐虢国，再次向虞国借道。

虞国的大夫宫之奇劝虞公说："不能借道给晋国，否则他们以后肯定会灭亡我们虞国。"

虞君说："晋国跟我是同姓，应该不会讨伐我。"

宫之奇说："太伯、虞仲，都是大王的儿子，太伯逃走，所以没有继承君位。虢仲、虢叔，都是王季的儿子，也都是文王的大臣，他们功勋卓著，在朝廷的府库里记载得清清楚楚。虢国是功臣的国家，可是晋国偏偏要灭亡它，这样的晋国，怎么可能爱惜虞国呢？况且，我们虞国跟晋国的关系，能比桓叔、庄伯的亲族更密切吗？桓叔、庄伯的家族究竟犯了什么罪？可是献公把他们全都灭掉了。虞国和虢国，就好像嘴唇和牙齿的关系，唇亡齿寒啊！"

虞公还是不听，答应了晋国。宫之奇于是带领自己的家族离开了虞国。这年冬天，晋国灭了虢国，虢公逃亡到了周京。晋军撤军回国时，顺便袭击虞国，俘虏了虞公，还有大夫井伯和百里

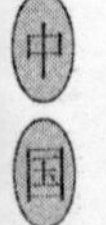

奚，献公把他们作为女儿的陪嫁人，当时他的女儿正要嫁给秦穆公。荀息牵回了以前贿赂虞公用的名马，又奉还给献公，献公笑着说：“马还是我的马，就是年龄比送出去的时候大了点！”

二十三年，献公派兵讨伐屈邑，屈邑失守。夷吾想逃往翟国，冀芮说：“去不得！重耳已经在那里了，如果你再去，晋国一定出兵攻打翟国，翟国害怕晋国，必然要把你献出来免灾，你不如逃到梁国去。梁国紧挨着秦国，秦国强大，晋国会有顾忌。等以后我们的君王死了，你可以请秦国帮你回国。”于是就逃往梁国。二十五年，晋国出兵攻打翟国，翟国由于重耳的缘故，也在啮桑攻打晋国，晋兵一时无法取胜，只好撤军离去。

当时，晋国强大，西边拥有河西，与秦国接壤，北边跟翟国接壤，东边直到河内地区。

二十六年夏天，齐桓公在葵丘会合诸侯。当时晋献公恰好生病，所以去迟了，还没到达葵丘，遇上了周王室的宰孔。宰孔对他说：“齐桓公越来越骄横傲慢，不致力于修行德政，却总是到处侵略，诸侯们都深感不平。您还是不去的好，他不敢把晋国怎么样。”献公的确有病，所以就打道回府了。

献公的病越来越重，就对荀息说：“我想让奚齐继承我的位置。他现在还小，诸位大臣可能不会服从，弄不好会发生内乱，你愿意拥立他吗？”荀息说：“我会尽力。”于是献公就把奚齐托付给了荀息。荀息当时担任丞相，主持国家大政。

秋天，献公去世。里克、邳郑想迎接重耳回国继位，就让三个公子的手下作乱，还警告荀息说：“三个公子都要起事，外面有秦国的帮助，国内有晋国人帮忙，你怎么应付？”荀息坚决地说：“不管怎么样，我都不能辜负先君。”过了几天，里克在守丧的地方杀掉了奚齐，当时，献公还没有埋葬。荀息悲愤之极，想自杀，有人劝告说，既然奚齐死了，那还可以拥立奚齐的弟弟悼子，荀息想想也对，就拥立悼子为晋国国君，埋葬了献公。可是，一个月后，里克在朝中又杀掉了悼子，荀息无奈，只好自杀。

里克等人杀了奚齐和悼子之后，派人到翟国去迎接公子重耳，想立他为君。重耳谢绝说：“我辜负了父亲，逃亡在外，现在父亲死了，我没有尽到做儿子的礼仪，没有机会去守丧送葬，还怎敢回国即位！各位还是改立别的公子吧！”使者回来把这些话告诉了里克，里克于是就派使者到梁国，去迎接夷吾。夷吾想回去，大臣说：“现在国内还有可以继位的公子，可是里克等人却非要到国外来找人，实在是让人怀疑。您如果不借助秦国的力量，贸然回国，恐怕会很危险。”于是夷吾就用厚礼贿赂秦国，承诺说：“如果我能回国即位，那么我愿意把晋国黄河西岸的土地划出来，割给秦国。”又给里克写信说：“如果我真的能即位，那我可以把汾阳城封给你。”就这样，秦穆公发兵护送夷吾回国。这时候，齐桓公听说晋国内乱，也率领诸侯赶往晋国。秦国军队和夷吾到了晋国，齐桓公就派人与秦军会合，一起送夷吾回国，立他为晋国国君，就是惠公。

惠公夷吾登位后，派邳郑去答谢秦国说：“当初，我夷吾把黄河西岸的土地许给了秦国，现在我回国即位了，大臣们却说：‘土地是先君的土地，您在外流亡了那么多年，凭什么擅自许给秦国呢？’我虽然据理力争，但还是得不到大臣们的理解和支持，所以只好向秦国道歉。”另外，也没有如约封给里克汾阳城，反而夺了他的权。

惠公担心在外流亡的重耳，又害怕里克发动政变，就赐里克自杀，对他说：“要是没有你里克，我就不可能即位。但是，你毕竟杀了两个国君和一个大夫，我作为你的国君，是不是左右为难？”里克回答：“要是我不杀别人，你怎么可能兴起？想杀我，怎么不找个好听一点的借口？竟然说出这种理由！我知道你的意思了。”于是拔剑自杀。当时，邳郑正在出使秦国，答谢秦王，还没回来，所以没有遇难。

晋惠公遵照礼仪改葬太子申生。秋天，狐突到曲沃办事，遇见了申生的灵魂，申生告诉狐突说：“夷吾不讲道理，我准备请求天帝，让秦国吞并晋国，以后秦国会祭祀我的。”狐突回答：“我听说，神不能享用自己宗族以外的祭祀，如果你真的要那样做，你的祭祀岂不是要从此断绝？你得认真考虑考虑，不要轻举妄动。”申生说：“你说的有道理，我准备重新请求天帝。十天以后，新城

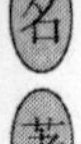

西侧将有个巫师出现，他会显现我的灵魂。到时候你要去看我。”狐突答应，申生就不见了。十天后，狐突按期前往，又见到申生，申生告诉他说：“天帝答应要惩罚罪人，他会在韩原战败。”后来，这件事流传到了民间，民间童谣说：“太子申生改葬了，再过十几年，晋国也不会昌盛，要昌盛，必须等到他哥哥的时候。”

邳郑正在秦国出使的时候，听说里克被杀，就对秦穆公说：“晋君确实不肯把河西让给秦国。但是，如果秦国能拿出重金，去贿赂晋国的大臣，跟他们合谋，赶走晋君，再护送重耳回国，那么这事肯定能成功。”秦穆公觉得邳郑说得有理，就派人跟他一起回晋国报告，用重金贿赂晋国的三个重臣。三人商量说：“这么多财宝金钱，话说得这么甜蜜，一定是邳郑把我们出卖给秦国了。”于是三人杀了邳郑，连带杀掉了里克和邳郑的手下七舆大夫。邳郑的儿子邳豹逃走，投奔秦国，请求秦国攻打晋国，秦穆公没有

答应。

惠公即位后，违背了割给秦国土地的诺言，取消了封赏里克城邑的承诺，相反还夺了他的大权，不久之后又诛杀了七舆大夫，所以晋国人都不愿归附他。

二年，周室派召公拜访惠公，惠公傲慢无礼。

四年，晋国发生严重的饥荒，向秦国求购粮食。秦穆公向百里奚征求意见，百里奚说："天灾饥荒，是每个国家都难以避免的事，所以，国家之间互相救济，是谁都应该遵循的正道，卖给它吧！"邳郑的儿子邳豹则说："趁机讨伐它！"秦穆公说："它的国君有错，可是百姓没罪啊！"于是就卖给了晋国很多粮食。

一年后，秦国也发生了严重的饥荒，于是向晋国请求购买粮食。晋君跟群臣们商量怎么办。大臣庆郑说："君王您是靠秦国即位的，可是即位不久，您就违背了割地的诺言。去年，我们陷入饥荒，秦国把粮食卖给了我们。现在他们也闹饥荒，请求购买我们的粮食，当然应该卖给它，难道这还有什么疑问吗？商量什么呀！"可是大臣虢射有另外一种说法："去年，上天把我们晋国赐给了秦国，可是秦国不知道珍惜这个机会，反而卖给我们粮食。今年上天又把秦国赐给晋国了，我们怎么可以违背天意呢？还是应该趁机讨伐它！"惠公采纳了虢射的主张，不但不卖粮食给秦国，反而发兵去攻打秦国。秦国非常愤怒，也出兵攻打晋国。

秦穆公亲自率军，打到了晋国国内。晋惠公慌了，问庆郑："秦国军队已经深入国境啦，这可如何是好呀？"庆郑愤愤地回答说："想当初，秦国护送君王您回国即位，可是您违背了誓言；我们晋国闹饥荒，秦国送粮来救助我们；可是秦国闹饥荒，我们却以怨报德，竟然趁秦国的饥荒出兵讨伐。现在他们深入国境，这不是理所当然的吗！"晋君无奈，亲自出兵迎战，想找个为自己赶车与护卫的人，但想来想去不知道谁合适，就去占卜，结果是庆郑最合适。可是惠公心里觉得别扭，说："庆郑一点都不听话，不用他。"于是就让步阳赶车，家仆做护卫，出兵前行。

九月，秦穆公、晋惠公在韩原交战。晋惠公的马很重，蹄子陷在泥里，怎么也拔不出来，眼看着秦兵就追上来了。惠公着急，

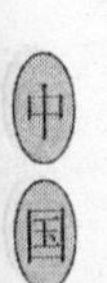

召呼庆郑赶车。庆郑生气地说："不按照占卜的去做，活该！"然后就离去了。惠公改用梁繇靡赶车，让虢射护卫，包围了秦穆公。穆公的手下冒死打败晋军，晋军溃散，秦穆公逃走。很快，秦军反扑，俘虏了晋惠公，押回秦国。

秦国准备杀死晋惠公，用他来祭祀上帝。晋惠公的姐姐是秦穆公的夫人，她听说弟弟要被祭天，就穿上丧服，来到丈夫面前痛哭流涕。秦穆公心疼夫人，于是就跟晋惠公订立了盟约，答应放他回国。晋惠公派吕省等人先行回国，转告晋国人说："我这次虽然能够活着回去，但已经没有脸面重见社稷了，你们可以选个吉日，让子圉继位。"晋国人闻言，都哭了。秦穆公问吕省："依你看，晋国今后能安宁和睦吗？"吕省回答："不会安宁和睦的。百姓都害怕失去国君，害怕引起内乱，都说：'一定要报仇，宁肯服侍戎狄，也不能屈服于秦国。'而有些人则真正爱护惠公，知道对不起秦国，所以他们说：'一定要找机会报答秦国的恩德。'因为有这样不同的两种主张，所以不会和睦，难以安宁。"秦穆公听后，就给晋惠公更换了住处，并馈赠牛、羊、猪各七头，作为礼食。十一月，放晋惠公回国。惠公回国后，马上杀掉了庆郑，调整国政，并与大臣谋划说："重耳现在流亡在外，很多诸侯都想送他回国，以此谋利。"于是惠公安排了此刻，准备到狄国去杀死重耳。重耳听到了这个消息，逃往齐国。

八年，晋国派太子圉到秦国做人质。当初，惠公曾经在梁国流亡，梁伯把自己的女儿嫁给他，生了一男一女。梁伯占卜他们的前途，说男孩将要做别人的臣仆，女孩将要给人做妾，所以就给男孩取名叫做圉，女孩取名叫做妾。

十年，秦国灭了梁国。梁伯喜欢土木建筑，总是修筑城墙壕沟，弄得百姓疲惫不堪，怨声载道，于是百姓们多次互相惊扰，总是造谣说："不好啦，秦国人打过来啦！"弄得大家惶恐不安，于是秦国乘机灭了梁国。

十三年，晋惠公生病。晋惠公在国内有好几个儿子。太子圉说，"我母亲家在梁国，如今梁国已经被秦国灭掉，秦国肯定看不起我，不可能帮我；在国内呢，更是没人愿意援助我。如果国君病重不起，大夫们肯定会轻视我，改立其他公子。”于是就跟妻子商量，准备一起逃回晋国。秦女说：“你是晋国的太子，被困在这里。秦国之所以让我这个婢女来伺候你，是为了稳定你的心。你现在要走，我不便跟随，但也不敢泄露出去。”太子圉于是逃回了晋国。第二年，惠公去世，太子圉继位，就是怀公。

太子圉逃回晋国之后，秦国非常生气，就找到了公子重耳，准备护送他回国争夺王位。太子圉继位后，怕秦国来打，就通告所有跟随重耳流亡的人，限令他们回国，如果预期不归，就杀掉他的全家。大臣狐突有两个儿子，一个叫做狐毛，一个叫做狐偃，都在秦国跟随重耳，现在晋君下令了，但是狐突还是不肯召儿子们回国。怀公大怒，把狐突抓了起来。狐突辩解道：“臣的儿子侍奉重耳，已经很多年了，现在让他们扔下他们的主人不管，就是教他们反叛啊，我实在是没有什么理由说服他们。”怀公于是就杀了狐突。

秦穆公出兵护送重耳回国，派人做内应，在高梁杀了怀公。重耳即位，就是文公。

晋公子重耳

晋文公重耳，是晋献公的儿子。他从小就善于结交朋友，十七岁时，就已经有了五位贤人：赵衰；狐偃咎犯，是文公的舅舅；贾佗；先轸；魏武子。献公还是太子的时候，重耳就已经成人了。献公即位时，重耳二十一岁。献公十三年，骊姬挑拨父子关系，重耳被贬到蒲邑去首边，防备秦国。献公二十一年，献公杀死了太子申生，骊姬再次谗毁重耳，重耳很害怕，没有向献公告辞，就逃往蒲城驻守。献公二十二年，献公派宦官前往蒲城，去刺杀重耳。重耳跳墙逃跑，宦官紧追不舍，砍断了他的衣袖。重耳就这样逃到了狄国，狄国是他母亲祖国。当时，重耳已经四十三岁了，由上面所说的五位贤士随从，另外随从的，还有几十个人。

狄国攻打咎如，抓到了两位美女。长女嫁给了重耳，次女嫁给赵衰，生下了赵盾。重耳在狄国住了五年之后，晋献公去世，大臣里克杀了奚齐、悼子，派人来迎接重耳，想立他为晋君。重耳害怕招来杀身之祸，所以断然谢绝，不敢回国即位。不久，晋国迎立了他的弟弟夷吾，这就是惠公。惠公七年，担心重耳是个隐患，就派宦官和刺客来消灭重耳。重耳得知这个消息，就跟赵衰等人商量说："我逃到狄国，并不是觉得狄国有能力帮我继位，只不过因为它离晋国最近，所以暂且来这里歇脚。现在，歇了这么久，应该迁到大国去。齐桓公爱做善事，有志于称霸，所以推行王道，收留各地逃亡诸侯。据说，现在管仲和隰朋已经去世，齐桓公正想找个贤人来辅佐自己，我们为什么不去投靠他呢？"于是就启程，前往齐国。临行前，重耳对他妻子说："等我啊，如果我二十五年还不回来，你就改嫁。"妻子说："二十五年后，恐怕连我坟上的柏树都长大成材啦！不过，我还是愿意等你。"重耳于是离开了生活十二年的狄国。

经过卫国的时候，卫文公对他们很不礼貌，于是愤然离去。经过五鹿，饥饿难当，向乡下百姓乞讨食物，乡下百姓把土块放在器皿里送给他。重耳大怒。赵衰劝说到："土块，预示着你将要拥有土地，你应该跪拜接受它才对！"

到了齐国，齐桓公以厚礼相待，把宗室的女儿嫁给重耳，还送他骏马二十乘。重耳对这种生活很满意。两年过去了，齐桓公去世，竖刀等人发动内乱，齐孝公即位，诸侯多次率军前来攻打齐国。重耳在齐国住了五年，而且因为宠爱齐女，没有回国即位的意思。赵衰、咎犯很失望，就在桑树底下谋划回国大计。齐女的侍者当时正在桑树上，偷听到了他们的话，就转告给她的主人。主人杀了侍者，然后劝重耳赶快离开齐国。重耳说："人生一世，为的就是平安快乐，有什么事情比这还重要！我就是要老死在齐国，绝不离去。"齐女说："你贵为一国公子，穷途末路才来到这里，那么多贤士把身家性命寄托在你身上。可是你呢，不赶快回国，报答劳苦的贤臣，却留恋女色，我为你羞愧。况且，不谋求回国，何时才能成功？”但重耳还是不听。于是齐女和赵衰等谋划，灌醉了重耳，用车拉着他离开了齐国。走了很远之后，重耳酒醒，大怒，举刀要杀咎犯。咎犯说：“如果杀了我，就能成全你，那我狐偃咎犯就心满意足啦！”重耳怒道：“如果大事不成，我就吃舅舅你的肉。”咎犯说：“如果大事不成，我的肉就会有腥臊味，怎么能吃呢！”重耳无奈，只好罢休。于是继续前行。

经过曹国，曹共公无礼，想看重耳连在一起的肋骨。曹国大夫釐负羁说：“晋国公子贤德有才，又是同姓，走投无路才经过我国，为什么不能以礼相待呢？”共公不听劝告。釐负羁偷偷给重耳送去食物，还在食物下放了块璧玉。重耳接受了食物，退还了璧玉。

离开曹国，又路过宋国。当时，宋襄公刚刚对楚国用兵，受挫负伤，听说重耳贤能，就用接待国君的礼节来迎接重耳。宋国

的司马公孙固和咎犯关系很好，说："宋是小国，最近被楚国伤得不轻，没有足够的力量护送你们回国，你们还是到大国去吧！"

于是又路过郑国，郑文公不以礼相待。郑叔瞻劝谏他说："晋国公子贤能无比，他的那些随从，个个都是做丞相的材料。再说，我们又是同姓，郑国的祖先是周厉王，晋国的祖先是周武王。我们应该善待他才对。"郑君回答说："诸侯国流亡在外的公子，经过这里的不知道有多少个，怎么可能全部以礼相待呢？"叔瞻说："如果您实在不能以礼相待，那倒不如把他杀了，以免他将来成为我们的大患。"郑君还是不听。

到了楚国，楚成王用接待诸侯的礼节接待重耳，重耳推辞，不敢领受。赵衰说："你流亡在外十多年，连小国都不把你当回事，何况是大国呢？楚国是大国，如果他们一定要以礼相待，你就不要推让了，看来这是上天要你崛起。"于是，重耳就用客礼会见成王，非常谦恭。成王问："如果你回国即位，想用什么报答我呢？"重耳回答："珍禽异兽，玉器丝绸，对您来说，都是多余，我实在不知道拿什么来报答您。"成王坚持问："话是这么说，但是，你总该用什么来报答我吧？"重耳最后回答说："如果非要报答的话，万一以后与君王您在平原湖泽地带兵戎相见，我愿意避让君王九十里。"

楚将子玉听了，大怒道："我们君王厚待晋国公子，礼仪如此隆重，可是重耳却出言不逊，应该杀了他！"成王劝止说："晋国公子贤能，而且在外面困了这么久，随从他的人，个个都是治国的栋梁之才，这是上天的安排啊！杀不得。再说，他不这么说，你让他怎么说？"

重耳在楚国住了好几个月。当时，晋国太子圉刚刚从秦国逃走，秦国很生气，听说重耳在楚国，就召他到秦国去。楚成王说："楚国离你们晋国太遥远了，中间要路过好几个国家。而秦国跟晋国接壤，秦国国君也贤明，你去吧！"随后，楚成王送了重耳很多礼物财宝，让重耳去了秦国。

秦穆公把宗室的五个女儿嫁给他，其中包括原来公子圉的妻子。重耳本不想接受，但司空季子说："连他公子圉的国家，你都要收归己有，何况是他的妻子呀！再说，接受了就可以跟秦国结亲，你求他送你回国也方便，你又何必拘泥于这种小的礼节呢？可不要忘了你所受的大耻辱呀！”重耳觉得有道理，于是就接受下来。秦穆公十分高兴，请重耳宴饮。赵衰在旁边朗读《黍苗》诗，秦穆公边听边说：“不用读了，我知道你们想赶快回国。”赵衰和重耳闻言，马上离开座位，再拜说：“孤臣仰仗君王，就像百谷盼望及时雨一样。”

当时是晋惠公十四年秋天。惠公九月去世后，太子圉继位。十一月，安葬了惠公。十二月，晋国大夫栾枝等人听说重耳在秦国，都偷偷来劝重耳回国，说愿意做内应的人很多。秦穆公于是就出兵护送重耳回国。晋国听说秦兵来了，就出兵抵抗。但是，晋军官兵都知道是公子重耳要回来了，很高兴，并不真的想抵抗。真正不欢迎重耳的，只有惠公的旧臣吕甥、郤芮等人。就这样，重耳在流亡了十九年之后，终于回到了晋国，这时他已经六十二岁了。晋国人欣赏他的德行，都愿意归附于他。

晋文公元年春天，秦兵护送重耳到了黄河岸边。咎犯说：“我跟随君王您东奔西走，犯下的过错实在太多了，我自己心里都知道，何况君王您呢？您会记得我的那些过失的，所以我请求离去。”重耳劝到：“我重耳回国之后，如果有不跟您同心同德的地方，那么请河神惩罚我！”说完，就把璧玉投到河里，来和咎犯盟誓。大臣介子推在旁边看了，暗笑着说：“上天开恩，所以公子兴盛。可是咎犯呢，把公子的兴盛当成了自己的功劳，跟君王讨价还价，真可耻呀！我不愿和他共事。”于是悄悄隐蔽起来，走掉了。

二月，重耳即位为晋君，这就是文公。群臣都到曲沃朝见。怀公圉奔到了高梁，不久，文公派人杀死了怀公。

怀公以前的大臣吕省等人一直反对文公，现在文公即位了，他们害怕被杀，就计划焚烧宫廷，杀死文公。这时候，从前曾经想杀害文公的宦官得知了他们的阴谋，想通知文公，以便解脱以前的罪过，所以去求见文公。文公拒绝接见，还派人责备道：“在蒲城的时候，你砍断我的衣袖。后来，我跟着狄君打猎，你替惠

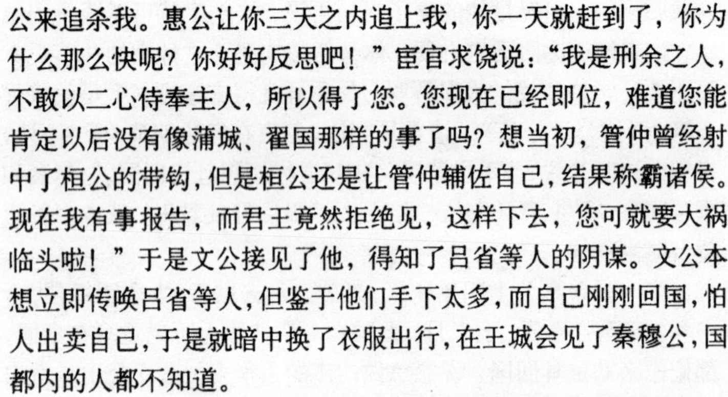

公来追杀我。惠公让你三天之内追上我，你一天就赶到了，你为什么那么快呢？你好好反思吧！”宦官求饶说：“我是刑余之人，不敢以二心侍奉主人，所以得了您。您现在已经即位，难道您能肯定以后没有像蒲城、翟国那样的事了吗？想当初，管仲曾经射中了桓公的带钩，但是桓公还是让管仲辅佐自己，结果称霸诸侯。现在我有事报告，而君王竟然拒绝见，这样下去，您可就要大祸临头啦！”于是文公接见了他，得知了吕省等人的阴谋。文公本想立即传唤吕省等人，但鉴于他们手下太多，而自己刚刚回国，怕人出卖自己，于是就暗中换了衣服出行，在王城会见了秦穆公，国都内的人都不知道。

三月，吕省等人果然反叛，焚烧了宫室，却怎么也找不到文公，只有文公的卫士奋力抵抗，吕省等人觉得大事不妙，想率兵逃走。这时候，秦穆公引诱他们，在黄河边上杀死了他们，晋国恢复了平静，文公这才返回。夏天，文公派人到秦国迎接夫人，秦国嫁给文公的妻子终于成了夫人。秦国赠送了三千士兵，作为文公的卫队，用以防备叛乱。

文公整顿政治，对百姓广施恩惠。犒劳随他流亡的功臣，功劳大的封给城邑，功劳小的封给爵位。隐居起来的介子推不求俸禄，所以也就没有给他俸禄。但是介子推却很不高兴，发牢骚说：“献公有九个儿子，现在只有文公还在。惠公和怀公没有什么亲信，无论是在国内，还是在国外，大家都抛弃了他们；上天不让晋国灭亡，那是因为能主宰晋国的人还在，能主持晋国祭祀的，除了文公，还能有谁呢？实在是上天开导，使文公兴盛，可是，跟随文公的两三个人，都自以为是自己的功劳，这岂不是很滑稽？偷盗别人的财物，还说他是个盗贼，何况是贪上天之功以为己功呢？做臣的，全心掩饰罪过，做君王的，却赏赐他们的奸诈，上下互相蒙骗，我实在是没办法跟这些人共处了！”介子推的母亲劝介子推说：“你为什么不也去要求赏赐呢，你用死来怨恨谁呢？”介子推说：“如果明知错误，却还去仿效他们，那么罪过就更大呀！再说，既然已经说出了怨恨的话，就绝不会再享受他的俸禄。”后来，介子推和母亲一起隐居起来，母子二人到死再没有出现。

介子推的随从可怜他，于是在宫门上悬挂了一张条幅，上写：“龙要上天，五条蛇辅佐。龙已上天，四条蛇各得其所；一条蛇独受冷落，不是它的过错。”文公出宫，看见了条幅，叹气道：“这肯定是介子推！我这几天一直在忧虑王室的事，还没来得及考虑他的功劳呢。”派人去找他，但已经走远了。找遍他可能去的地方，都没有找到，后来，听说他进了绵上山中。于是，文公把绵上山周围的土地都封给他，作为封地，取名为介山，并说，要“以此记载我的过失，表彰善人”。

随从重耳流亡的小臣壶叔说：“君王您三次行赏，都没有我的份，请问我犯了什么错？”文公回答：“凡是用仁义来引导我，用道德来规范我的，都应该受到上等赏赐。凡是用善行来辅佐我，使我成就大业的，都应该受到次等赏赐。凡是冲锋陷阵，建立汗马功劳的，都应该受再次等的赏赐。如果只能靠力气侍奉我，却无法补救我的过失，那么只能受到更次等的赏赐。所以，三次赏赐以后，才能轮到你。”晋国人听到文公的话，都很感欣慰。

文公称霸

文公二年春天，秦军驻扎在黄河岸边，准备送周襄王回周京。赵衰对文公说：“要想称霸诸侯，没有比送周王回京更重要的了。我们晋国跟周室同姓，如果我们不抢先护送周王回京，落在了秦国的后边，那就没有资格向诸侯发号施令。尊崇周王，是我们晋国称霸的资本。”晋国于是马上发兵，护送周襄王回京。不久，又帮助周襄王杀了反叛襄王的弟弟带。周襄王感激，把河内的阳樊地区赏给了晋国。

四年，楚成王带领诸侯攻打宋国，宋国的公孙固到晋国求援。先轸说：“报答当初赠马的恩惠，建立霸业，就看今天了。”狐偃

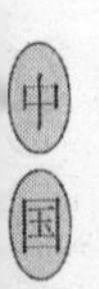

说："楚国最近跟曹国结盟，又与卫国通婚，如果我们攻打曹国和卫国，楚国肯定会去救援，那么宋国就可以解围。"于是晋国建立三军，前往讨伐。冬天十二月，晋军首先攻克崤山以东地区，把原邑封给了赵衰。

第二年，晋文公准备讨伐曹国，向卫国借道，卫国不许。于是就先袭击曹国，然后攻打卫国，攻占了卫国的五鹿地区。卫侯请求和解，晋国人不答应；卫侯又想跟楚国结盟，可是卫国民众不愿意，还把卫侯赶走，以此博取晋侯的欢心。卫侯逃到了襄牛，让公子买戍守卫国。楚国出兵来援救卫国，可是没有取胜。

晋侯又发兵去围攻曹国，攻入了曹国都城，数落曹君不听从釐负羁的话。文公下令晋军，谁也不许骚扰釐负羁宗族的住地，以此报答当年的恩德。这个时候，楚军围攻宋国，宋国再次向晋国告急。晋文公想去援救，但这样的话，就必须得攻打楚国，而楚国曾经有恩于文公，所以文公并不想跟楚国开战；但又不能放下宋国不管，因为宋国也曾有恩于文公。文公左右为难。先轸出主意说："把曹伯抓起来，把曹国和卫国的土地分给宋国，这样一来，楚国急于救援曹卫两国，必定会解除对宋国的包围。"文公采纳，楚成王果然撤军回国。

楚将子玉对楚王说："君王您对晋侯不错，可是他却不够意思。他知道楚国肯定不会放下曹国、卫国不管，肯定要去援救，所以故意讨伐曹卫两国，这是轻视君王您呀！"楚王说："晋侯流亡在外十九年，过了很久的苦日子。他尝尽了人间的艰难险阻，能够返回国家，能调动他的民众，这是上天的意思啊，不可抵挡。"子玉坚持请求，让楚王派给他一些军队，去试着攻击晋国。楚王无奈，只好拨给他少量军队。子玉得到军队，马上派宛春去告诉晋侯："请您让卫侯恢复君位，再保住曹国。如果你们能做到，那我们楚国就不再围攻宋国。"咎犯说："子玉太无礼了，不要答应他。"先轸说："让老百姓安安定定地过日子，是合乎情理和礼仪的行为。楚国现在发话，准备要安定三个国家，而我们却要灭亡它们，这是我们无礼。如果不答应楚国的要求，就等于是放弃了宋国。不如先私下答应恢复曹国、卫国，引诱他们，再扣留宛春来激怒楚国，等打起来以后再想好办法。”

晋侯于是就把宛春囚禁在卫国，私下答应可以恢复曹国、卫国。曹国和卫国闻言，立刻宣告跟楚国断绝关系。楚将子玉大怒，率军攻打晋军，文公率领晋军后退。晋军官吏问文公：“还没交战，为什么要后退？”文公回答：“以前我在楚国流亡的时候，曾经答应要退让九十里，这种话能白说吗？”楚军也想撤退，但子玉不肯。

四月，宋公、齐将、秦将和晋侯全部进驻城濮，与楚军对阵，楚军战败，子玉收集残兵败将而去。

当初，郑国曾经帮助楚国，现在楚国战败逃走了，郑国很害怕，就派人来请求跟晋国结盟。晋侯答应了，跟郑伯签订了盟约。

五月，晋侯把楚军战俘进献给了周王，有披甲的驷马一百乘，步兵一千人。周王派王子虎宣布赐晋侯为霸主，还赐给他大车，红色弓一副，红色箭一百支，黑色弓十副，黑色箭一千支，黑黍香酒一坛，大量玉器，以及三百名勇士。晋侯推辞几次，然后叩头接受了礼物。周王作了《晋文侯命》：“你听从道义，使诸侯和睦，显扬了文王、武王的功业。文王、武王能够修养美德，感动了上天，使道德在百姓中广泛传播，所以上天把帝王的职位交给文王、武王，恩泽流传于子孙。你要关怀我，帮我继承祖上的大业，永保王位。”

从此，晋文公称霸。

晋军焚烧楚军阵地，大火连烧了很多天。文公见状，只是不停地摇头叹息，左右随从问道：“战胜了楚军，君王还忧虑什么呢？”文公说：“战胜敌人而能心情安定的，只有圣人。我不是圣人，总是提心吊胆。再说，楚将子玉还在，我怎么能高兴起来？”当时，子玉已经战败，刚刚返回楚国，楚成王责备子玉，子玉被迫自杀。晋文公闻讯，说：“我们从外面往里面打，楚王在里面诛杀大臣，这可是里应外合呀！”喜悦之情溢于言表。

六月，晋侯渡过黄河回国。回国后，立刻赏赐功臣，狐偃得头功。有人觉得不妥：“城濮之战是先轸出的主意，先轸应该得头功。”文公说：“城濮之战，狐偃劝我不要失信。而先轸则说：‘用

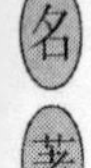

兵打仗，就是为了取胜’，我靠他的话获得了胜利，然而，这种话只能有利于一时，无利于一世。狐偃的话才有利于千秋万世的大业，怎么能以一时的利益凌驾于万世功业之上呢？所以。，我要给狐偃记头功。”

冬天，晋文公与诸侯会盟，想率领诸侯去朝见周王。又担心力量不够，怕诸侯反叛，于是派人让周襄王到河阳出巡。然后，就率领诸侯在践土朝见周王。

当时，曹伯派人劝晋侯说：“想当初，齐桓公称霸的时候，会合诸侯，扶植异姓国家；如今君王您称霸了，也会合诸侯，却灭亡同姓国家；曹国，是叔振铎的子孙；而晋国，是唐叔的后代。要灭亡兄弟国家，是违反礼仪的。”晋侯觉得有道理，就恢复了曹伯的封地。

七年，晋文公、秦穆公一起去围攻郑国。理由是，郑国在文

公流亡路过时没有以礼相待，并且在城濮之战时帮助楚国。实际上，围攻郑国的一个主要目的，是想得到叔瞻。叔瞻听到这个消息后，就拔剑自杀了。郑国把叔瞻的尸首献给晋君。可是晋君又说："我们得抓到郑君才甘心。"郑君很害怕，于是暗中派人对秦穆公说："灭亡郑国，肯定会增强晋国，这对晋国来说不错，但是对秦国来说，却没有任何好处。君王您为什么不放弃进攻，交个朋友呢？"秦穆公想想有道理，撤走了军队。晋国于是也撤退了军队。

九年冬天，晋文公去世，儿子襄公继位。

同年，郑伯也去世。郑国有人把国家出卖给了秦国，秦穆公出兵前去偷袭郑国。襄公元年春天，秦军路过周的京城，傲慢无礼，得罪了很多人。不久，秦军走到了滑国。当时，郑国商人弦高正准备去周京做生意，恰好遇上他们，就用十二头牛犒劳秦军。秦军得知偷袭的消息已经走漏，惊慌失措，灭掉了滑国之后返回。

晋国的先轸说："秦穆公不听蹇叔的良言，违背了民众的心意，我们可以趁机攻打他。"栾枝不同意："我们还没报答秦国对先君的恩德呢！现在就攻打它，不合适。"先轸反驳道："秦国欺负我们的新君孤弱，肆无忌惮地讨伐我们的同姓国家，还有什么恩德可报？"于是出兵攻打秦军。四月，在骰山大败秦军，俘虏了秦军的三个将领孟明视、西乞秫、白乙丙。

文公的夫人是秦国人，想搭救秦国的三员大将，就对襄公撒谎说："秦国很怨恨这三个人，早想得到他们，杀了解恨。"襄公信以为真，就把三个将领遣送回国。先轸听到这个消息，对襄公说："你闯了大祸啦！"急忙去追赶秦将，可是秦将正在渡黄河，已经在船上了，见先轸前来，叩头道谢，但没有再返回。

三年以后，秦国果然派孟明视率军讨伐晋国，报复被打败的仇恨，攻占了晋国的汪邑。

四年，秦穆公调动军队，大举讨伐晋国，渡过黄河，攻占了王官。晋军吓坏了，不敢出战，据城坚守。一年后，晋军反扑，攻打秦国，夺得了新城，报复王官之战。

三国分晋

赵衰等老臣去世之后，赵盾代替赵衰执政。

七年，襄公去世。太子夷皋年纪还小，晋国人怕再次内乱，所以想立年长的为国君。赵盾说："那么应该立襄公的弟弟雍。他性格善良，而且年长，先君又喜爱他。另外，他原来和秦国的关系很好。立善良的人，国家就稳固；侍奉年长的人，国家就和顺；侍奉先君欣赏的人，就是孝顺；结交旧好，国家就安宁。"贾季不同意，说："还是他弟弟乐更合适。他母亲辰嬴曾经受到两位国君的宠爱，要是拥立她的儿子，百姓一定会愿意亲附。"赵盾生气地说："辰嬴地位卑贱，按照顺序排，她只能派到第十位，她的儿子能有什么威望！况且，受到两位国君宠幸，这是淫乱；作为先君的儿子，却不能投靠大国，只好出居小国，这是孤立。母亲淫乱，儿子孤立，根本就毫无威望。怎么能立他！"赵盾言之成理，意见得到遵从，就派士会到秦国去迎接公子雍。同时，贾季也派人到陈国召回公子乐。赵盾于是罢了贾季的官，罪名是他曾杀死太傅阳处父。十一月，贾季逃奔翟国。

灵公元年四月，秦康公说："从前文公回国，没有护卫，所以发生了吕省等人的叛乱。"于是就给了公子雍很多卫兵，准备送公子雍回国即位。

太子的母亲缪嬴抱着太子，夜以继日地到朝廷上痛哭流涕，说："先君有什么错？他的继承人犯了什么错？不让嫡子即位，却到国外去找君王，想把太子置于何地？"从朝廷出来，又抱着太子跑到赵盾家里，叩头道："先君死前，捧着这个孩子托付给你，嘱咐到：'如果你能把这个孩子培养成材，我就万分感谢你；如果不成材，我就会怨恨你'。如今先君刚刚去世，他的话还在耳边回响，而你却抛弃了他的托付，到底是为什么？"赵盾和大臣们都很顾忌缪嬴，怕给自己带来乱子，所以就背叛了公子雍，拥立太子夷皋，就是灵公。随后，马上派兵去抵抗秦国护送公子雍的军队。赵盾亲自为将，阻击秦军，在令狐打败了秦军。先蔑和随会等人逃到了秦国。秋天，灵公即位。

灵公四年，晋国讨伐秦国，夺取了少梁。六年，秦康公攻打晋国，占领了羁马。晋侯大怒，派赵盾、赵穿等人迎击秦军，在河曲大战，赵盾立下了汗马功劳。

七年，晋国的六卿担心在秦国的随会，怕他会给晋国制造麻烦，于是让魏寿馀假装背叛晋国，投降秦国。秦国派随会跟魏寿馀会面，魏寿馀趁机抓住随会，带回晋国。

八年，周顷王去世，大臣们互相争斗，没有向诸侯报丧。晋国派赵盾率兵平定周室内乱，拥立匡王。

十四年，灵公已经成年，生活上极度骄奢淫逸，大肆搜刮民脂民膏，用来兴建宫室、雕梁画柱，还喜欢站在楼台上用弹弓射人，观看百姓躲避弹丸取乐。厨师炖的熊掌不够烂，灵公大发雷霆，杀死厨师，让妇女抬着他的尸体丢掉。妇女抬着尸体，经过朝廷，赵盾和随会看到了，二人随即前去进谏。随会先谏，灵公不听。但是灵公又害怕他们，就派勇士去刺杀赵盾。赵盾家的门敞开着，里面的陈设非常简朴。勇士退了出来，叹息说："或者杀死忠臣，或者违背君王的命令，都是罪过。"于是碰树撞死了。

当初，赵盾常常到首山打猎。有一次，看见桑树下有一饿汉。赵盾给他食物，他只吃了一半。赵盾问他原因，他回答说："我在外三年了，不知道母亲是不是还活着，想留给母亲。"赵盾赞赏他的孝心，就又给了他一些饭和肉。不久之后，这个人做了晋灵公的厨师，赵盾不知道。九月，晋灵公请赵盾饮酒，埋伏士卒，准备攻杀赵盾。灵公的厨师知道这件事，担心赵盾喝醉了不能起身，于是上前进言："君王设宴赏赐大臣，只要干杯三次，礼节就已经尽到了。"其实是想让赵盾尽快离开，赶在事发以前，不至于遇难。

赵盾已经走了，但灵公的伏兵还没会合起来。于是灵公放出一条巨大的恶狗，去咬赵盾，厨师替赵盾断后，杀掉了恶狗。不久，灵公指挥伏兵赶出去追杀赵盾，厨师迎击灵公的伏兵，伏兵无法前行，赵盾终于脱险。赵盾问厨师为什么救他，厨师回答说："我是桑树下的饿汉。"赵盾于是询问他的姓名，他没有说。

赵盾于是逃亡，但没有离开晋国。赵盾的同族弟弟将军赵穿在桃园突袭灵公，杀了他，然后迎回了赵盾。赵盾一向地位尊贵，而且有德望，深得民心，而灵公则不同，年少无知，奢侈无度，百姓都不愿意归附，所以杀他比较容易。就这样，赵盾恢复了原职。晋国的太史董狐记载这件事，写道："赵盾杀了国君"，在朝廷上给大家传看。赵盾辩解说："杀灵公的是赵穿，不是我。"太吏正色道："你是正卿，逃亡没有走出国境，回来却不诛杀叛臣，不是你是谁？"孔子听说这件事，评论到："董狐，是古代的好史官，记事不隐瞒罪责。赵盾，是个好大夫，可惜要承受恶名。可惜啊，如果当时他逃出国境，就可以免除杀害国君的罪名了。"

赵盾派赵穿到周的京城去，迎回了襄公的弟弟黑臀，立为晋君，就是成公。成公，是文公的小儿子，他的母亲是周朝宗室的女儿。

成公元年，赵氏被封为公族大夫。三年，郑伯即位，立刻率领郑国归附晋国，背叛了楚国。楚王大怒，出兵攻打郑国，晋国发兵前去援救。

七年，成公跟楚庄王争霸，会集诸侯。陈国害怕楚国，不敢赴会。晋国借机出兵讨伐陈国，同时也援救郑国，与楚军交战，打败了楚军。同年，成公去世，儿子景公继位。

三年，楚庄王出兵围攻郑国，郑国向晋国告急。晋国派荀林父统率中军，随会统率上军，赵朔统率下军，并派郤克、栾书、先縠、韩厥、巩朔等人辅佐，一起去援救郑国。六月，三军到了黄河，听说郑国已经向楚军投降，郑君和楚庄王签订盟约，楚军已经退走。荀林父想领兵回国，先縠说："我们的目的是来救郑国。不能半路回去，以免将帅离心。"于是渡过黄河。当时，楚国已经迫使郑国投降，但还没有撤军，而是来到黄河饮马以显示威名；恰好晋军渡过黄河，于是双方打了起来。郑国刚刚归附了楚国，害怕楚国，于是，反而帮助楚军攻打晋军。晋军战败，逃到黄河，官兵们争夺渡船逃命，很多人在争抢中被砍掉了手指。晋国将领智

蓄被楚军俘获。回国后，荀林父请罪说：“我作为督军主将，没领导好军队，遭至大败，应受惩罚，请求死罪。”景公想答应他，随会劝止说：“从前，文公与楚军在城濮交战，楚成王回国后杀死了大将子玉，文公高兴坏了。现在，楚军打败了我军，我军如果又诛杀大将，那是帮助楚国杀仇敌啊！杀不得。”于是就赦免了荀林父。

四年，先縠因为首先建议出兵，而使晋军在黄河打了败仗，害怕被杀，就逃到了翟国，并与翟国一起谋划，准备前来攻打晋国。晋国发觉，就灭了先縠的宗族。先縠，是先轸的儿子。

五年，讨伐郑国，因为它曾经帮助楚国，攻打晋国。当时，楚庄王兵力强盛，在黄河边大败晋军。

六年，楚国攻打宋国，宋国向晋国求援，晋国本想出兵援救，但伯宗出主意说：“楚国，上天正照顾它，不要阻挡。”于是派解

扬诈称要援救宋国。郑国人抓住了解扬，送给了楚军，楚军重金贿赂解扬，让他到宋国去说反话，说服宋国马上投降。解扬假装应允，最终却没有做。楚军想杀他解恨，有人劝谏，解扬才得以释放回国。

八年，派郤克出使齐国。齐顷公的母亲从楼上观看，讥笑他。发笑的原因，是因为郤克是驼背，而鲁国的使者是瘸子，卫国的使者一只眼，所以齐国也派了个残疾人来待客。郤克非常生气，回国到黄河边上发誓说："不向齐国报仇雪耻，就让河神杀了我！"回到晋国后，郤克向晋君请求，想讨伐齐国。景公问明原因，说："你个人的怨仇，怎么能让整个国家来替你解决呢？"没有答应他。

九年，楚庄王去世。晋国攻打齐国，齐国把太子强送到晋国做人质，晋国于是罢兵。

十一年春天，齐国攻打鲁国，占领了隆邑。鲁国向卫国求援，卫国和鲁国都比较弱小，只好都向晋国求援。晋国于是就派郤克、栾书、韩厥率领兵车八百乘，跟鲁国和卫国合在一处，共同迎战齐国。夏天，与齐顷公交战，打伤并围困了顷公。顷公跟自己的卫士交换了位置，借口下车去喝水，得以脱身逃走。齐军大败，溃不成军，晋军追击败军，一直追到了齐国的都城。齐顷公捧着国宝，请求讲和，晋国不答应。郤克说："必须要萧桐叔子来做人质。"齐国使臣说："萧桐叔子是顷公的母亲，顷公的母亲就像是晋君的母亲，凭什么让她做人质？你们太不道义了，我们宁可再次决战。"晋国不得以，只好答应与齐国讲和，然后撤军离去。

十二年冬天，齐顷公到晋国来，想让晋景公称王，景公推辞，没有接受。这时候，晋国开始建立六军，韩厥、巩朔、赵穿、荀骓、赵括、赵旃都被封为卿。

十三年，鲁成公来朝拜晋君，晋君对他很不礼貌，鲁成公非常生气，离开之后，立刻就背叛了晋国。

十六年，楚将子反由于跟巫臣有仇，就找了个借口诛灭了他的宗族。巫臣悲愤之极，写信给子反说："我一定要让你疲于奔命！"随后，巫臣请求出使吴国，让他儿子作吴国的宾客，教吴军乘车打仗的技巧。吴国跟晋国的交往开始密切，相约一起讨伐楚国。

十七年，晋君诛杀赵同、赵括，并且消灭了他们的宗族。韩厥提意见说："赵衰、赵盾的功劳，怎么可以忘记？为什么要断绝他们的祭祀！"于是，晋君就又找到赵氏的庶子赵武，重新给他封邑。

十九年夏天，景公生病，立太子寿曼为君，这就是厉公。过了一个多月，景公去世。

厉公即位之初，想与诸侯和好，于是与秦桓公会盟。回国后，秦国背叛了盟约，与翟国一起谋划，要攻打晋国。三年，厉公派吕相谴责秦国，并与诸侯相约，讨伐秦国，在麻隧打败了秦军，俘虏了它的将领成差。

五年，有人谗毁伯宗，于是厉公杀了伯宗。伯宗因为能够直言进谏，所以才遭杀身之祸，从此以后，国人不再亲附厉公。

六年春天，郑国背叛了晋国，跟楚国结盟。晋君很生气，发兵讨伐郑国。厉公亲自率军，渡过了黄河，到了鄢陵。楚国听说晋国攻打郑国，就发兵救援郑国。厉公见楚军赶到，就想撤退。郤至说："发兵诛讨叛逆，如果看见强敌就逃跑，那么以后就没办法对诸侯发号施令啦！"于是就与楚军交战。晋军射中了楚共王的眼睛，楚军被打败。楚国的大将子反收拾残兵，安抚整顿，还想再战。这时候，楚共王召见子反，可是子反喝醉了，不能去拜见共王。共王生气，大骂子反，子反自杀。楚共王只好率军回国。从此，晋国威震诸侯，于是就打算号令天下，争取做霸主。

厉公有很多宠妾，战胜回国后，就想免掉所有大臣的职务，让各位个宠妾的兄弟们取而代之。有个宠妾的哥哥名叫胥童，跟郤至有仇。恰好在这个时候，栾书抱怨郤至，说郤至不采纳他的计谋，竟然也打败了楚军；胥童听说了，就偷偷地向楚王谢罪。楚王于是就派人来骗厉公说："鄢陵这一战，实际是郤至让楚国来的。他想作乱，接公子周回国继位，偏偏盟国没到，所以没有成功。"厉公把这话告诉了栾书，栾书说："这种事是可能的啊！你可以派人到周京暗访一下。"厉公于是派郤至到周京，栾书又安排

公子周去会见郤至，郤至不知道被人出卖。厉公暗中考察，以为郤至真的反叛，非常怨恨，恨不得立刻杀了他。

八年，厉公出外打猎，跟姬妾饮酒作乐，郤至杀猪进献，却被宦官孟张夺去，郤至于是射杀了孟张。厉公发怒，想杀三郤，但还没有赴诸行动。郤锜想先杀厉公，说："我虽然也许会死，但厉公也好不了，至少也要受伤。"郤至说："忠信的人，不反叛君王；智慧的人，不危害百姓；勇敢的人，不发动叛乱。失掉这三项修养，谁愿意随从我？我死了算啦！"

二月，厉公派胥童率兵偷袭三郤。胥童趁机在朝廷上劫持了栾书、中行偃，还对厉公说："不杀他们两个，你的后患无穷。"厉公说："一天早上杀掉三卿，我不忍心。"胥童回答说："可是别人忍心谋害你啊！"厉公不听，反而向栾书等道歉，并说明只是惩治骊氏而已，然后，栾书、中行偃官复原职，两人叩头拜谢。后来，厉公到匠骊氏家游玩，栾书、中行偃利率领手下乘机逮捕了厉公，囚禁起来，还杀死胥童，派人到周京迎接公子周回国，立为晋君，这就是悼公。

悼公元年正月，栾书、中行偃杀掉了厉公，用一辆车运出去，埋了。智䓨迎接公子周回来，到绛城，杀鸡和大夫订立盟约拥立他。不久，悼公正式即位。

悼公周，祖父名捷，是晋襄公的小儿子，没能继位，号称桓叔。周即位时，年龄是十四岁。悼公说："祖父、父亲都没有能即君位，避难到周京，客死在那里。我自己也没有想过能当国君。如今大夫们不忘文公、襄公的恩德，拥立桓叔的后代，都是有幸依赖宗庙和大夫们的威灵，所以我才得以承奉晋国的宗庙祭祀，怎敢不兢兢业业呢？大夫们也应该辅佐我！"于是赶走了不称职的七个大臣，重修祖宗旧业，施恩于百姓，抚恤并重用当初追随文公的功臣的后代。秋天，讨伐郑国，郑军败退。

三年，晋国会合诸侯。悼公向群臣询问，谁可以重用。祁傒推举解狐。解狐，是祁傒的仇人。悼公再问，祁傒就推举他的儿子祁午。君子说："祁傒真可说是不偏不私了！推举外人不避弃仇敌，推举内亲不埋没儿子。"

在会集诸侯时，悼公的弟弟杨干扰乱了军阵，魏绛处死了杨干的御仆，作为对杨干的惩罚。悼公听说弟弟被惩罚，大怒，想处治魏绛。有人劝说悼公，悼公才消了气，认识到了魏绛的贤能，让他主持政务，还派他去安抚戎族，使戎族大为顺服。十一年，悼公说："自从我任用魏绛以来，已经连续九次会合诸侯，并且安抚了戎、翟两族，这些都是魏子出的力啊！"于是赏赐给他乐队，魏绛推让多次，最后不得已才接受下来。

十四年，晋君派六卿率领诸侯军队讨伐秦国，渡过了泾水，大败秦军。

十五年，悼公向师旷询问治国的道理，师旷答："仁义，是最大的根本。"冬天，悼公去世，儿子平公继位。

平公元年，攻打齐国，与齐灵公在靡下交战，打败了齐军。晋军乘胜追击，包围了齐国的都城，放火烧毁了外城的全部房屋，杀光了外城的百姓。随后，又向东打到胶水，向南打到了沂水，齐军据城防守，晋国只好带领军队返回。

六年，晋国的栾逞因为犯了罪，所以逃亡到了齐国。八年，齐庄公偷偷派栾逞赶回曲沃，并派军跟随。齐军到了太行山，栾逞在曲沃城内造反，偷袭绛城。绛城毫无戒备，晋平公觉得大势已去，想自杀，大臣范献子劝阻了平公，率领自己的家兵迎战栾逞，栾逞败退，逃回了曲沃。曲沃人围攻并且杀掉了栾逞，还灭了整个栾氏家族。齐庄公听说栾逞战败死去，就调军回国，顺便夺取了晋国的朝歌才离去。

十年，齐国的崔杼杀了齐庄公。晋国趁齐国内乱，发兵攻打齐国，在高唐打败了齐国军队，报复太行山那次战役。

十四年，吴国的延陵季子出使晋国，与赵文子、韩宣子、魏献子交谈，并说："晋国的政治，以后肯定是要取决于这三家了。"

十九年，齐国派晏婴来到晋国，跟叔向交谈。叔向说："晋国现在已经到了末世了。君王大肆增加赋税，建筑楼台池塘，忘掉了国家大政，政治大权被几个大臣把持，这样的国家怎么可能长治久安呢？"晏婴认为他说得很有道理。

二十六年，平公去世，儿子昭公继位。昭公在位六年去世。当时，六卿强大，晋国公室更加衰弱。

顷公六年，周景王去世，各个王子争夺王位，大开杀戒。晋国六卿平定了周王室的内乱，拥立敬王。

九年，鲁国季氏驱逐国君昭公，昭公跑到了晋国，住在晋国的乾侯。十一年，卫国、宋国派人来请求晋国，希望晋国能护送鲁昭公回国。季平子暗中贿赂范献子，范献子接受了贿赂，于是劝说晋君，结果没有护送鲁君回国。

十二年，晋国宗族祁傒的孙子与叔向的儿子，在晋君面前相互诋毁。六卿正好想削弱晋室，于是就借用刑法，灭了他们的家族，并把他们的土地分成十个县，让自己的儿子们去做大夫。晋国公室更加衰弱，六卿更加强大。

十四年，顷公去世，儿子定公继位。

定公十一年，鲁国的阳虎投奔晋国，赵鞅简子收留了他。

十五年，赵鞅让邯郸大夫午把卫国进贡的五百户还给他，大夫午答应了，可是不久又改变了主意，赵鞅不悦，想杀掉午。午跟中行寅和范吉射是亲戚，就联合他们来攻打赵鞅，赵鞅退守晋阳。晋定公也发兵围攻晋阳。荀栎、韩不信、魏侈跟范吉射、中行寅有仇，就调兵讨伐二人。二人反叛，晋君攻打他们，打败了二人。二人退到朝歌，据城坚守。韩不信、魏侈代表赵鞅向晋君谢罪，晋君于是赦免赵鞅，恢复了他的官职。

二十二年，晋国打败了范吉射、中行寅，二人逃往齐国。

三十年，定公和吴王夫差在黄池相会，争当盟主，后来，吴国当了盟主。

三十七年，定公去世，儿子出公继位。

出公十七年，知伯和赵、韩、魏三家瓜分了范吉射和中行寅的土地，据为己有。出公大怒，请求齐国、鲁国，想依靠他们讨伐四卿。四卿害怕，反而攻打出公。出公逃亡，死在路上。于是知伯就把昭公的曾孙骄立为晋君，就是哀公。

知伯是哀公的父辈。知伯本想彻底吞并晋国，但暂时还不敢，所以就拥立了哀公，实际上，晋国的大政完全由知伯决定，晋哀公根本无法限制他。当时，知伯占有范吉射、中行寅的土地，成了晋国最强大的大臣。

哀公四年，赵襄子、韩康子、魏桓子联合起来，一起杀死知伯，吞并了他的土地。

十八年，哀公去世，儿子幽公继位。幽公胆小，不顾自己国家的强大，反而去朝拜韩、赵、魏的君王。不久，晋国只剩下了绛城和曲沃，其余土地全都归韩、赵、魏三晋所有。

十八年，幽公出去淫乱，夜里偷偷出城，被盗贼杀掉了。魏文侯平定了晋国内乱，拥立幽公的儿子，就是烈公。

烈公十九年，周威烈王赐封赵国、韩国、魏国，升他们为诸侯。

二十七年，烈公死去，孝公继位。孝公去世，静公即位。二年，魏武侯、韩哀侯、赵敬侯灭亡了晋国，然后把它的土地瓜分成三块。静公被贬为平民，晋国的香火从此断绝。